Geheimnisse
[gəˈhaɪ̯mnɪsə]

Das Buch

Die forensische Linguistin Maggie Kofler vom Bundeskriminalamt wird zu einem Mordfall nach Hamburg gerufen. Anton Behnke, Inhaber einer der größten Reedereien Deutschlands, wurde erschossen in seinem Büro aufgefunden. Auf seinem Schreibtisch lag ein blutbespritzter Drohbrief.

Maggie soll das Ermittlungsteam unterstützen und herausfinden, wer das Schreiben verfasst hat. Dem Reeder werden illegale Geschäfte zur Last gelegt, doch der Brief wirft immer neue Fragen auf. Als Maggies Arbeit zu scheitern droht, bringen sie Behnkes handschriftliche Notizen auf eine ganz neue Spur.

Die Autorin

Anette Huesmann ist Autorin und Dozentin für Kreatives Schreiben. In Heidelberg studierte sie Germanistik und Allgemeine Sprachwissenschaft und promovierte in Soziolinguistik. Lange Zeit arbeitete sie als freie Wissenschaftsjournalistin. In ihren Büchern greift sie aktuelle, gesellschaftlich wichtige Themen auf und entwickelt daraus spannende Geschichten.

Als Schreibtrainerin lehrt Anette Huesmann das Schreiben von Romanen und Kinderbüchern. Mit Begeisterung gibt sie in ihren Seminaren ihr Wissen weiter. Mehr dazu unter www.die-schreibtrainerin.de.

ANETTE HUESMANN

GEHEIMNISSE
[gəˈhaɪ̯mnɪsə]

HAMBURG-KRIMI

DIE FORENSISCHE LINGUISTIN

BAND 1

Bibliografische Information der Deutschen Nationalbibliothek
Die Deutsche Nationalbibliothek verzeichnet diese Publikation in der Deutschen Nationalbibliografie; detaillierte bibliografische Daten sind im Internet über http://dnb.d-nb.de abrufbar.

Titelillustration: © HollandDesign/Simone Holland; © shutterstock
Dominik Frings
Umschlaggestaltung: hollanddesign@gmx.de
Lektorat: Christiane Saathoff, www.lektorat-saathoff.de

Satz, Herstellung und Verlag: BoD – Books on Demand, Norderstedt

ISBN: 978-3-7597-2011-5

Für Martina

1.

Maggie gähnte und beobachtete aus halb geschlossenen Augen die Scheinwerfer eines Wagens, der sich weit unter ihr seinen Weg durch die Nacht suchte, während das Schlagen des Rotors gedämpft durch ihr Headset drang. Sie drückte sich in den Sitz des Eurocopters, um bis zur Zwischenlandung in Köln noch ein paar Minuten zu schlafen.

Vor zwei Stunden hatte Werner sie aus dem Bett geklingelt und ihr den Auftrag erteilt, nach Hamburg zu fliegen. Als Leiter der Abteilung »Forensische Linguistik« des kriminaltechnischen Instituts beim Bundeskriminalamt war er ihr Vorgesetzer. »Es ist so weit«, hatte er gegrummelt, seine Stimme klang nach schlechter Laune und zu wenig Schlaf. »Der erste Fall für euer Pilotprojekt. Das Opfer gehört zur High Society, der Leiter der Mord will euch dabei haben. Eure Chance.«

Endlich. Maggie hatte innerlich gejubelt, sich aber nichts anmerken lassen. Seit fast zehn Jahren arbeitete sie als forensische Linguistin beim Bundeskriminalamt in Wiesbaden und seit fünf Jahren kämpfte sie für dieses Pilotprojekt. Sie wollte nicht nur im BKA über Texten und Audiofiles brüten. Schon etliche Male hatte sie dazu beigetragen, Erpresser und Attentäter anhand ihrer Briefe und Ankündigungen zur Strecke zu bringen. Doch sie war überzeugt davon, dass sie als Teil des Ermittlungsteams vor Ort bessere und schnellere Ergebnisse liefern konnte.

Der Hubschrauber begann seinen Sinkflug. Mühsam öffnete Maggie die Augen und betrachtete blinzelnd das Lichtermeer vor sich. Selbst um vier Uhr morgens wirkte Köln wie ein Weihnachtsmarkt kurz nach der Eröffnung. Rasch näherte sich der Eurocopter dem Flughafen Köln/Bonn. Die Pilotin steuerte über die Landebahn zu dem beleuchteten Vorfeld und setzte den Heli sanft auf beiden Kufen auf. Maggie beobachtete verschlafen, wie ein Fahrzeug heranfuhr. Die hintere Tür öffnete sich, ein vermummter Mensch sprang heraus und rannte gebückt auf den Helikopter zu. Maggie verfolgte irritiert, wie sich die Gestalt in den Heli schwang, neben ihr in den Sitz fallen ließ und zum Headset griff, das der Co-Pilot nach hinten reichte. Die Rotoren wurden lauter.

»Hey, Moment mal«, protestierte Maggie lautstark, um den Lärm zu übertönen. Das Geräusch der Rotoren verlor wieder an Intensität. Die Pilotin drehte den Kopf und musterte Maggie vorwurfsvoll.

Entschuldigend hob Maggie die Schultern, dann wandte sie sich an den ungebetenen Gast. »Wer sind Sie?«, fragte sie.

Ein eleganter Lederhandschuh zog den Seidenschal zur Seite, der mehrfach um Gesicht und Hals gewickelt war. Dahinter tauchten zwei Augen auf, die sie belustigt anblickten, gefolgt von einem breiten Grinsen.

Verblüfft starrte Maggie den Mann an, der aussah, als käme er direkt von der Uni.

»Ich bin Cem Bayrak«, erklärte er mit strahlendem Lächeln, »die Vertretung von Karl Mandel.«

Ungläubig schüttelte Maggie den Kopf. Werner hatte angekündigt, dass er im Anschluss Karl anrufen wolle, forensischer Psychologe beim BKA, den Maggie vor drei Jahren für ihr Pilotprojekt hatte begeistern können. Gemeinsam hatten sie sich in Fortbildungen auf den Einsatz vor Ort vorbereitet.

»Was ist mit Karl?«, fragte Maggie. Natürlich hatte sie mit ihm gerechnet, als die Pilotin vor dem Abflug mitteilte, dass sie in Köln zwischenlanden würden, um jemanden aufzunehmen.

Das breite Grinsen machte einer betroffenen Miene Platz. »Sie wissen es noch nicht?«, fragte das Milchgesicht.

Maggie runzelte die Stirn. Sie öffnete den Mund, doch der mitleidige Blick Cems ließ sie zögern.

»Herzinfarkt«, erklärte er rasch, als wollte er es so schnell wie möglich hinter sich bringen.

Entsetzt sog Maggie den Atem ein. »Ist er …?«, doch bevor sie es aussprechen konnte, schüttelte der andere den Kopf. Sein akkurat geschnittenes dunkles Haar flog in alle Richtungen.

»Intensivstation«, erwiderte Cem. »Mehr weiß ich nicht.«

»Was ist denn jetzt?«, erklang eine unwillige Stimme aus dem Headset. Maggie sah nach vorn, wo sie die Pilotin noch immer vorwurfsvoll anstarrte.

»Wir können«, antwortete Maggie und ließ sich in den Sitz sinken. »Wie lange arbeiten Sie schon für das BKA?«, fragte sie Cem. Sie konnte sich nicht erinnern, ihn zuvor mal gesehen zu haben. Was bei mehr als 8.000 Mitarbeitenden nicht überraschend war.

Diesmal ließ die Antwort auf sich warten. Maggie sah ihn fragend an.

Schließlich öffnete Cem den Mund und stieß hastig hervor: »Praktikant.« Entschuldigend verzog er das Gesicht. »Seit letzter Woche.«

Maggie stöhnte.

Das Milchgesicht zuckte mit den Achseln und fand zu seinem Grinsen zurück. »Hey, seit drei Monaten habe ich meinen Doktor in der Tasche.«

Müde schloss Maggie die Augen. Während der junge Mann munter weiter plapperte, dass er nicht nur vor Kurzem seine Doktorarbeit in Psychologie abgeschlossen habe, sondern auch zu den Besten seines Jahrgangs gehöre, dachte sie beklommen an Karl. Mehrere Jahre hatten sie gemeinsam gegen Vorurteile und Dienstvorschriften gekämpft, um an Ermittlungen vor Ort teilnehmen zu können. Und nun, da es endlich so weit war, lag er im Krankenhaus. Sie mochte sich kaum ausmalen, wie es ihm gerade ging.

Wie sollte sie das dem Leiter der Mord in Hamburg erklären? Der hatte sich Unterstützung vom BKA gewünscht, und jetzt bekam er zwar die beste forensische Linguistin, doch die hatte einen Praktikanten im Schlepptau, der vermutlich bisher kein einziges Mal an einem echten Fall gearbeitet hatte.

Cem berichtete gerade, wie er Karl auf einem Kongress kennengelernt und ihn davon habe überzeugen können, ihm einen Praktikumsplatz zu besorgen.

Automatisch registrierte Maggie, dass er Hochdeutsch sprach, nur die Aussprache des *sch* ließ rheinischen Regiolekt anklingen.

9

Kölner also. Sie hatte sich schon gefragt, warum sie Karl ausgerechnet in Köln aufnehmen sollten.

Zweifelnd musterte Maggie ihren neuen Begleiter. Karl würde er
niemals ersetzen können. Selbst sein Sprechrhythmus verriet, dass
er der Jugendsprache noch nicht ganz entwachsen war.

Als er nicht aufhörte zu reden, legte sie ihren Finger auf die Lippen. Endlich schwieg er. Dankbar schloss Maggie erneut die Augen
und rutschte tiefer in ihren Sitz.

Es dämmerte, als unter ihnen die Elbe in Sicht kam, doch Maggie
hatte keine Sekunde geschlafen. Karl ging ihr nicht aus dem Kopf.
Sie kannte ihn seit mehr als zehn Jahren und hatte schon oft mit
ihm gearbeitet. Intensivstation klang nicht gut. Gleich nach der Ladung würde sie Irmi anrufen. Zwar mochte sie Karls Frau nicht besonders, was auf Gegenseitigkeit beruhte, soweit sie das einschätzen
konnte, doch schon vor Jahren hatte Karl ihr für alle Fälle Irmis
Nummer gegeben.

Allmählich kamen die Lichter des Flughafens näher, die Pilotin steuerte über die Landebahn und den Rollweg. Der Helikopter
schwebte zum Abstellplatz und setzte auf.

Ein Kleinbus brachte sie zum Flughafengebäude, wo eine dunkle
Limousine auf sie wartete. Noch waren die Straßen frei, die Fahrt
zum Polizeipräsidium in Winterhude dauerte nur ein paar Minuten.
Gegen den heller werdenden Himmel zeichneten sich die Fassaden
der umliegenden Wohnblöcke ab, in zahlreichen Fenstern brannte
bereits Licht. Auch im Präsidium, einem Rundbau mit sternförmig
angeordneten Seitenflügeln, waren schon viele Fenster beleuchtet,
nur wenige lagen noch im Dunkeln.

Ein schweigsamer junger Polizist mit angestrengter Miene dirigierte sie in den vierten Stock. Oben angekommen verfrachtete er
sie erleichtert in ein Besprechungszimmer, in dem es intensiv nach
Kaffee roch. Auf einem Servierwagen stand ein Teller mit belegten
Brötchen. Während Maggie sich Kaffee einschenkte, griff Cem begeistert zu.

Ohne anzuklopfen, stürmte ein hochgewachsener Mann herein.

Sein Gesicht wirkte zerknittert, an seiner rechten Schläfe prangte eine frische Schramme. »Kriminaloberrat Engler, Leiter der Mordkommission«, ratterte er im Hamburger Regiolekt herunter und schob ein »Guten Tach« mit dem typisch norddeutschen Reibelaut hinterher.

Maggie nannte ihren Namen und fluchte innerlich, als sich Engler dem Milchgesicht zuwandte. Cem kaute noch und brachte mit vollem Mund kaum seinen Namen heraus. Verärgert verzog der Chef der Mord das Gesicht.

»Wie ist die Faktenlage?«, fragte Maggie rasch.

Widerwillig lenkte Engler seine Aufmerksamkeit auf sie und sagte: »Wird Ihnen KHK Becker berichten. Sie ist Chefermittlerin und leitet die SOKO MOB.« Mit einem genervten Blick auf Cem, der noch immer vergnügt kaute, fügte er hinzu: »Sonderkommission Man Over Board.« Grußlos verließ er den Raum.

Vorwurfsvoll betrachtete Maggie den Neuen, der erneut genussvoll in sein Brötchen biss.

»Maggie Kofler.«

Maggie erstarrte. Die Stimme kam aus der offen stehenden Tür hinter ihrem Rücken. Das war keine Frage. Und auch keine Begrüßung, jedenfalls nicht die übliche Art von Begrüßung.

Interessiert musterte Cem sie, dann wanderte sein Blick weiter zur Tür und wieder zurück zu ihr. Der Rest seines Brötchens verschwand in seinem Mund und er schien sich innerlich zurückzulehnen, als säße er in einem Kino.

Maggie wusste, dass jedes weitere Zögern es nur schlimmer machen würde. Sie riss sich zusammen und wandte sich um.

»Luise Powell«, erwiderte sie und versuchte sich nicht anmerken zu lassen, dass ihr Herz schmerzhaft gegen ihr Brustbein klopfte. Ihre Ex hatte sich wenig verändert. Ihre glatten schwarzen Haare waren etwas kürzer als früher und statt Jeans und Bluse trug sie ein unauffälliges hellgraues Kostüm. Maggie musste nicht nachrechnen, es gab kaum einen Tag, an dem sie nicht an Luise dachte. Und an Leo. Dreizehn Jahre war es her. Fast genau auf den Tag.

»Luise Becker«, antwortete Luise mit unbewegter Miene, ihre

dunklen Augen musterten Maggie durchdringend. »Den Namen Powell habe ich abgelegt.«

Maggie schluckte. Deshalb hatte sie Luise nicht gefunden, auch wenn sie der Versuchung nur wenige Male erlegen war.

»Ihr seid also das Pilotprojekt vom BKA«, fuhr Luise fort, dabei wanderte ihr Blick weiter zu Cem, ihre Stimme klang abschätzig.

»Was habt ihr?«, fragte Maggie und wandte sich zum Servierwagen um. Sie schenkte sich Kaffee nach und gab einen Schuss Milch dazu. Das Scharren hinter ihrem Rücken ließ vermuten, dass Luise und Cem sich setzten. Maggie atmete ein letztes Mal tief durch, ging mit gesenktem Kopf zum Tisch und zog sich einen Stuhl heran.

Luise schob ihr Tablet in die Mitte und blätterte durch die Fotos. Tatortaufnahmen von einem Büro, in dem alles seinen Platz hatte, wohlgeordnet und beschriftet. Dann der Schreibtisch.

Cem entfuhr ein Quieken.

Erstaunt hob Luise den Kopf.

»Er ist Praktikant, mein langjähriger Partner hatte gestern einen Herzinfarkt«, erklärte Maggie rasch.

»Was noch alles.« Luises Lippen wurden schmal.

»Vorgestern. Karl hatte vorgestern einen Herzinfarkt«, fügte Cem hastig hinzu und atmete hörbar durch den Mund.

Genervt schüttelte Luise den Kopf und rückte das Tablet erneut zurecht.

Maggie deutete auf das Foto: »Aufgesetzter Schuss?«

»Ja«, erwiderte Luise gepresst. »Am Hinterkopf, Austrittswunde am rechten Oberkiefer.«

»Also kein Suizid.«

Luise blätterte weiter, stoppte dann bei einer Aufnahme, auf der eine Hand in Großaufnahme zu sehen war. »Beide Hände waren am Schreibtischstuhl fixiert.«

Maggie betrachtete die raue Schnur, die um ein Handgelenk geschlungen war. Die mit Altersflecken übersäte Hand klammerte sich an die Armlehne. »Wozu braucht ihr mich?«

Mit dem rechten Zeigefinger schob Luise die Fotos weiter. Überrascht registrierte Maggie, dass ihr Fingernagel sorgfältig maniküurt und mit farblosem Nagellack überzogen war. Dann stoppte Luise bei einem Foto, das ein Papier mit einigen dunklen Flecken zeigte: »Wir haben ein Drohschreiben.«

»Fingerabdrücke?«

»Nein.«

»Haben Sie die Waffe?« Cem bemühte sich um eine feste Stimme, doch sein Magen machte ihm sichtlich zu schaffen.

Anfänger, dachte Maggie und hatte fast ein wenig Mitleid mit dem Jungen.

Luise gab keine Antwort, sondern blätterte zurück und zog das Foto größer, auf dem die Austrittswunde am Oberkiefer zu sehen war. »Nein«, sagte sie, »aber es war vermutlich eine Pistole mit großem Kaliber.«

Mit einem unterdrückten Geräusch sprang Cem hastig auf.

»Zwei Türen nach links«, sagte Luise, ohne ihren Blick vom Tablet zu lösen.

Wortlos stürzte Cem aus dem Zimmer.

Die Luft schien dünner zu werden.

»Wo kann ich arbeiten?«, fragte Maggie und sah zu ihrer Ex. Es kostete sie Kraft, ihren Atem ruhig zu halten.

Luise hob den Kopf und betrachtete Maggie ohne erkennbare Regung. »Ein paar Türen weiter«, sagte sie und deutete nach rechts.

Schweigend erhoben sie sich. Luise griff nach ihrem Tablet und führte Maggie auf den Gang. Die Geräusche ihrer Schritte dröhnten in Maggies Ohren, ihr Herz pochte. Sie zwang sich, nach vorne zu sehen.

Sie kamen an mehreren Türen vorbei, bis Luise schließlich eine davon aufstieß. Vor ihnen lag ein kleiner Raum, ebenfalls ein Besprechungszimmer, darin ein runder Tisch und etliche Sitzgelegenheiten. Maggie zog einen der Stühle zu sich her und stellte ihre Tasche darauf.

»Was brauchst du?« Luises Stimme war ausdruckslos.

Sie schien schon seit Jahren in Hamburg zu leben, die langgezogene Aussprache einiger Vokale, die früher ihre süddeutsche Herkunft verraten hatte, waren dem Hamburger Stakkato gewichen.

Maggie zog den Reißverschluss der Reisetasche auf und legte ihren Laptop auf den Besprechungstisch. »Ich hab alles«, erwiderte sie. »Ich brauche nur eine Kopie des Briefes und den Zugangscode zu eurem System.«

Luise kritzelte ein paar Zahlen und Buchstaben auf einen Zettel und schob ihn über die Tischplatte. »Die Kopie bringe ich dir gleich.« Sie ging zur Tür, zögerte und kehrte dann zu Maggie zurück. Aus ihrer Innentasche zog sie eine Visitenkarte und warf sie auf den Tisch: »Hier ist meine dienstliche Handynummer.«

Erneut ging sie zur Tür, trat hinaus auf den Gang und blickte sich suchend um. »Was ist mit dem Jungen?«, fragte Luise.

Es gelang Maggie, ruhig zu bleiben, obwohl ihr Herz noch immer schmerzhaft gegen die Rippen pochte. »Der wird mich schon finden«, erwiderte sie und deutete mit dem Kinn zur Tür. »Mach einfach zu.«

Luise schüttelte den Kopf. Ihr Blick wanderte zu Maggie und dann wieder den Gang hinunter, als erwartete sie, dass Cem jeden Moment auftauchte. »Ich wusste es nicht«, sagte sie leise, ohne Maggie anzusehen. »Sonst hätte ich verhindert, dass Engler euch anfordert.« Sie hob den Kopf und ihre Augen funkelten wütend. »Ich brauche kein verdammtes Pilotprojekt«, stieß sie hervor, »und dich schon gar nicht.« Mit einem lauten Knall zog sie die Tür hinter sich ins Schloss. Ihre Schritte entfernten sich rasch.

Hörbar atmete Maggie aus, rieb sich mit zitternden Fingern die Stirn und versuchte, ihre Gedanken zu ordnen. Dann griff sie zu ihrem Smartphone und tippte Werners Kontakt an. Erst als die Freizeichen erklangen, warf sie einen Blick auf die Uhr. Kurz nach sieben, wahrscheinlich war er gerade auf dem Weg ins Büro. Es knackte in der Leitung.

»Kühn.« Werner ließ sich nicht anmerken, dass ihm sein Display verraten hatte, wer am anderen Ende war.

»Warum hast du mir diesen Praktikanten auf den Hals gehetzt? Blutiger Anfänger, frisch von der Uni. Engler war not amused.«

»Der kriegt sich schon wieder ein«, erwiderte Werner. Die Geräusche im Hintergrund ließen vermuten, dass er zu Fuß unterwegs war.

»Jetzt muss ich den mitschleppen, das ist eine Belastung.« Sie hörte die Schärfe in ihrer Stimme, die Begegnung mit Luise hatte sie aufgewühlt.

»Abwarten«, brummte Werner.

»Ich möchte den Fall abgeben«, sagte Maggie rasch. »Ich steige aus.« Sie spürte ein Stechen im Oberbauch. Es bereitete ihre körperliche Schmerzen, so unprofessionell zu sein.

Werner antwortete nicht gleich. Kinderstimmen waren zu hören, die allmählich näher kamen. »Das wirst du nicht tun«, sagte er schließlich und seine Stimme hatte sich um keine Nuance verändert. »Du wolltest dieses Pilotprojekt, schon vergessen? Ich habe mich für euch eingesetzt, für dich und Karl. Auch wenn er nicht dabei sein kann, ist das deine Chance, zu zeigen, dass du Recht hast. Dass ihr vor Ort, als Teil des Ermittlungsteams, bessere Arbeit leisten könnt. Wenn du jetzt gehst, ist dein Pilotprojekt beendet, noch bevor es richtig begonnen hat.«

Maggie fluchte innerlich. Sie konnte diese Chance nicht einfach wegwerfen. Schon wegen Karl. Sonst wäre alles umsonst gewesen. »Ist ja schon gut«, murrte sie widerstrebend. »Du hast recht. Ich schaff das schon.«

Werner drückte sie weg.

Wütend warf Maggie das Smartphone auf den Tisch, wo es quer über die Platte schlitterte, um dann mit einem hässlichen Geräusch auf dem Boden zu landen.

»Scheiße, Scheiße, Scheiße«, murmelte Maggie und trat zum Fenster. Das Glas an ihrer Stirn fühlte sich kühl an. Sie schloss die Augen und atmete tief durch. Hörte weit entfernte Straßengeräusche, Schritte auf dem Gang.

Nach einer Weile straffte sie die Schultern und stieß sich von der Scheibe ab. Wenn Luise glaubte, sie würde jetzt klein beigeben, hatte sie sich getäuscht. Dreizehn Jahre waren lange genug, sich an den Gedanken zu gewöhnen.

Maggie sammelte ihr Handy wieder ein, startete ihren Laptop und legte Papier, Bleistift, Fineliner und Marker in verschiedenen Farben zurecht. Als Luise zurückkehrte, saß Maggie am Tisch und loggte sich ins System ein. Es war ein gutes Gefühl, sich auf die Arbeit zu konzentrieren.

»Ein paar Fotos vom Tatort, die Auffindesituation und eine Kopie des Briefes.« Luise schob einen schmalen Ordner neben Maggies Laptop. »Stehen leider nur ein paar Sätze drin, gibt wenig her.« Mit zwei Schritten war sie an der Tür.

Missbilligend betrachtete Maggie ihren Bildschirm, auf dem eine Fehlermeldung blinkte: *Kein Zugriff.* »Hast du mir die richtigen Zugangsdaten gegeben? Ich komme nicht an die Fallakte.«

»Ist Absicht«, erwiderte Luise kühl.

»Hey, Moment mal«, protestierte Maggie. »Was ist mit dem Rest der Informationen, du musst mir doch…«

»Muss ich nicht«, unterbrach Luise sie. Ihre Augen lagen im Schatten und ihr Mund verriet keine Regung. »Wir trennen Fallanalyse und Textanalyse, damit wir mehr Objektivität haben. Hat sich bewährt.«

Mit finsterer Miene blickte Maggie ihr Gegenüber an. »Macht das BKA natürlich auch, aber genau deshalb wollte ich dieses Pilotprojekt, um nicht zu trennen. Weil ich davon überzeugt bin, dass wir bessere Arbeit leisten können, wenn wir nicht allein Text und Sprache analysieren, ohne die beteiligten Personen und die Umstände zu kennen. Also gib mir ein paar Stichworte zum Hintergrund, damit ich weiß, worum es geht.«

»Tue ich nicht.«

»Was ist mit Engler?«

In Luises Augen trat ein angriffslustiges Funkeln. »Interessiert sich nicht für euer Pilotprojekt. Außerdem kannte er das Opfer persönlich. Er hält sich raus.«

Verärgert presste Maggie die Lippen zusammen.

»Wir brauchen Ergebnisse, schnell. Ganz Hamburg schaut uns auf die Finger«, fuhr Luise mit rauer Stimme fort.

»Da sind Sie ja!« Cems Worte klangen vorwurfsvoll, als er ins Zimmer stürmte. »Warum haben Sie nichts gesagt?« Er ließ sich auf einen Stuhl fallen und zupfte an seinem Seidenschal, den er wie ein Opernsänger um den Hals geschlungen hatte.

Für einen Sekundenbruchteil verzog sich Luises Mund zu einem Lächeln, dann war der Anflug auch schon wieder vorbei. Geräuschlos zog sie die Tür ins Schloss.

Maggie blickte Karls Praktikanten einen Moment lang an, dann sagte sie: »Ich brauche jetzt ein paar ruhige Stunden, um den Brief zu analysieren. Allein.«

Cem wirkte gekränkt. »Ist ja gut«, sagte er leise, erhob sich und bohrte seine Fäuste in die Taschen seines matt glänzenden Hugo-Boss-Anzugs. »Was soll ich denn ...?«

»Sie können mir den Servierwagen von drüben bringen.« Sie schmunzelte. »Und dann spielen gehen.«

2.

Als Cem den Servierwagen ins Zimmer rollte, achtete Maggie nicht auf ihn. Ohne ein Geräusch kehrte er auf den Gang zurück und zog die Tür hinter sich zu.

Schade eigentlich, dachte er, als er gemächlich über den Flur wanderte, wo etliche Türen offen standen. Er hätte der forensischen Linguistin zu gern über die Schulter gesehen bei der Analyse des Drohschreibens.

Im Vorübergehen warf er einen Blick in die Büros, an denen er vorbeikam. In einem standen zwei Schreibtische, die zwischen zahlreichen Kartons, Stapeln von Magazinen und verschweißten Paketen kaum noch zu sehen waren, Jäger und Sammler also. Zwei Türen weiter erhaschte er einen Blick auf eine hochglanzpolierte Schreibtischfläche, in deren Mitte nur ein Bildschirm stand, hinter dem eine Haartolle zu sehen war. Vielleicht ein Neuzugang oder sehr zwanghaft.

Den Fahrstuhl ließ er links liegen und als er wenig später das Treppenhaus erreichte, beschloss Cem, sich zunächst einen Überblick über das Präsidium zu verschaffen.

Im Erdgeschoss hing wie erwartet ein Hinweis, welche Abteilung wo zu finden war. Regionale Kriminalitätsbekämpfung, Wirtschaftskriminalität und Rauschgiftkriminalität, schließlich blieb sein Blick am Fachkommissariat Tötungsdelikte hängen.

Na bitte, da könnte er sich doch schon mal umsehen und ein paar Kontakte knüpfen. Wenig später erreichte er ein Großraumbüro mit etlichen Schreibtischen, dazwischen Besucherstühle, ein halbhohes Regal als Raumteiler, darauf ein Drucker, umgeben von mehreren Stapeln Papier.

Eine Beamtin hob den Kopf, beäugte ihn neugierig und senkte dann wieder den Blick auf den Bildschirm vor sich. Geschirrklappern wies ihm den Weg zur Teeküche, Kommunikationszentrale jeder Büroeinheit.

Ein Mann, der nicht viel älter sein konnte als Cem, hatte sich

18

gerade einen Kaffee eingeschenkt und schob die halbvolle Kanne zurück auf die Wärmeplatte. Ein deutlich Älterer mit Dreitagebart lehnte an einem der bunt beklebten Schränke.

Mit einem freundlichen Lächeln blieb Cem in der Tür stehen. Der Ältere der beiden wandte den Kopf und betrachtete ihn mit verkniffenem Gesicht, während der andere weitersprach, ohne auf Cem zu achten.

»Behnke ist ein echter Promi«, sagte der Jüngere und löffelte sich Zucker in die gut gefüllte Tasse, bis diese überlief und ein braunes Rinnsal auf der Arbeitsplatte hinterließ. »Der Chef ist entsprechend nervös, auch klar.« Er beugte sich nach vorn, setzte seinen Mund an die übervolle Tasse und schlürfte vernehmlich.

»Und Sie sind?«, wandte sich der Ältere an Cem.

»Cem Bayrak«, erwiderte er, »vom BKA. Meine Kollegin Maggie Kofler und ich wurden von Kriminaloberrat Engler angefordert für den aktuellen Fall.«

Der Jüngere sah ihn neugierig an und hob die noch immer gut gefüllte Tasse zum Mund. »Sag ich doch«, murmelte er mit einem Blinzeln in Richtung seines Kollegen, »der Chef ist nervös.«

»Gibt es schon erste Ergebnisse?«, fragte Cem leichthin.

Sein Gegenüber versuchte mit weit vorgestrecktem Kopf zu trinken, doch der Kaffee schwappte über und hinterließ dunkle Flecken auf seinem Hemd. Der Jüngere fluchte leise.

Cem sah den Älteren an, der seinen Blick erwiderte und gerade den Mund öffnen wollte, als Cem hinter sich seinen Namen hörte. Mit bedauernder Miene drehte er sich um.

»Würden Sie bitte unten warten, bei Frau Kofler?« Es war Luise Becker, ihre Stimme klang vorwurfsvoll.

Cem überlegte kurz, ob er protestieren sollte, doch dann beschloss er, dass jetzt nicht der richtige Zeitpunkt dafür war. Mit einem Lächeln senkte er den Kopf, murmelte eine Zustimmung und machte sich auf den Weg zurück ins Treppenhaus.

Maggie schob die Kopie des Drohschreibens neben ihren Laptop und loggte sich in das Portal des BKA ein. Dort klickte sie sich in ihrem Account durch die Ordnerstruktur, legte einen neuen Ordner an und öffnete ein leeres Formblatt für die Erfassung von neuen Fällen. Sorgfältig trug sie alle Daten ein, die sie bisher kannte: Ort, Datum, Todesart und Auffindesituation, anschließend starrte sie einen Moment reglos auf das Dokument, in dem die meisten Felder leer waren. Sie ärgerte sich über Luise, die ohne mit der Wimper zu zucken ihr Pilotprojekt torpedierte. Wie sollte sie so beweisen, dass ihr neuer Ansatz bessere Ergebnisse bringen konnte?

Aber das Lamentieren half nicht. Sie musste jetzt mit dem arbeiten, was möglich war. Maggie kehrte zurück ins System des Hamburger LKA und klickte sich weiter bis zur Spurensicherung. Unwillig verzog sie das Gesicht. Luise hatte ganze Arbeit geleistet, sie konnte mit ihrem Zugangscode nur den Ordner zum Drohschreiben öffnen. Konzentriert überflog sie die Analyse der Kriminaltechnik und übernahm die wichtigsten Daten in ihr eigenes Formular.

Es handelte sich um herkömmliches Papier, Massenware, wie es sie in jedem Büro gab, wahrscheinlich aus einem Drucker oder einem Kopierer, 80 Gramm, weiß, ohne Wasserzeichen. Gedruckt mit einem Tintenstrahldrucker, vermutlich ein Hewlett Packard. Schwarze Tinte, keine besonderen Merkmale, ohne erkennbare Abnutzungserscheinungen des Sprühkopfs.

Maggie zog die Kopie des Drohbriefs näher zu sich heran und musterte ihn stirnrunzelnd. Die dunklen Flecken stammten mutmaßlich vom Blut des Opfers. Beim Kopieren war der Kontrast verändert worden, sodass die Schrift deutlich zu erkennen war.

Kein Datum. Keine Anrede. Keine Unterschrift mit einem selbst gegebenen Namen, wie sie bei anonymen Briefen oft zu finden war. Keinerlei Signatur, nur der blanke Textkörper. Kein Versuch, eine über die eigentliche Information hinausgehende Botschaft zu übermitteln.

Maggie rieb sich die Augen und versuchte ihre Schultern zu lockern. Noch immer ärgerte sie sich über Luises Weigerung, ihr Pilotprojekt ernst zu nehmen. Eine einsame Entscheidung, ohne Rücksprache, typisch. Wut kroch in ihr hoch, sie fühlte sich bitter an, wie früher, brachte ihr Gesicht zum Glühen, nahm ihr die Luft. Maggie presste die Lippen zusammen und ließ sich zurückfallen.

Luises Überzeugung war weit verbreitet. Die meisten glaubten, dass Fallanalyse und Textanalyse getrennt werden sollten, um objektive Ergebnisse zu bekommen. Doch sie hatte jahrelang dafür gekämpft, Zugang zu allen Daten zu haben und sich nach eigenem Ermessen so weit zu informieren, wie sie es für nötig hielt.

Dass nun ausgerechnet Luise ihren neuen Ansatz aushebelte!

Mit einem Seufzen rieb sich Maggie die Stirn. Wenn sie zuließ, dass die alte Geschichte ihr die Konzentration raubte, hatte sie nichts dazugelernt. Sie waren keine zwanzig mehr, sie und Luise. Es war vorbei.

Maggie straffte die Schultern und zog die Fotos aus der schmalen Mappe, die Luise ihr gebracht hatte. Auf allen Fotos war nur das Drohschreiben zu sehen, aus verschiedenen Blickwinkeln aufgenommen, sodass die Formen der Blutspritzer gut zu erkennen waren. Maggie versuchte, sich an die Fotos zu erinnern, die Luise ihnen auf ihrem Tablet gezeigt hatte.

Wie gern hätte sie jetzt mit Karl die Fakten diskutiert, so wie sie es schon oft getan hatten. Sie glaubte sogar, Karls Stimme zu hören, wie er den Fall mit Bedacht analysierte. Aufgesetzter Schuss. Das war persönlich. Die Hände mit Paketschnur an den Schreibtischstuhl gefesselt. Das war improvisiert und dilettantisch.

Ihr Blick wanderte zu dem Drohschreiben. Nur der Textblock. Das war unpersönlich. Maggie machte sich ein paar Notizen, dann zog sie das Blatt Papier weiter zu sich und begann zu lesen.

Dies ist die letzte Warnung. Treten Sie bloß von Ihrem Posten zurück. Stoppen Sie Ihre kriminelle Aktivitäten. Die Welt ist ohne Sie besser dran. Sie haben noch eine Woche übrig. Wenn Sie nicht Ihre Geschäfte bis dahin gestoppt haben, werden Sie sterben. Das ist nicht eine leere Drohung. In sieben Tagen werden Sie tot sein.

Das Schreiben war knapp, nur wenige kurze Sätze mit einer klaren Handlungsaufforderung und einer damit verbundenen

Drohung. Ein paar auffällige Wörter. Ein paar auffällige Satz-konstruktionen.

Maggie begann, jeden einzelnen Satz zu analysieren, und über-nahm die Ergebnisse in ihr Formular.

Dies ist die letzte Warnung.

Dies klang sehr hochsprachlich, fand man in schriftlichen Texten meist nur in bestimmten gesellschaftlichen Kreisen. Vermutlich würde die Mehrheit der Bevölkerung schreiben: *Das ist die letzte Warnung.* Außerdem vermisste Maggie die persönliche Anrede. *Das ist Ihre letzte Warnung* wäre viel naheliegender, hatte sie schon in zahlreichen Drohschreiben gelesen. Viele Absender hatten beim Schreiben das Objekt ihres Ärgers vor Augen und neigten dazu, sehr persönlich zu werden. Mit ihrer Wortwahl und ihren Satzkonstruktionen verrieten sie mehr über sich, als ihnen bewusst war. Doch der Absender dieses Briefes hatte die persönliche Ansprache vermieden. Das passte zum Rest des Schreibens, der ebenso unpersönlich gehalten war.

Treten Sie bloß von Ihrem Posten zurück.

Erst im zweiten Satz folgte eine direkte Ansprache, verbunden mit einer Handlungsaufforderung. Ohne direkte Ansprache hätte man diesen Satz nicht formulieren können, also war er notgedrungen persönlich. Ungewöhnlich war die Modalpartikel *bloß*. Sie diente der Verstärkung und kam häufig in der gesprochenen Sprache vor, in der geschriebenen so gut wie nie.

Stoppen Sie Ihre kriminelle Aktivitäten.

Auch diesen Satz hätte man ohne eine direkte Ansprache nicht formulieren können. Auffällig war der grammatikalische Fehler, dem Adjektiv fehlte das *n*, korrekt hätte es lauten müssen: *kriminellen Aktivitäten.* Könnte ein Flüchtigkeitsfehler sein, vielleicht auch ein Tippfehler. Das Verb *stoppen* kam aus dem Englischen, ein Anglizismus, meist umgangssprachlich verwendet, in schrift-lichen Werken nur selten zu finden. Das passte zur Modalpartikel *bloß* im vorhergehenden Satz, aber nicht zum hochsprachlichen *dies* am Anfang des Textes. Maggie fragte sich, ob das bereits ein erster Hinweis auf das Alter der schreibenden Person war. Noch vor dreißig Jahren hatte es zwei klar getrennte Sprachsysteme gegeben, die geschriebene Sprache und die gesprochene Sprache. Natürlich fanden sich zahlreiche Überschneidungen und die meisten Sprachregeln galten für beide Systeme, trotzdem gab es eine Menge Unterschiede zwischen der geschriebenen und der gesprochenen Sprache. Diese verwischten sich jedoch seit etlichen Jahren. Die Kommunikation per WhatsApp und anderen Messengerdiensten brachte Anklänge mündlicher Sprache in geschäftliche E-Mails und bildete auch bei anderen digitalen Kommunikationsformen allmählich eigene Gewohnheiten heraus. Ganz zu schweigen vom Einzug der Smileys in die Welt der geschäftlichen Korrespondenz.

Maggie stand auf und wanderte durch den Raum. Die körperliche Aktivität tat ihr gut, sie brachte ihre Gehirnzellen auf Trab. Gemächlich ging sie zum Servierwagen und nahm sich eine frische Tasse Kaffee. Er war noch warm und der kräftige Geruch erinnerte sie an Sonntagsfrühstücke mit Luise, die ihren Kaffee gern schwarz und süß trank. Maggie glaubte sogar, ihr Lachen zu hören, den Klang ihrer Stimme.

Missmutig schüttelte sie sich, um die Gedanken an Luise zu verscheuchen wie ein giftiges Insekt, dann kehrte sie an den Tisch zurück, stellte die Tasse ab und konzentrierte sich wieder auf ihre Analyse. Ihr Blick blieb an dem Wort *stoppen* hängen, ein umgangssprachlicher Anglizismus.

Ein Brief war ein Akt der schriftlichen Kommunikation. Ältere Menschen, deren schriftliche Sozialisierung vor allem in der Schule stattgefunden hatte, neigten zu einem formellen Schreibstil, selbst in Drohschreiben. Früher hatte man anhand des umgangssprachlichen Anteils der Formulierungen die soziale Herkunft erahnen können, je formeller, desto höher der Bildungsgrad. Heute kamen das Alter und die Digitalisierung als Einflussfaktoren hinzu. Je jünger der Absender und je intensiver die schriftliche Sozialisierung per WhatsApp, desto umgangssprachlicher auch andere Schriftformen. Trotzdem lieferte der Schreibstil noch immer ein erstes Indiz für den Bildungsgrad. Personen mit höheren Bildungsabschlüssen hatten gelernt, stärker zu differenzieren zwischen formeller und informeller Kommunikation.

Das ließ sich auch auf Drohschreiben übertragen, denn die Erfahrung zeigte, dass deren Absender aus allen Gesellschaftsschichten stammten.

Nachdenklich wanderte Maggies Blick über die Zeilen vor ihr. Das eher formelle und hochsprachliche Wort *dies* passte nicht zu den informellen und umgangssprachlichen Worten *stoppen* und *bloß*.

Sie zog den Laptop näher und machte sich Notizen, dann kehrte sie zurück zum Brief und nahm sich den nächsten Satz vor.

Die Welt ist ohne Sie besser dran.

Auch hier hatte der Absender nicht auf die persönliche Anrede verzichten können, sonst wäre die Aussage nicht möglich gewesen. Die Satzkonstruktion wirkte auf den ersten Blick unauffällig, probehalber formulierte Maggie den Satz um: *Die Welt ist besser dran ohne Sie* und *Die Welt ist ohne Sie besser dran.* Beide Versionen waren gängig, die Satzstellung üblich. Leider gab es zur Abfolge von Satzgliedern in grammatikalisch korrekten Sätzen zu wenig statistische Daten, um fundierte Aussagen darüber machen zu können, trotzdem vermutete sie, dass die Position von *ohne Sie* am Ende des Satzes die häufigere Variante war.

Maggie streckte sich und gähnte. Erneut stand sie auf, wanderte durch den Besprechungsraum und blieb schließlich vor dem Fenster stehen. Das diffuse Licht der Morgendämmerung war einem strahlenden Morgen gewichen. Unten am Haupteingang des Polizeipräsidiums schoben sich die Glastüren immer wieder zur Seite, Menschen traten heraus und eilten die Stufen hinunter, andere verschwanden im Inneren des Gebäudes. Auf der gegenüberliegenden Straßenseite fuhr ein Bus vorbei und in einer nahe gelegenen Baumgruppe spielten Kinder. Ihre Stimmen klangen hell und atemlos, Lachen mischte sich mit vergnügtem Kreischen.

Maggie atmete tief durch und kehrte zum Tisch zurück, ließ sich auf den Stuhl fallen und betrachtete den folgenden Satz.

Sie haben noch eine Woche übrig.

Ungewöhnliche Formulierung. Das *übrig* am Ende des Satzes war auffällig und vielleicht der Rest eines anderen Satzes, der dort ursprünglich gestanden hatte. In Schreiben, die am Computer entstanden waren, fanden sich oft Satzkonstruktionen, die das Ergebnis mehrfachen Umformulierens waren. Durch Verschieben, Streichen und neu Schreiben kamen charakteristische individuelle Formulierungen zustande, grammatikalisch falsche Teilsätze oder ungewöhnliche Satzkonstruktionen, oft eine Verschmelzung aus drei oder vier Varianten.

Maggie kannte das von sich selbst. Wenn sie in einem Bericht an einem Satz lange genug herumdokterte, konnte sie am Ende nicht mehr genau sagen, was richtig und was falsch war. Oder es blieben falsche Konstruktionen als Flüchtigkeitsfehler zurück, die man später beim erneuten Durchlesen nicht mehr wahrnahm.

Mit leerem Blick starrte Maggie gegen die Wand und suchte nach anderen Formulierungen, doch es fiel ihr kein passender Satz ein, der das Wort *übrig* enthielt. Vielleicht hatte an dieser Stelle ursprünglich eine komplett andere Konstruktion gestanden, vielleicht war das *übrig* nach der Umformulierung stehengeblieben und die schreibende Person hatte es am Ende überlesen.

Maggie nahm sich den nächsten Satz vor.

Wenn Sie nicht Ihre Geschäfte bis dahin gestoppt haben, werden Sie sterben.

Maggies Blick ruhte lange auf der Verneinung, sie stand an einer ungewöhnlichen Position im Satz. Üblicherweise stand sie vor dem Verb: *Wenn Sie Ihre Geschäfte bis dahin nicht gestoppt haben, werden Sie sterben.* Diese Formulierung wäre viel eher zu erwarten gewesen. Trotzdem war die Version im Drohschreiben grammatikalisch korrekt, sie war nur etwas ungewöhnlich und würde wohl den wenigsten auffallen. Daneben trat ein weiteres Mal das umgangssprachliche Verb *stoppen* auf. Gleich zweimal in einem so kurzen Text, das sprach dafür, dass der Anglizismus ein fester Bestandteil des Sprachschatzes der schreibenden Person war.

Maggies Blick wanderte weiter zum vorletzten Satz.

Das ist nicht eine leere Drohung.

Ein grammatikalischer Fehler. *Das ist keine leere Drohung* wäre die grammatikalisch korrekte Version. Die hier verwendete

Formulierung fand sich gelegentlich bei Menschen, die das Deutsche nicht als Erstsprache, sondern als Fremdsprache erlernt hatten.

Erneut stand Maggie auf und ging im Zimmer umher, doch diesmal nahm sie ihre unmittelbare Umgebung kaum wahr, ihre Gedanken konzentrierten sich auf den Brief und den Absender.

Der grammatikalisch falsche Satz war die erste Formulierung, die ein starkes Indiz für den Absender lieferte. Vermutlich hatte die schreibende Person Deutsch als Fremdsprache erlernt. Die Sätze zu Beginn des Schreibens enthielten zwar die ein oder andere Auffälligkeit. Doch dieser grammatikalische Fehler wäre einer Person nicht unterlaufen, die Deutsch als Erstsprache gelernt hatte, egal ob schriftlich oder mündlich, egal welche Gesellschaftsschicht, männlich oder weiblich, formelle oder informelle Kommunikation. Ließe sich dieser Verdacht erhärten, wäre das der erste handfeste Hinweis auf die Person, die den alten Mann erschossen hatte.

Maggie blieb stehen und rieb sich die Stirn. Wieso alter Mann? Verärgert registrierte sie, dass sie nur aufgrund der Größe der Hände und der Altersflecken Vermutungen anstellte. Wie sollte sie eine tragfähige Hypothese zum Sprachprofiling eines Mörders erarbeiten, wenn sie so wenig über das Opfer wusste?

Sie gab einen unzufriedenen Laut von sich. Die alte und die neue Wut auf Luise ergaben einen Hormoncocktail, der ihr das Gehirn vernebelte. Denk jetzt nicht an Luise, ermahnte sie sich, konzentriere dich auf den Brief. Es spielt im Moment keine Rolle, wer das Opfer ist. Außerdem ist überhaupt nicht gesagt, dass der Drohbrief vom Täter stammt oder überhaupt etwas mit dem Mord zu tun hat.

Sie kehrte zum Tisch zurück und betrachtete den letzten Satz des Schreibens.

In sieben Tagen werden Sie tot sein.

Grammatikalisch korrekt, aber ungewöhnlich. Die meisten würden vermutlich schreiben *In sieben Tagen sind Sie tot.* Das war grammatikalisch richtig, mündlich wie schriftlich, und klang geläufiger. Die Formulierung *werden Sie tot sein* war zwar ebenfalls korrekt, aber im allgemeinen Sprachgebrauch sehr selten. Auch das deutete auf eine Person hin, deren Erstsprache nicht das Deutsche war. Sie kannte das fremde Sprachsystem und hatte alle Regeln im Kopf, auch wenn diese nur in Ausnahmefällen Verwendung fanden und für Muttersprachler etwas zu steif klangen.

Maggie betrachtete die beiden auffälligen Sätze.

Vermutlich wusste der Verfasser sehr genau, dass im Deutschen die Negation des unbestimmten Artikels *kein* lautete, doch ein Drohschreiben zu verfassen war eine Stress-Situation. Nicht der Moment, um jahrelang gepaukte Grammatikregeln kühl in korrekte und elegante Formulierungen umzusetzen. Alles deutete darauf hin, dass die Person genau wusste, was richtig und was falsch war. Höherer Bildungsabschluss und vor allem ein formalisierter Fremdsprachenerwerb. Nicht auf der Straße gelernt, also nicht nur im Kontakt mit anderen, sondern anhand von Grammatikregeln.

Auch die Tatsache, dass der Verfasser kein Übersetzungsprogramm wie deepl.com herangezogen hatte, ließ vermuten, dass er sich seiner Kenntnisse in der Fremdsprache sicher war. Mit deepl.com wäre zumindest die grammatikalisch falsche Verneinung nicht vorgekommen. Doch der Schreibende hatte selber formuliert und nicht den Computer zu Rate gezogen. Auch das passte zu einem regelkonformen Fremdsprachenerwerb.

Aber welche Erstsprache steckte dahinter? Grübelnd glitt ihr Blick über die Sätze und Formulierungen. Wenn jemand eine Sprache so gut kannte, dass er einen so weitgehend fehlerfreien Text formulieren konnte, hatte der Fremdspracherwerb vermutlich schon sehr früh stattgefunden. Die nahezu fehlerfreien und nur an wenigen Stellen auffälligen Satzkonstruktionen ließen eine indogermanische Sprache als Erstsprache vermuten. Also eine Sprache aus dem europäischen Sprachraum, eng verwandt mit dem Deutschen und anderen europäischen Sprachen.

Vielleicht das Englische als Erstsprache? Was waren in diesem Fall die häufigsten Fehler für Deutsch als Fremdsprache? Das Englische könnte auch die zweimalige Verwendung des Anglizismus *stoppen* erklären. Ein Mensch mit Erstsprache Englisch würde vermutlich die umgangssprachliche Konnotation des Verbs im Deutschen nicht wahrnehmen. Außerdem erinnerte der Satz *Sie haben noch eine Woche übrig* an die englische Formulierung *You'll have one week left,* hier stand das Wort *übrig* am Ende des Satzes.

Ob britisches oder amerikanisches Englisch spielte hier, soweit sie das beurteilen konnte, keine Rolle. Die beiden Varianten des englischen Sprachsystems unterschieden sich vor allem beim Wortschatz: Für die gleiche Bedeutung wurden andere Wörter verwendet oder es waren dieselben Wörter mit einer anderen Schreibweise. Doch die Satzstellung war in beiden Fällen nahezu identisch. Natürlich gab es noch andere Varianten des Englischen, doch die meisten kamen entweder dem britischen oder dem amerikanischen Englisch nahe.

Maggie nahm sich vor, im Laufe des Tages mit Susanne zu telefonieren. Sie hatten gemeinsam studiert, und während Maggie schon nach den ersten Semestern ihren Schwerpunkt immer weiter zur Soziolinguistik verlegt hatte, weil sie später als forensische Linguistin arbeiten wollte, hatte sich Susanne für die Spracherwerbsforschung entschieden und arbeitete seit kurzem am Lehrstuhl für Deutsch als Zweitsprache. Auf ihre ruhige und entschlossene Art bereitete sie sich seit langem darauf vor, irgendwann in die Fußstapfen ihres Vorgesetzten zu treten, einem Professor für Deutsch als Zweitsprache.

Susanne würde ihr anhand des Drohschreibens und der Auffälligkeiten darin sicher nicht nur einen ersten Tipp, sondern einen begründeten Hinweis geben können, welche Sprache der Verfasser dieses Briefes als Erstsprache erlernt hatte.

Maggie machte sich eine kurze Notiz und öffnete dann die zentrale Tatschreibensammlung. Der Abgleich mit vorliegenden Schreiben gehörte bei jeder Analyse dazu. Fanden sich Ähnlichkeiten, lieferte das wichtige Hinweise auf die Urheberschaft.

Maggie lud die Datei vom Server des LKA Hamburg in die zentrale Tatschreibensammlung und startete den Abgleich. Während sie auf das Ergebnis wartete, kehrten ihre Gedanken zu Karl zurück. Wie mochte es ihm gehen?

Mit schlechtem Gewissen fiel ihr ein, dass sie eigentlich Irmi hatte anrufen wollen. Sie griff nach ihrem Smartphone, das sie nach dem Telefonat mit Werner stumm geschaltet hatte. In der Zwischenzeit waren drei Nachrichten eingetrudelt, die sie rasch durchklickte. Walt hatte sich gemeldet, ihr Mitbewohner. Er musste vor wenigen Stunden den Zettel auf dem Küchentisch gefunden haben und fragte lapidar, ob sie ihm nicht eines dieser leckeren Matjesbrötchen vom Hamburger Fischmarkt mitbringen könne. Maggie antwortete mit einem Smiley und schrieb, dass sie noch nicht wisse, wann sie nach Heidelberg zurückkehren werde.

Die beiden anderen Nachrichten kamen aus dem Büro, eine Kollegin fragte nach dem Fall, an dem Maggie bis gestern gearbeitet hatte, ein Kollege wollte mit ihr die Mittagspause verbringen. Maggie teilte ihnen mit, dass sie derzeit in Hamburg an einem Fall arbeite und sich melden werde, sobald sie zurück in Wiesbaden sei.

Dann klickte sie sich zunehmend genervt durch ihre Kontakte. Sie war sicher, dass sie schon vor Jahren Irmis Nummer eingetragen hatte. Doch unter I war kein Eintrag zu finden, auch unter J nicht. Als sie fast aufgeben wollte, fand sie ihre Telefonnummer schließlich unter »Karls Frau«. Schwach erinnerte sie sich, dass sie damals Irmis Vornamen noch nicht gekannt hatte.

Maggie atmete tief durch und trat ans Fenster. Dünne Schleierwolken verpassten dem Himmel ein zartes Muster. Erst als sie spürte, dass sich ihr Pulsschlag verlangsamte, drückte sie das Telefonsymbol. Sie hörte die Signaltöne und anschließend mehrfache Freizeichen. Während sie lauschte, dachte sie darüber nach, ob sie auf die Mailbox sprechen sollte, doch dann rissen die Freizeichen ab.

»Ja?« Irmis Stimme klang gewohnt schrill.

»Maggie.«

Im Hintergrund war gleichmäßiges Piepsen zu hören und das Klappern von Geschirr.

»Wie geht es dir?«, fragte Maggie.

»Willst du nicht wissen, wie es Karl geht?«, erwiderte Irmi entrüstet.

Maggie seufzte innerlich, doch sie ließ sich nichts anmerken.

»Ja.«

»Er liegt auf der Intensivstation. Es hat ihn schlimm erwischt. Ich habe ihm ja immer gesagt, dieser Beruf bringt dich noch um. Er hätte es so schön haben können als Therapeut, ein bisschen Depression, ein bisschen Burnout, ein bisschen Jammern über eine schlechte Kindheit. Damit kann man prima Geld verdienen. Man sitzt einfach ruhig auf seinem Hintern und lässt die Leute reden. Aber nein, das reicht ihm nicht. Forensische Psychologie muss es sein, Massenmörder, Serientäter, Psychopathen. Ist doch klar, dass sich dieser ganze Stress in seine Seele frisst und sein Herz zerstört. Jetzt hat er den Schlamassel. Liegt da und kann nicht mal mehr selber pissen.«

Maggie unterdrückte ein Stöhnen. »Ist er bei Bewusstsein?«

»Ist er.«

Maggie hörte sie atmen. Sie konnte sich vorstellen, wie Irmi die Lippen zusammenpresste und mit bösem Gesicht die Wände anstarrte. Eine hochdotierte Analytikerin, die international auf Fachkongressen großartige Reden hielt und privat sprach, als hätte sie ihr Heimatdorf nie verlassen.

»Könnte ich …?«

»Nein, kannst du nicht«, fauchte Irmi. »Er braucht jetzt seine Ruhe. Viel Ruhe. Ich gebe dir Bescheid, wenn er sich erholt hat.«

Ein Klicken verriet, dass Irmi das Gespräch beendet hatte. Kopfschüttelnd drückte auch Maggie den Button zum Auflegen und sah gedankenversunken auf ihr Display, auf dem noch immer »Karls Frau« zu lesen war. Vermutlich würde es eine Weile dauern, bis Karl wieder sein eigenes Smartphone in Händen hielt und sich bei ihr melden konnte. Doch Irmis Stimme hatte kampflustig und munter geklungen. Sie beschloss, das als gutes Zeichen zu nehmen.

3.

Maggie kehrte zum Tisch zurück und holte den Laptop aus seinem Ruhemodus. Der Datenabgleich, den sie zwischenzeitlich hatte weiterlaufen lassen, hatte keine Übereinstimmung gebracht. In der zentralen Tatschreibensammlung gab es kein Schreiben, das mit dem aktuellen Drohbrief vergleichbar war. Das wäre auch zu schön gewesen.

Enttäuscht schloss sie die Datenbank und holte sich alle Unterlagen auf den Bildschirm. Es war an der Zeit, der SOKO MOB die ersten Ergebnisse zu präsentieren.

Luises Visitenkarte lag noch immer in der Mitte der Tischplatte. Maggie angelte danach und wollte schon nach ihrem Smartphone greifen, doch ihre Hand blieb in der Luft hängen. Wenn sie jetzt anriefe, hätte Luise ihre Nummer. Dann gab es wieder eine Verbindung zwischen ihnen. Ihre Hand zitterte. Ob sie das Haustelefon benutzen sollte, das auf der Fensterbank stand? Blödsinn, schalt sie sich im selben Moment, gib dem nicht so viel Bedeutung, es ist nur ein gemeinsamer Fall.

Entschieden tippte sie die Nummer von der Visitenkarte ein und spürte, wie jedes Freizeichen ihren Herzschlag schneller werden ließ. Als Luise den Anruf schließlich entgegennahm, hatte sie ihren Trainingspuls erreicht.

»Ich bin so weit«, sagte sie und bemühte sich, ihren Atem ruhig zu halten. »Ich kann dir und deinem Team erste Hypothesen präsentieren.«

»Mein Team ist beschäftigt«, erwiderte Luise kalt, »in drei Minuten bin ich unten.«

Maggie zog die Augenbrauen hoch.

»Und pfeif deinen Assistenten zurück. Der versucht, meine Leute auszuhorchen. Ein Rausschmiss reicht ihm hoffentlich.«

Das Rauschen verriet, dass ihre Ex das Gespräch ohne Ankündigung weggedrückt hatte. Lächelnd ließ Maggie ihr Smartphone sinken. Cem nervte jetzt also Luise und ihre Leute. Gut so. Selbst wenn sie es gewollt hätte, sie konnte ihn nicht erreichen, bisher hatte sie keine Nummer von ihm.

Maggie griff nach einem Teller, nahm sich eines der belegten Brötchen und schenkte sich Kaffee nach.

Als Luise wenige Minuten später den kleinen Konferenzraum betrat, knurrte Maggies Magen nicht mehr. Sie war einigermaßen gefasst und hatte die Kopie des Drohschreibens mit ihren Unterlagen vor sich liegen.

»Hey«, ließ sich nun auch Cem hören.

Unwillig sah Maggie zur Tür, wo Cem gleich hinter Luise auftauchte. Leider fand sie auf die Schnelle keinen Grund, um ihn wieder rauszuwerfen. Mit einem freundlichen Lächeln setzte er sich an den Tisch, strich seine Hugo-Boss-Hose glatt und sah interessiert von Maggie zu Luise, die sich mit neutraler Miene einen Stuhl heranzog. Maggie erwiderte seinen Blick mit einem Hochziehen ihrer rechten Augenbraue.

Cem deutete auf den Brief, begleitet von einem breiter werdenden Lächeln. »Und?«

Maggie sah zu Luise, die mit ausdruckslosem Gesicht wartete.

»Na dann«, murmelte Maggie und zog ihren Laptop näher. »Der Brief enthält nur wenige Sätze, keine Anrede, keine Unterschrift«, begann sie. »Er wirkt sehr unpersönlich, als gäbe es keine persönliche Verbindung zwischen Täter und Opfer.«

»Oder jemand möchte die persönliche Verbindung verbergen«, warf Cem ein.

»Auch das ist möglich«, stimmte Maggie zu. »Die ersten beiden Sätze im Brief sind eher unauffällig. Keine ungewöhnlichen Satzkonstruktionen. In zwei Sätzen entspricht die Stellung der Satzglieder einem selteneren Muster, aber sie sind grammatikalisch korrekt. Das eher hochsprachliche *dies* am Anfang des Briefes und das Verb *stoppen* im dritten Satz stehen im Kontrast zueinander. *Dies* ist mit höherer Wahrscheinlichkeit in formellen Texten zu erwarten, der Anglizismus *stoppen* dagegen ist informell und entstammt der Umgangssprache. Die Drohung *In sieben Tagen werden*

Sie tot sein ist zwar grammatikalisch korrekt als Ereignis in der Zukunft formuliert, doch üblicherweise würde man hier die Formulierung erwarten: *In sieben Tagen sind Sie tot.* Auffällig ist die Modalpartikel *bloß* im zweiten Satz, die in mündlicher Sprache sehr häufig vorkommt, in geschriebener Sprache praktisch nie. Noch interessanter sind die beiden Sätze Nr. 3, 5 und 7: *Stoppen Sie Ihre kriminelle Aktivitäten; Sie haben noch eine Woche übrig;* und *Das ist nicht eine leere Drohung.* Zwei grammatikalische Fehler und eine außergewöhnliche Formulierung.«

»Haben wir bemerkt«, brummte Luise.

Maggie sah irritiert hoch. Luise bat sie mit einer raschen Handbewegung, fortzufahren.

»Die beiden grammatikalischen Fehler und die ungewöhnliche Formulierung mit *übrig* lassen vermuten, dass es sich um eine Person handelt, die das Deutsche nicht als Erstsprache gelernt hat. Aufgrund der Art der Fehler nehme ich an, dass sie das Deutsche im geregelten Fremdsprachenunterricht gelernt hat, zum Beispiel in einer Schule oder im Privatunterricht. Reines Selbststudium oder Spracherwerb im Alltag sind unwahrscheinlich, die Fehler deuten auf einen langjährigen und regelkonformen Fremdspracherwerb hin. Als Erstsprache würde ich das Englische vermuten. Das würde den Kontrast zwischen dem hochsprachlichen *dies* und dem umgangssprachlichen *stoppen* erklären, da ein Mensch mit Erstsprache Englisch diese Unterschiede unter Umständen nicht wahrnimmt. Auch die Formulierung *Sie haben noch eine Woche übrig* lässt an das Englische denken, es könnte eine 1:1 Übersetzung sein von *You'll have one week left.* Aber das ist bislang nur eine Hypothese, ich muss ein paar Nachforschungen anstellen, um das verifizieren zu können.«

»Wow«, sagte Cem beeindruckt. »Das lesen Sie alles aus so einem kurzen Brief heraus?« Sein Blick wanderte über die Zeilen.

Luise achtete nicht auf ihn. »Du vermutest also einen Verfasser, der Englisch spricht und über Jahre Deutsch als Fremdsprache gelernt hat.«

»Nein.« Maggie schüttelte missbilligend den Kopf. »Ob Mann

oder Frau kann ich nicht sagen. Der Brief gibt keinerlei Hinweise auf das Geschlecht.«

Luises Gesichtszüge verfinsterten sich. »Das habe ich so nicht gemeint«, sagte sie verärgert.

»Dann sag es auch so.« Maggie bemühte sich um einen leichten Ton, doch es gelang ihr nicht.

Sie hörte, wie Cem Luft holte. »Also ein Brief von einer Person unbekannten Geschlechts, die Englisch als Muttersprache erlernt hat und Deutsch als Fremdsprache.« Triumphierend sah er von Luise zu Maggie und wieder zurück, sein Gesicht zeigte kindliche Freude.

Luise zog die Augenbrauen hoch.

»Muttersprache ist ein veralteter Begriff«, erwiderte Maggie automatisch. »Die Person hat Englisch als Erstsprache erlernt und Deutsch als Zweitsprache.«

»Also Englisch«, kam Luise zum Thema zurück.

»Das ist eine erste Hypothese« sagte Maggie, »muss ich noch verifizieren.«

»Ein Brite«, wiederholte Cem.

»Nein«, erwiderten Luise und Maggie gleichzeitig.

»Brite oder Britin«, versuchte Cem es erneut.

»Nein!« Wieder hatten sie gleichzeitig geantwortet.

Maggie musste schmunzeln und Luises Gesichtsausdruck ließ vermuten, dass auch sie sich ein Lachen verkneifen musste.

»Sondern?« Cem ließ sich scheinbar genervt zurückfallen und zupfte an seinem Seidenschal. Doch sein amüsierter Blick verriet ihn.

»Englisch als Erstsprache«, sagte Maggie, »egal wo diese Person geboren wurde. Englisch als Erstsprache kann man in Großbritannien, in den USA, in Indien oder in Deutschland lernen. Die Sprache sagt nichts über die Person aus, weder über das Geburtsland noch über die sprachliche Umgebung, noch über die ethnische Zugehörigkeit. Es ist lediglich die Erstsprache eines Menschen. Nichts anderes.«

»Wenn Sie für die Polizei arbeiten wollen, sollten Sie lernen, keine vorschnellen Schlüsse zu ziehen«, erwiderte Luise streng.

Cem öffnete den Mund, doch dann überlegte er es sich und senkte zustimmend den Kopf. »Werde ich«, erwiderte er scheinbar demütig.

Doch Maggie hätte schwören können, dass ein zufriedener Beiklang in seiner Stimme lag.

»Ein Abgleich mit der zentralen Tatschreibensammlung hat kein Ergebnis gebracht«, berichtete Maggie abschließend. Als sie Cems fragenden Blick bemerkte, fügte sie hinzu: »Das BKA sammelt alle Tatschreiben, Bekennerschreiben, Drohschreiben und Erpresserschreiben. Das hat in den 1970er Jahren angefangen mit den Tat- und Bekennerschreiben der RAF. Inzwischen umfasst die Sammlung weit über sechstausend Texte aus allen Deliktbereichen. Finden sich Übereinstimmungen zwischen vorhandenen Texten und einem neuen Schreiben, erhalten wir so unter Umständen neue Ermittlungsansätze.«

Cem bedankte sich mit einem Nicken. Dann wandte sich Maggie an Luise: »Also, was wisst ihr?«

Luise räusperte sich. »Das Mordopfer ist ein Hamburger Reeder, Anton Behnke, alte Familie, altes Geld ...«

Sie wurde vom Klingeln ihres Smartphones unterbrochen. Luise blickte auf das Display, das neben ihr auf dem Tisch lag. Darauf tanzte ein Name, den Maggie nicht erkennen konnte. Luise schien einen Moment zu zögern, doch dann griff sie nach dem Gerät und erhob sich.

»Da muss ich kurz rangehen«, sagte sie, verließ das Zimmer und zog die Tür geräuschvoll ins Schloss.

Als Cem den Mund öffnete, legte Maggie den Finger auf ihre Lippen. Er zog eine Augenbraue hoch und schwieg.

Entfernt drang Luises Stimme zu ihnen in den Besprechungsraum. Sie sprach leise, doch Maggie erkannte die Stimmfärbung, gedämpft, vertraulich. Höchst unwahrscheinlich, dass sie mit einem Kollegen redete.

Cem beobachtete sie interessiert. Als sie seinem fragenden Blick begegnete, erhob sie sich und ging zum Servierwagen. Während sie mit einer frischen Tasse hantierte und sich Kaffee nahm, der erstaunlicherweise noch immer dampfte, wurde auf einmal Luises Stimme lauter.

Überrascht sah Maggie über die Schulter. Mit einem verschwörerischen Grinsen kehrte Cem auf seinen Platz zurück. Maggies Blick wanderte zur Tür, die nun einen winzigen Spalt offen stand.

»…ich weiß es noch nicht …«, war Luise deutlich zu hören, gefolgt von einem kurzen Schweigen, dann wieder Luise: »Nein, glaub mir.«

Geräuschlos wandte sich Maggie erneut dem Servierwagen zu. Sie achtete nicht auf die Tasse in ihrer Rechten, stattdessen betrachtete sie den von Wolken bedeckten Märzhimmel und horchte angestrengt.

»Ja, das tue ich«, hörte sie Luise leise sagen. Dann senkte sie ihre Stimme zu einem Flüstern. Inzwischen schien sie ganz in der Nähe der Tür zu sein. »Ja, ich halte dich auf dem Laufenden.«

Maggie gab einen Schuss Milch in ihre Tasse, griff nach einem Löffel und rührte vernehmlich.

Das war eindeutig kein Dienstgespräch gewesen. Sie nahm einen Schluck und lauschte auf Luises Schritte, registrierte das Zögern, bevor ihre Ex über die Schwelle trat und an den Besprechungstisch zurückkehrte.

Erst jetzt wandte sich Maggie um, ging ebenfalls zum Tisch und setzte sich. Sie stellte ihre Tasse ab und zog ihren Laptop heran. Dann sah sie zu Luise.

Ihre Ex saß mit versteinerter Miene auf dem Stuhl, die Arme vor der Brust verschränkt, und beäugte missmutig ihre beiden Gegenüber. Vermutlich fragte sie sich gerade, wer von ihnen heimlich die Tür geöffnet hatte. Und wie viel sie hatten hören können.

Wer bist du, fragte Maggie stumm und hielt Luises Blick fest. Du warst eine der aufrechtesten Polizistinnen, die ich je gekannt habe. Was ist aus dir geworden und wem spielst du Informationen zu?

Luises Miene verdunkelte sich, als hätte Maggie ihre Frage laut ausgesprochen.

Mit einem Hüsteln brachte sich Cem in Erinnerung.

Gleichzeitig wandten Maggie und Luise den Kopf. Cem grinste.

»Und?«, fragte er und deutete mit dem Kinn auf Luises Tablet. »Ein Reeder also.«

Luise räusperte sich und ihr Gesichtsausdruck wechselte wieder zur beruflichen Maske.

»Die Behnke Schiffahrt ist gut im Geschäft. Zur Reederei gehören mehr als 100 Container- und Mehrzweckschiffe, die weltweit alle wichtigen Häfen anlaufen. Laut seiner Assistentin hat Behnke das Büro gestern Nachmittag um 15.30 Uhr verlassen. Um 16.00 Uhr hatte er ein Treffen mit einem Geschäftspartner außerhalb des Büros. Im Moment wissen wir noch nicht, mit wem und wo. Danach wollte er direkt nach Hause. Seine Haushälterin hat ihn nicht gesehen und glaubt auch nicht, dass er an diesem Tag noch einmal nach Hause zurückgekehrt ist. Sie wohnt in einer Einliegerwohnung in seinem Haus und ist überzeugt, dass sie es mitbekommen hätte, wenn er gestern Abend dort aufgetaucht wäre. Laut ihrer Aussage hat Behnke an dem Morgen wie immer gefrühstückt und ist mit der S-Bahn ins Büro gefahren. Danach hat sie ihn nicht mehr gesehen.«

»S-Bahn?«, fragte Cem.

»Die schnellste Art, um in der Hamburger City von A nach B zu kommen.«

»Wie alt?«, wollte Maggie wissen.

»64« erwiderte Luise mit einem Blick auf ihr Tablett. Sie wischte zweimal, studierte die Zeilen vor sich und sprach dann weiter. »Um 22.13 Uhr erreichte uns ein Notruf. Der Mann von der Security, der wie jeden Abend seinen Rundgang durch das Gebäude machte, hatte den Reeder in dessen eigenem Büro tot aufgefunden.«

»Sechs Stunden, nachdem er das Gebäude verlassen hat«, bemerkte Cem. Zum ersten Mal wirkte er konzentriert und ganz bei der Sache.

»Wann kam er zurück?«, fragte Maggie.

»Wissen wir nicht«, antwortete Luise. »Die Überwachungskamera am Eingang zeigt Behnke, wie er 15.32 Uhr das Gebäude verlässt. Danach ist er auf keinem der Videos erneut zu sehen.«

»Wie ist er dann reingekommen?«, fragte Cem.

»Ihm lagen sämtliche Sicherheitspläne vor«, erwiderte Luise. »Er wusste genau, wie er das Gebäude betreten konnte, ohne von der Kamera erfasst zu werden.«

»Warum sollte sich Behnke in sein eigenes Büro schleichen?«, fragte Cem. »Er hätte doch ganz normal durch den Haupteingang zurückkehren können. Warum die Heimlichtuerei? Was hatte er vor?«

Luise nickte anerkennend. »Das ist die Frage.«

»Was ist mit seinem Mörder?«, fuhr Cem fort. »Gibt es irgendwelche Verdächtigen?«

»Die Kameras haben keine Person erfasst, die da nicht hingehört«, erwiderte Luise.

»Es könnte auch jemand gewesen sein, der da hingehört«, entgegnete Cem.

»Genau«, bestätigte Luise. »Aber im Moment gibt es keinen Hinweis, dass es jemand von seinen eigenen Leuten war.«

»Keine anderen Firmen im Haus?«, fragte Maggie.

Luise schüttelte den Kopf. »Firmensitz der Reederei, keine Untervermietungen. Behnke Schiffahrt gehört zu den größten Reedereien Deutschlands, rund 2.000 Angestellte auf See und knapp 200 an Land, davon sitzen allein 150 in diesem Gebäude.«

Cem pfiff leise durch die Zähne.

»Altes Geld«, wiederholte Maggie gedehnt Luises Worte.

»Ganz Hamburg ist in Aufruhr und will wissen, was passiert ist«, erwiderte Luise.

Maggie nickte, dabei betrachtete sie Luises Gesicht. Wem hast du exklusive Informationen der Polizei versprochen?, fragte sie sich stumm.

Luises Schultern vibrierten, als wollte sie Maggies Blick abschütteln.

»Todeszeitpunkt?«, fragte Maggie und suchte auf ihrem Formular die richtige Zeile.

»Zwischen 20 und 22 Uhr«, erwiderte Luise. »Erste vorsichtige Schätzung, das genaue Ergebnis steht noch aus.«

Maggie nickte und trug die Uhrzeit ein.

»Gab es weitere Fixierungen außer einer Schnur um Handgelenke und Armlehne?«, wollte Cem wissen.

»Nein«, Luise schüttelte den Kopf.

»Ein erwachsener Mann«, erwiderte Cem, »sportlich und dominant, sonst wäre er kein so erfolgreicher Geschäftsmann. Der lässt sich doch nicht mit ein bisschen Schnur an seinen eigenen Schreibtischstuhl fesseln und dann erschießen.«

»Das Büro zeigte keine Kampfspuren«, warf Maggie ein.

»Er wurde vermutlich mit der Pistole bedroht, da reagiert man schon mal untypisch«, sagte Luise.

Cem legte den Kopf schräg, als wäre er anderer Meinung, doch er schwieg.

»Was ist mit dem Brief?«, wollte Maggie wissen.

»Lag ganz offen auf dem Schreibtisch«, antwortete Luise. »Direkt neben dem Opfer, deshalb auch das Blut. Behnke saß hinter dem Schreibtisch mit dem Gesicht zur Wand, als auf ihn geschossen wurde. Vermutlich stand der Mörder vor dem Schreibtisch. Ansonsten wirkte alles unberührt. Als heute Morgen seine Assistentin kam, haben wir sie gebeten, sich im Büro ihres Chefs umzusehen, soweit das von der Tür aus möglich ist. Sie meinte, es sähe aus wie immer. Nichts durchwühlt, keine Unordnung und auf den ersten Blick fehlte nichts.«

»Wie aufgeregt war sie?«, fragte Cem.

Luise musterte ihn einen Moment schweigend, dann sagte sie: »Sie arbeitet seit zwanzig Jahren für ihn. Sie ist mit ihm alt geworden.«

»Also ist ihre erste, spontane Aussage nicht sehr belastbar«, erwiderte Cem entschieden.

Luise neigte zustimmend den Kopf. »Könnte sein.«

»Computer?«, wollte Maggie wissen.

»Sind in Behnkes Büro laut Zeitstempel abends oder nachts nicht mehr hochgefahren worden. Behnke hat seinen kurz vor 15.30 Uhr heruntergefahren. Eine gute Stunde später hat die Assistentin ihren Rechner ausgemacht, das passt zu ihrer Aussage. Danach keine ungewöhnlichen Aktivitäten mehr, keine Fernzugriffe, kein erneutes Hochfahren.«

»Also waren sie nicht auf Firmengeheimnisse aus«, sagte Cem.

»Wozu ein Drohschreiben schicken, wenn das Opfer kurze Zeit später erschossen wird?«, warf Maggie ein. »Wer droht, will eigentlich nicht morden. Der Brief liefert doch nur Hinweise auf den Täter.«

»Wir wissen nicht, wie lange er den Brief schon hatte«, wandte Luise ein.

»Vielleicht hat er die Forderung abgelehnt und wollte einfach so weitermachen wie bisher«, mutmaßte Cem.

»Wäre denkbar, schließlich konnte er auf den Brief nicht antworten«, erwiderte Luise.

»Wisst ihr denn, worauf sich der Brief bezieht?«, wollte Maggie wissen.

»Da sind wir noch dran«, erwiderte Luise, »bis jetzt haben wir nichts Auffälliges gefunden. Wir werden Tage brauchen, um uns durch seine Akten zu wühlen.«

»Könnte es einen privaten Auslöser für den Brief gegeben haben?«, fragte Maggie.

»Der Brief lag im Büro«, warf Cem ein, »und bezieht sich nur auf die Reederei.«

Luise nickte. »Geschieden, eine erwachsene Tochter und ein erwachsener Sohn. Die Tochter ist Anwältin mit eigener Kanzlei, der Sohn arbeitet in der Reederei. Ansonsten gibt es nur die Haushälterin und die Assistentin.«

»Eine Affäre?«, wollte Cem wissen.

Luise schüttelte den Kopf. »Bisher haben wir nichts, was das vermuten lässt.«

»Seit wann ist er geschieden?«

Luise warf Cem einen anerkennenden Blick zu. »Seit mehr als fünfundzwanzig Jahren«, antwortete sie.

Maggie verfolgte das Gespräch interessiert. Der Praktikant machte sich keine Notizen, aber er stellte die richtigen Fragen.

»Was sagt die Assistentin zu den Geschäften ihres Chefs?«, fragte Cem.

»Da gab es laut ihrer Aussage nichts Auffälliges«, antwortete Luise.

»Loyal«, stellte Cem fest.

»Zu hundert Prozent«, stimmte ihm Luise zu.

»Sonst noch was?«, fragte Maggie.

Luise zuckte die Achseln. »Es gibt Gerede.«

Interessiert hob Maggie den Kopf.

»Nichts Bestimmtes«, wehrte Luise ab. »Seit einigen Jahren kursieren wohl Gerüchte, dass er doch nicht der Saubermann war, für den ihn alle hielten.«

»Was soll er getan haben?«, wollte Cem wissen.

Erneut zuckte Luise mit den Achseln. »Wissen wir noch nicht. Rauschgift vielleicht. Oder Waffen.«

»Wer hat euch davon erzählt?«, setzte Maggie nach.

Luise rührte sich nicht, doch Maggie kannte sie gut genug, um zu sehen, dass ihre Anspannung deutlich zunahm. Also gab es einen unbekannten Informanten, mit dem sie vorhin telefoniert hatte. Er wollte auf dem Laufenden gehalten werden. Könnte einer von seinen Geschäftspartnern gewesen sein.

»Es gibt mehrere, die das berichtet haben«, wich Luise aus.

»Ach so«, brummte Maggie.

Cems kritischer Blick zeigte, dass nicht nur ihr Luises Anspannung aufgefallen war.

Vielleicht war er doch zu etwas zu gebrauchen, der Praktikant.

4.

Der Wagen wurde nach der Kreuzung schneller. Die ruhigen Wohn-viertel von Winterhude glitten an ihnen vorbei, dann nahm der Ver-kehr zu, sie näherten sich der Innenstadt. Am Straßenrand waren historische Bauten zu sehen mit offiziell wirkenden Metalltafeln, auf denen Namen eingraviert waren. Es folgten moderne Innen-stadt-Kaufhäuser und kleinere Häuser mit roter Ziegelsteinfassade.

Maggie war nicht zum ersten Mal in Hamburg. Ob sie bei ihren vergangenen Besuchen zufällig Luise hätte begegnen können? Wie lange lebte sie schon hier, möglichst weit weg von Mannheim, ihrem alten Revier, und weit weg von Heidelberg, wo sie zusammen ge-wohnt hatten? Maggie rieb sich die Stirn und wünschte, dass die quälenden Gedanken verschwinden würden.

Sie warf einen Blick nach vorne, wo Kriminalkommissar Wiezlow-ski am Steuer saß, ein altgedienter Beamte kurz vor dem Ruhestand.

Er war nicht sonderlich begeistert gewesen, als Luise ihn darum gebeten hatte, die zwei vom BKA mitzunehmen. Cem sollte ihn bei der Befragung der Haushälterin in Behnkes Privathaus begleiten, Maggie sollte er auf dem Weg nach Blankenese in Behnkes Firma absetzen. »Ich bin doch kein Taxi«, hatte Wiezlowski gemurmelt und unwillig das Gesicht verzogen.

Doch Maggie war froh, dass sie und Luise sich zum ersten Mal seit ihrer Begegnung am Morgen wenigstens in dieser Angelegen-heit einig gewesen waren. Zwar hatte Cem anfänglich unwillig das Gesicht verzogen, doch als Luise ihm zugesichert hatte, er könne der Haushälterin alle Fragen stellen, die ihm wichtig schienen, war das Lächeln in sein Gesicht zurückgekehrt.

Die alte Haushälterin der Familie hatte schon für Behnkes Eltern gearbeitet, später für Behnke, seine Frau und seine Kinder. Nach der Familienphase war sie mit dem Reeder allein in der Gründer-zeitvilla zurückgeblieben.

Die Straßen füllten sich immer weiter und die Fahrt verlief

im üblichen Innenstadt-Stop-and-Go. Cem machte ein paar Bemerkungen über den Verkehr, doch niemand antwortete, und so verfiel auch er in Schweigen.

Sie näherten sich einer Brücke. Maggie betrachtete die Außenalster, wo eine verwaiste Hafenanlage unter grauem Märzhimmel auf die nächste Wassersportsaison wartete. Wenig später kam das Bahnhofsgebäude in Sicht, aus dem Reisende mit Koffern und Rucksäcken quollen und zu den Rolltreppen hasteten, die sie zur U- und S-Bahn brachten.

Als die Speicherstadt zu sehen war, ließ der Verkehr allmählich nach. Die roten Ziegelfassaden der historischen Lagerhäuser glitten an ihnen vorbei. Dann säumten neu gebaute Hochhäuser die Straßen, die Fensterfronten sachlicher Funktionsbauten wechselten sich ab mit den dunklen Holzlamellen mehrstöckiger Wohnkomplexe. Schließlich wurde der Wagen langsamer und rollte aus.

Maggie ließ den Blick über das moderne Bürogebäude wandern, laut Luise der Stammsitz von Behnke Schifffahrt. Fünf Stockwerke hinter einer verglasten Fassade, in der sich die neu gepflanzten Bäume der Grünanlage gegenüber spiegelten.

Maggie stieß die Wagentür auf.

»Irgendwelche Aufträge an mich?«, fragte Cem.

Maggie schüttelte den Kopf und stieg aus.

»Gut«, sagte Cem und beugte sich zur offenen Tür, damit Maggie ihn weiter hören konnte. »Woher kennen Sie sich eigentlich?«

Maggie verkniff sich ein Lachen.

»Ich melde mich, wenn ich mit Behnkes Korrespondenz durch bin«, erwiderte sie. »Wir treffen uns im Hauptquartier.«

Der Motor heulte auf, Wiezlowski ließ die Kupplung los und der Wagen machte einen Satz nach vorn.

Maggie sah nach oben, wo ein gläsernes Vordach wie der Bugspriet eines Segelschiffs in die Luft ragte. Die breite Glastür öffnete sich beim Näherkommen und glitt lautlos zur Seite.

Neben der Rezeption stand ein uniformierter Beamter. Luise hatte sie bereits angekündigt, der Kollege dirigierte sie zum Aufzug und beschrieb ihr den Weg zu Behnkes Büro.

Die silberfarbene Kabine setzte sich in Bewegung und die Zahlen auf dem glänzenden Panel leuchteten auf. Schließlich blieb die 4 stehen und die Türen glitten mit einem Surren zur Seite.

Maggie betrat einen langgestreckten Gang. Der rote Plüschteppich schluckte jedes Geräusch, während sie an der Glasfront entlangschritt. Die meisten Türen standen offen. Die Trennwände aus Glas ließen ohnehin keine Privatsphäre aufkommen. In dem einen oder anderen Büro hatten sich kleine Grüppchen aufgeschreckter Menschen versammelt, ihre Stimmen klangen gedämpft und ehrfürchtig. Neugierige Blicke streiften sie, manche verstummten bei ihrem Anblick. Ob Behnke seine Nachfolge schon zu Lebzeiten geklärt hatte? Maggie nahm sich vor, Luise danach zu fragen.

Das Ende des Flurs bildete eine Tür aus schimmerndem Teakholz. Für sich selbst hatte Behnke also kein Aquarium als Arbeitsplatz vorgesehen. Davor, auf der linken Seite, befand sich eine weitere Glastür mit dem Schild »Hildegard Fromme – Assistenz der Geschäftsleitung«.

Maggie klopfte kurz an und betrat dann einen großzügigen, hellen Raum. Hinter dem Schreibtisch saß eine Frau, die stirnrunzelnd den Kopf hob. Maggie schätzte Fromme auf Ende fünfzig. Zu Jeans und T-Shirt trug sie eine elegante Strickjacke. Ihre Augen waren gerötet, doch sie wirkte gefasst. Maggie erwiderte ihren Gruß und stellte sich als Mitarbeiterin der Polizei vor. Behnkes Assistentin schien sie erwartet zu haben. Sie nickte und wartete geduldig, bis Maggie sich umgesehen hatte.

In der rechten Wand zwischen Behnkes Büro und dem seiner Assistentin befand sich eine breite Schiebetür, die jetzt offen stand. Maggie trat näher und beobachtete zwei Beamte in weißen Overalls, die an der Fensterfront, die hier den Abschluss des Gebäudes bildete, nach Spuren suchten. Als einer der beiden aufsah, nannte Maggie ihren Namen und teilte ihnen mit, dass sie sich Behnkes Korrespondenz vornehmen werde. Die Kollegen murmelten einen Gruß und widmeten sich dann wieder den scheinbar endlosen Glasflächen.

Nachdenklich sah Maggie sich um. Behnke hatte rechts von ihr an seinem Schreibtisch aus poliertem Teakholz gesessen. Dieser stand vor der einzigen massiven Wand, die zwei anderen Seiten des großzügigen Büros gaben durch raumhohe Fensterscheiben den Blick auf die Elbe frei. Ein Containerschiff glitt vorüber, an Bug und Heck begleitet von je einem Schlepper. Es folgte ein historischer Dreimaster, in dessen Rahen etliche Crew-Mitglieder mit den Segeln beschäftigt waren. Weiter östlich konnte Maggie das geschwungene Dach und die charakteristische Glasfassade der Elbphilharmonie erahnen, dahinter ragten die Kran-Anlagen des Hamburger Containerhafens in den Himmel.

Der metallische Geruch von Blut lenkte ihre Aufmerksamkeit auf das Büro zurück. Jetzt nahm sie auch den Hauch von chemischen Stoffen wahr, Hilfsmittel der Spurensicherung, vermutete Maggie. Sie wusste von Luise, dass die Leiche in den frühen Morgenstunden in die Rechtsmedizin gebracht worden war.

Ansonsten wirkte das Büro unverändert. Die Papiere auf dem Schreibtisch, die Regale und Schränke sahen aus, als würde sich Behnke gleich hinter seinen Schreibtisch setzen. Seine Unterlagen würden die Beamten erst mitnehmen, wenn die Spurensicherung ihre Arbeit abgeschlossen hatte.

Dunkle Blutspuren waren nur an der Wand hinter dem Schreibtisch und auf dem Boden zu sehen. Es gab keine erkennbaren Fußspuren, nichts deutete darauf hin, dass der Täter die Tischplatte umrundet hatte, um sich zu vergewissern, dass sein Opfer tot war. Ihr Blick wanderte weiter über den Boden bis zur Schiebetür. Auch Fromme konnte sich heute nicht dem Schreibtisch genähert haben, das hätte die Spurensicherung verhindert.

Sie blickte wieder zu Behnkes Arbeitsplatz. Erst jetzt bemerkte sie die hauchfeinen Blutspritzer auf der Schreibtischplatte und den Papieren. Eine Nummer markierte den Ort, wo das Drohschreiben gelegen hatte. Auf der Tischplatte befand sich Behnkes Laptop, halb geöffnet, als hätte er bis zu seinem Tod daran gesessen. Maggie unterdrückte ein Seufzen. Zu gern hätte sie Behnkes Computer gestartet, um herauszufinden, woran er zuletzt gearbeitet hatte. Aber das musste die technische Abteilung des LKA übernehmen und es würden noch etliche Stunden vergehen, bis mit ersten Ergebnissen zu rechnen war.

»Sie können sich im kleinen Besprechungsraum an den Computer setzen«, sagte Fromme.

Maggie wandte sich um.

Behnkes Assistentin wies auf die schmale Tür an der Längsseite ihres Büros. »Die IT hat Ihnen dort einen Zugang zu den Mails von Herrn Behnke eingerichtet«, sagte sie freundlich. Die Aussprache der Vokale erinnerte Maggie an den Rostocker Regiolekt, der das Ostniederdeutsche anklingen ließ.

»Sie arbeiten schon lange für ihn«, bemerkte Maggie.

Fromme verzog das Gesicht zu einem schiefen Lächeln. »Bald zwanzig Jahre«, erwiderte sie. »Ich war leitende Ingenieurin auf der Werft, wo Behnke seit vielen Jahren seine Schiffe warten lässt. Eines Tages hat er mich gefragt, ob ich nicht die Werkhalle gegen ein Büro eintauschen wolle.«

»Und Sie wollten.«

»Nicht gleich«, antwortete Fromme. »Behnke kann ...« Sie zögerte und ihre Augen verschatteten sich. »Behnke konnte sehr überzeugend sein«, fuhr sie dann entschlossen fort. »Er meinte, ich hätte doch Jahre lang seine Schiffe fit gemacht für ihre Fahrt in alle Welt. Ob ich denn nicht erfahren wollte, wohin die Touren gehen.«

»Haben Sie es je bereut?«, fragte Maggie.

Fromme betrachtete sie mit hochgezogenen Augenbrauen und schien ernsthaft zu überlegen, als hätte sie sich die Frage nie gestellt. Dann schüttelte sie den Kopf. »Nein, nie«, erwiderte sie ernst. »Bis heute Morgen nicht.«

Maggie nickte.

Fromme deutete erneut auf die schmale Tür und Maggie ging voraus nach nebenan.

»Hier hat Behnkes Sekretär gearbeitet«, sagte Fromme. »Er ist vor zwei Monaten in Elternzeit gegangen und bisher konnten wir seine Stelle nicht neu besetzen.«

Auf dem Schreibtisch stand ein Flachbildschirm, den ein bunter Fischschwarm füllte.

»Leider«, fügte Fromme hinzu und seufzte. »Ist nicht sein Computer«, sagte sie mit Blick auf den verkratzten Rechner, eine angeranzte Tastatur und eine staubige PC-Maus. Jemand schien die Einzelteile hastig aus irgendeinem Lager gezogen zu haben.

»Hat die IT gerade für Sie aufgebaut«, erklärte sie. »Ich habe Ihnen auch Wasser und Saft hinstellen lassen.« Vage deutete sie auf ein Sideboard, auf dem ein paar Flaschen standen. »Möchten Sie außerdem noch etwas? Ich kann Ihnen gern etwas bringen lassen.«

»Danke«, erwiderte Maggie. »Heute hatte ich schon entschieden genug Kaffee.«

Fromme nickte verständnisvoll, kehrte zurück in ihr eigenes Büro und zog die Tür geräuschlos ins Schloss.

Einen Moment beobachtete Maggie die bunten Fische, dann warf sie Rucksack und Jacke auf einen der Stühle und versetzte der Maus einen Stoß. Der Bildschirmschoner verschwand und die Oberfläche von Microsoft Outlook kam zum Vorschein.

Ohne den Blick vom Bildschirm abzuwenden, zog Maggie einen Stuhl heran und setzte sich. Im Eingangsordner hatten sich unzählige Mails angesammelt. Behnke schien sich nicht die Mühe gemacht zu haben, sie zu sortieren. Maggie klickte auf den Ordner »Gesendete Mails«. Die Liste verriet, dass Behnke ein fleißiger Mailschreiber gewesen war. Jeden Tag hatten zehn bis zwanzig Mails seinen Postausgang verlassen. Genug Input für eine Analyse.

Schon seit Jahren beobachtete Maggie, dass schriftliche Kommunikation immer häufiger digital stattfand. Privat wurden kaum noch Briefe oder Karten geschrieben, die Menschen kommunizierten entweder mündlich am Telefon oder auf dem Bildschirm, oder schriftlich per Messenger oder E-Mail.

Auch im Geschäftsleben verschob sich der schriftliche Austausch in Richtung digitaler Medien. E-Mails hatten längst die Funktion von Geschäftsbriefen übernommen, Rechnungen und Angebote wurden als Anhänge mitgeschickt. Nur noch sehr formelle Schreiben mit juristischen oder steuerrelevanten Inhalten wurden ausgedruckt und postalisch versandt.

Formale Schreiben waren für Maggie uninteressant. Die

Inhalte waren weitgehend standardisiert, mit feststehenden Redewendungen und Textbausteinen, da blieb wenig Raum für eigene Formulierungen. Außerdem war oft mehr als eine Person am Erstellen des Schreibens beteiligt, sodass die Briefe keine Auskunft gaben über den Idiolekt, den individuellen Sprachgebrauch eines Menschen.

Weitaus interessanter war der E-Mail-Verkehr. E-Mails ersetzten nicht nur Geschäftsbriefe, sondern auch das ein oder andere Telefonat. Sie waren oft sehr persönlich verfasst.

Um sich einen Überblick zu verschaffen, scrollte Maggie durch die eingegangenen Mails, viele davon zu längeren Mail-Verläufen zusammengefasst. Im ersten Durchlauf konzentrierte sie sich auf deutsche Schreiben. Etliche stammten aus Behnkes Unternehmen. Sie kamen von Angestellten, die Fragen hatten oder ihren Chef auf dem Laufenden halten wollten. Auch mehrere Mails von Fromme waren dabei, vor allem Kopien oder Weiterleitungen von geschäftlichen Transaktionen, die Fromme über die Bühne gebracht hatte und über die sie Behnke vor der Unterschrift informieren wollte. Darunter waren auch Verhandlungen mit Behörden, außerdem der Kauf eines neuen Containerschiffs und Absprachen mit einem Geschäftspartner über gemeinsame Angebote. Offensichtlich hatte Fromme Behnkes volles Vertrauen genossen und verfügte über weitreichende Kompetenzen.

Drei besonders wortkarge Mails stammten von Behnkes Sohn Markus, laut Signatur Leiter der Abteilung Chartering. Es handelte sich um weitergeleitete Mails, die mit einem Kommentar versehen waren. *Wie besprochen*, lautete einer, ohne Anrede und ohne Grußformel, *Unverschämtheit*, ein zweiter, und *Hätte er wohl gern* ein dritter. Die letzten beiden bezogen sich auf Angebote für ein Containerschiff, der erste auf eine Auflistung von Schiffsmaklern.

Maggie überflog mehrere Mails, die ein Bankangestellter geschrieben hatte. Er informierte Behnke über einen gesprengten Kreditrahmen und bat um Rückruf. In seiner Antwort hatte Behnke lediglich auf Fromme verwiesen, der geplatzte Kredit schien ihn nicht beunruhigt zu haben.

Weiter unten im Postfach fand Maggie aus den vergangenen Tagen zwei Mails von einem Frankfurter Anwalt. Beide nahmen Bezug auf ein Grundstück in Hamburg-Othmarschen, um dessen Erwerb sich Behnke anscheinend bemüht hatte. Außerdem gab es eine Mail von Behnkes Steuerberater zum laufenden Jahresabschluss sowie die Einladung eines Hamburger Schiffsmaklers zu einem Geschäftsessen kommenden Donnerstag.

Keine privaten Mails. Maggie klickte sich durch den Spam-Ordner, die gelöschten Mails und einen Archivordner. Nichts Auffälliges. Sie stand auf und öffnete die Tür nach nebenan.

»Ja?«, fragte Fromme gedankenverloren, während sie unverwandt auf ihren Bildschirm sah.

»Ich habe in Behnkes Mailprogramm keine privaten Mails gefunden. Hatte er noch eine weitere Mailadresse?«

Fromme fiel es sichtlich schwer, ihren Blick vom Monitor zu lösen. Als sie schließlich aufsah, wirkte sie geistesabwesend. Maggie sah sie an und wartete, bis Frommes Blick sich festigte.

»Behnkes Tochter bat mich, mir Gedanken zu machen über die Beerdigung«, sagte Fromme leise und hob einen Mundwinkel.

»Sie haben ein gutes Verhältnis zu ihr?«, fragte Maggie.

Fromme zuckte mit den Schultern. »Schwer zu beschreiben. Wir kennen uns natürlich seit Jahren, aber sie lässt sich nur selten hier sehen.«

Maggie nickte verständnisvoll.

»Es gibt außer seinen beiden Kindern nur wenig Familie«, fuhr Fromme fort. »Es wird wohl eher ein offizielles Begräbnis.«

»Hatte er eine private Mailadresse?«, fragte Maggie erneut.

Fromme schmunzelte. Die Frage schien sie zu amüsieren. »Wenig Familie«, wiederholte sie, wie um zu erklären, warum sie nicht gleich geantwortet hatte. »Und wenig Freunde außerhalb seiner Arbeit.«

»Also keine privaten Mails?«

Fromme schüttelte den Kopf. »Nicht dass ich wüsste. Mit seiner Tochter hat er meist telefoniert, sonst gelegentlich eine SMS geschrieben. Sein Sohn arbeitet ja auch hier, mit ihm hat er jeden Freitag die Mittagspause verbracht. Zu seiner geschiedenen Frau hatte er seit Jahren keinen Kontakt mehr, soweit ich weiß. Sie lebt nicht mehr in Hamburg. Sonst gibt es nur noch seine Haushälterin und die Firma.«

»Danke«, sagte Maggie und wollte gerade in den Nebenraum zurückkehren, als unvermittelt Frommes Bürotür aufgerissen wurde. Ein Mann trat ein, der es offensichtlich nicht nötig hatte, anzuklopfen. Sein schütteres Haar war sorgfältig über die glänzende rosafarbene Kopfhaut drapiert, sein Anzug aus lichtgrauer Wolle schrie förmlich nach Understatement, die Knöpfe seiner Anzugjacke hatte er nicht geschlossen, wodurch das weiße Poloshirt mit offenem Kragen gut zur Geltung kam.

Er ignorierte Maggie und wandte sich direkt an Fromme. »Ist die Polizei bald fertig?«, fragte er mit Blick zur weit geöffneten Schiebetür.

Kleidung und Verhalten hätten zu einem Mittfünfziger gepasst, doch die Haut seines mürrischen Gesichts war noch weitgehend faltenfrei und so tippte Maggie auf höchstens Mitte dreißig.

»Ich habe keine neuen Informationen«, erwiderte die Assistentin kühl.

»Je früher ich das Büro meines Vaters beziehen kann, desto besser«, knurrte der Mann. »Geben Sie mir Bescheid, wenn sie weg sind. Und organisieren Sie einen Reinigungstrupp!«

Noch bevor Fromme antworten konnte, trat er wieder in den Gang und zog die Tür mit einem lauten Klappen hinter sich zu.

»Markus Behnke?« Maggie sprach es nur aus, um Gewissheit zu haben. Die kleine Szene ließ eigentlich keine andere Deutung zu.

»Mh«, machte Fromme zustimmend.

Damit schien die Frage nach Anton Behnkes Nachfolger geklärt zu sein. »Werden Sie für ihn arbeiten?«

Fromme gluckste.

Überrascht warf Maggie ihr einen Blick zu.

»Ernsthaft?«, fragte Fromme.

Maggie musste lachen, dann kehrte sie zurück nach nebenan, setzte sich an den Rechner und konzentrierte sich wieder auf Behnkes Postfach.

Sie scrollte nach unten durch eine endlose Anzahl von Mails. Die Zeitstempel verrieten, dass Behnke seine elektronische Korrespondenz seit Jahren weder aufgeräumt noch gelöscht hatte.

Dann klickte sie sich weiter zum Postausgang. Dort fanden sich vor allem Antworten auf eingegangene Mails. Meist hatte der Reeder nur ein oder zwei Sätze geschrieben.

Vor drei Tagen hatte in einem längeren E-Mail-Austausch Jens Lürsen, Kapitän des Containerschiffs Beetle auf dem Weg von New York nach Hamburg, um Urlaub gebeten. Seine Frau sei an Krebs erkrankt und ihr Tod stehe in Kürze bevor. In seiner Abwesenheit solle der Steuermann ihn vertreten, der habe schon viel Erfahrung und traue sich das zu. Frau Ott von der Abteilung Crewing, an die Lürsens Mail ursprünglich gegangen war, hatte ihm Sonderurlaub verweigert, da er das Schiff nicht allein lassen könne. In etlichen Mails hin und her über den Atlantik war der Ton immer rauer geworden, bis Behnke sich schließlich eingemischt hatte.

Unbezahlter Urlaub, maximal 4 Tage. Dann ist er wieder an Bord. Der Steuermann soll ihm jeden Tag berichten.

Ähnlich knapp waren auch die übrigen Mails von Behnke. Er hatte sich nicht die Mühe gemacht, mit »Guten Tag« oder »Sehr geehrte« oder »Hallo« zu antworten. Er begann einfach direkt mit dem, was er mitzuteilen hatte. Die immer gleich lautende Signatur am Ende der Mail verriet, dass die Abschiedsformel von Outlook stammte.

Behnkes schriftliche Ausdrucksweise war minimalistisch: einsilbig, rational, keine Zeit für Höflichkeiten. Er neigte zu fragmentarischen Sätzen und gebräuchlichen Formulierungen. Kaum seltene Wörter, kein ungewöhnlicher Satzbau.

Maggie streckte sich, stand auf und schlenderte zum Sideboard, um sich ein Glas Wasser einzuschenken. Behnkes Schreibstil passte irgendwie zu dem Drohschreiben, das er bekommen hatte. Knapp, nüchtern, sachlich, unpersönlich, keine Anrede, keine Abschiedsformel, keine ungewöhnlichen Wörter, kurze Sätze. So hätte Behnke es vielleicht selbst verfasst, wenn er es hätte fingieren wollen, aber in seinen Mails waren keinerlei Anzeichen auf eine andere Erstsprache als Deutsch zu finden.

Der Drohbrief könnte von einer Person stammen, mit der Behnke regelmäßig schriftlich kommuniziert hatte, sodass dessen knappe Art im Laufe der Jahre auf sein Gegenüber abgefärbt hatte. Maggie musste an die Mails von Behnkes Sohn denken, auch er hielt sich sehr kurz. Aber Frommes Reaktion auf ihre Frage ließ Maggie vermuten, dass Behnke senior in der mündlichen Kommunikation und im Umgang mit seinen Mitarbeitenden mehr Freundlichkeit an den Tag gelegt hatte als sein Sohn. Allerdings gab es auch bei Markus Behnke bisher keinen Hinweis auf eine andere Erstsprache als Deutsch. Maggie machte sich Notizen, sie musste sicher sein, da er anscheinend vom Tod seines Vaters profitierte.

Sie kehrte zum Computer zurück und nahm sich erneut den Posteingang vor. Konzentriert ging sie ein weiteres Mal die deutschsprachigen Mails der vergangenen Jahre durch. Gezielt suchte sie nach einer auf Deutsch verfassten Mail, die eine andere Sprache als Erstsprache vermuten ließ.

Behnkes Elternhaus war eine Gründerzeitvilla, etwa um die Jahrhundertwende erbaut. Amüsiert ließ Cem seinen Blick über die lavendelfarbene Fassade mit den verschnörkelten Ornamenten um Fenster und Türen wandern.

Wiezlowski schlurfte mit hängendem Kopf vor ihm durch den Vorgarten. Die Sträucher und Rabatten waren bereits geschnitten und wirkten in der Märzsonne merkwürdig bleich. Ob Behnke den Garten selbst gepflegt hatte?

Wohl eher nicht, dachte Cem und lauschte interessiert der Klingeltonversion eines Hans-Albers-Lieds, das im Inneren des Hauses erklang, nachdem Wiezlowski den silberfarbenen Knopf betätigt hatte.

Lange rührte sich nichts, dann waren leise Schritte zu hören, schließlich schwang die schwere Holztür nach innen auf. Im Halbschatten der geräumigen Eingangshalle stand eine weißhaarige Frau in einem grau gestreiften Anzug mit Schlaghose, hellblauer Bluse und schwarzem Halstuch.

Edler Stoff, dachte Cem anerkennend, vielleicht sogar ein

Maßanzug. Neben ihm ratterte Wiezlowski in atemberaubendem Tempo Dienstgrad und Abteilung herunter, ohne Cem zu erwähnen. Dann bat er die Haushälterin darum, ein paar Fragen zu beantworten.

»Ich habe Sie schon erwartet«, erwiderte Margitta Thorhoven, die sich nicht zu wundern schien, dass Wiezlowski nicht nach ihrem Namen fragte. Sie trat einen Schritt zurück und ging voraus in einen Raum, der vermutlich als Esszimmer diente. Wie auch im Eingangsbereich waren Fenster und Türen in dunklem Holz gehalten, die Decken zierten Stuckornamente, die Wände waren mit hell gestreiften Tapeten bedeckt. In der Mitte stand ein verschnörkelter Holztisch, vielleicht Nussbaum, umgeben von sechs dazu passenden Stühlen.

Cem wartete, bis Wiezlowski sich gesetzt hatte, und nahm dann ebenfalls Platz.

»Kann ich Ihnen etwas anbieten?«, fragte die alte Dame mit ausdrucksloser Stimme, »Tee oder Kaffee?« Ihr Gesicht wirkte fleckig, mit tiefen Falten um Augen und Mund. Sie musste viel geweint haben in den vergangenen Stunden.

»Wir haben nicht viel Zeit«, erwiderte Wiezlowski und zerrte einige zerknitterte Bogen Papier aus seiner Jackentasche, legte sie auf die gestickte Tischdecke und strich sie glatt.

»Gern eine Tasse Tee«, erwiderte Cem und ignorierte Wiezlowskis wütenden Blick.

Thorhoven verschwand mit einem Nicken und kehrte wenig später mit einem Tablett zurück, auf dem eine schlichte Teekanne und eine Tasse standen, beides aus hauchdünnem weißen Porzellan, sowie zwei Gefäße aus poliertem Silber für Zucker und Milch. Wortlos platzierte sie die Tasse vor Cem, schenkte ihm ein und schob ihm das Tablett näher, damit er sich Zucker und Milch nehmen konnte.

Ungeduldig räusperte sich Wiezlowski. »Sie sind Margitta Thorhoven, die Haushälterin von Anton Behnke«, begann er, ohne sie anzusehen. Sein Blick ruhte auf dem Papier, seine Hand verharrte reglos und setzte sich erst in Bewegung, als Thorhoven seine Annahmen bestätigte.

Nicht gut, dachte Cem und lehnte sich zurück, um sich ganz auf seine Rolle als Beobachter zu konzentrieren.

Wiezlowski hielt sich nicht mit langen Vorreden auf. »Gab es in den vergangenen Wochen irgendwelche ungewöhnlichen Vorkommnisse?«, schnarrte er.

»Ich weiß nicht, was Sie mit ungewöhnlich meinen«, erwiderte Thorhoven. Ihre Stimme klang kühl, sie beäugte Wiezlowski kritisch. »Herr Behnke ging wie immer jeden Tag zur Arbeit und verbrachte die Wochenenden meist vor seinem Computer im Arbeitszimmer.«

»Hatte er Besuch?«

»Seine Tochter Julia kam einige Male vorbei«, sagte sie, nun mit weicherer Stimme. Ihre Stirn glättete sich und ein Lächeln trat in ihre Augen, das ihr Gesicht erhellte und die Falten vergessen ließ.

»Sie haben ein gutes Verhältnis«, warf Cem ein, »Sie und Julia Behnke.« Wieder traf ihn ein missbilligender Seitenblick von Wiezlowski.

»Das haben wir«, sagte Thorhoven warm und sah Cem dankbar an. »Sie versucht es immer einzurichten, dass sie mit uns isst, dann koche ich meist eines ihrer Lieblingsgerichte aus der Kindheit.«

»Wie schön«, antwortete Cem und lächelte.

»Konzentrieren wir uns doch auf die wichtigen Dinge«, murrte Wiezlowski und schob ungeduldig seine Papiere zurecht.

Cem lächelte die Haushälterin an. Ein Schmunzeln wanderte über ihr Gesicht und zum ersten Mal nahmen ihre Wangen Farbe an.

»In den letzten beiden Wochen kam sie gleich zweimal überraschend vorbei«, fuhr sie ermutigt fort. »Julia, meine ich. Kam beide Male spät, erst nach dem Essen.«

Wiezlowski warf ihr einen unzufriedenen Blick zu.

»Das war ungewöhnlich«, verteidigte sich Thorhoven. »Dass Julia so spät kam. Sie wollten doch wissen, ob etwas ungewöhnlich war.«

Wiezlowski nickte mit grimmiger Miene. »Was ist mit Markus Behnke?«

»Er kommt nur zu offiziellen Einladungen ins Haus«, erwiderte

Thorhoven steif. »Ich habe ihn bestimmt seit zwei Jahren nicht mehr gesehen.«

Cem registrierte eine unterschwellige Abneigung, Thorhovens Verhältnis zu Behnkes Sohn schien deutlich schlechter zu sein als zu seiner Tochter.

»Gibt es noch weitere Hausangestellte?«, fragte Wiezlowski.

»Dreimal die Woche kommt eine Putzhilfe, die mir die schwere Arbeit abnimmt«, erwiderte die alte Haushälterin. »Ich bereite die Mahlzeiten zu und organisiere alles.«

»Hatte Anton Behnke in nächster Zeit irgendwelche Verpflichtungen?«, fuhr Wiezlowski fort, ohne seinen Blick zu heben.

»Er hätte in den kommenden Tagen einen Termin bei seinem Hausarzt gehabt und einen bei seinem Anwalt«, erwiderte sie.

Zum ersten Mal hob Wiezlowski den Blick und betrachtete sie interessiert. »Warum?«

»Er war mir keine Rechenschaft schuldig«, erwiderte Thorhoven abweisend.

Enttäuscht ließ Wiezlowski den Kopf sinken und machte sich Notizen.

»Hatten Sie eine Vermutung?«, fragte Cem leichthin und lächelte sie an.

Thorhoven erwiderte ruhig seinen Blick, doch sie zögerte. Schließlich schüttelte sie wortlos den Kopf.

»Gab es in den vergangenen Tagen oder Wochen noch andere Dinge, die irgendwie ungewöhnlich waren?«, fragte Cem.

Thorhoven rieb sich die Stirn und seufzte. »Es war vor vier oder fünf Wochen«, begann sie zögernd, »da kam Herr Behnke später nach Hause als sonst. Er war sehr verärgert. Wie immer hat er nicht viel erzählt, aber ich hatte den Eindruck, dass eines seiner Geschäfte irgendwie schiefgelaufen war.«

»Kam das nicht ab und zu mal vor?«, warf Cem ein.

»Sicher«, erwiderte Thorhoven, »aber diesmal war es anders. Herr Behnke war auf ganz besondere Weise betroffen. Eben anders als sonst.«

Unzufrieden starrte Maggie auf den Monitor, wo der Cursor in gleichmäßigen Abständen blinkte. Nichts Auffälliges in Behnkes Postfach, kein Hinweis auf eine englischsprachige Person, die auf Deutsch kommunizierte.

Vermutlich gab es unter den Absendern der deutschsprachigen Mails auch einige, die Deutsch nicht als Erstsprache erlernt hatten, aber falls das so war, war ihr Deutsch unauffällig. Außer den üblichen Tippfehlern und Flüchtigkeitsfehlern hatte sie nichts gefunden. Keine Formulierungen, die vergleichbare Fehler und auffällige Satzkonstruktionen aufwiesen wie das Drohschreiben.

Maggie holte sich noch ein Glas Wasser und wandte sich dann der englischsprachigen Korrespondenz zu. Sie machte etwa zwei Drittel der Mails in Behnkes Postfach aus. In den Signaturen waren fast alle Länder des Erdballs vertreten. Die meisten Mails richteten sich nicht an Behnke, sondern an Angestellte der Behnke Schifffahrt. Der Inhaber war nur in CC gesetzt worden oder hatte die Mails als Weiterleitung erhalten. Oft handelte es sich um längeren Schriftverkehr mit umfangreichem Mailverlauf, der die unterschiedlichsten Vorgänge dokumentierte. Behnkes Leute kommunizierten mit Schiffsmaklern, mit Hafenpersonal, mit Kollegen auf den Schiffen, mit Auftraggebern, Subunternehmern und Zollbehörden. In den Mails war über die Vergabe von Aufträgen zu lesen, über die Lösung größerer und kleinerer Konflikte, über Probleme an Bord der Schiffe oder mit Behörden, außerdem enthielten sie Anträge, Nachfragen und Beschwerden. Offensichtlich hatte Behnke seinen Leuten die Weisung gegeben, dass sie ihn auf dem Laufenden halten sollten. Nur selten hatte er sich eingemischt, und wenn, dann beendete er mit nur einem Satz einen Streit oder traf eine Entscheidung. Ohne Anrede, ohne Erklärung.

Diese Art der Kommunikation war Maggie nicht unbekannt. Sie fand meist von oben nach unten statt in überschaubaren, strikt hierarchisch strukturierten Gruppen. Oft fehlte der Führungsriege das soziale Korrektiv von Außenstehenden, daher bewegten sich die Betroffenen nahezu ausschließlich in ihrer eigenen kleinen Blase, in der sie das Sagen hatten. Diesen Kommunikationsstil hatte sie sowohl in familiengeführten Unternehmen vorgefunden als auch in kriminellen Gruppierungen.

»Haben Sie keinen Hunger?«

Maggie hob den Kopf und sah zu Behnkes Assistentin, die in der halbgeöffneten Tür stand. Ein schneller Blick auf die Uhr verriet, dass sie sich bereits seit mehr als zwei Stunden durch Behnkes Mails wühlte.

»Schon so spät.« Maggie rieb sich die Augen.

»Drüben gibt es eine Kantine«, sagte Fromme. »Ich kann Ihnen was kommen lassen. Hat Herr Behnke oft gemacht.«

»Sehr gerne«, erwiderte Maggie und merkte erst jetzt, wie groß ihr Hunger war.

»Eine Suppe vielleicht? Dazu ein Käsebrötchen?«

»Klingt gut, danke.« Maggie erhob sich, rieb sich den Nacken und bewegte die Schultern. Dann ging sie nach nebenan und blieb an der offenen Schiebetür stehen.

Die Beamten von der Spurensicherung waren gerade fertig geworden. Der Jüngere räumte sein Werkzeug zum Abtragen von Spuren in einen Alukoffer. Der Ältere schälte sich aus seinem weißen Einmaloverall, darunter kamen rote Jeans zum Vorschein und ein grünes T-Shirt. Unter den blauen Plastiküberziehern steckten gelbe Chucks.

»Wir sind durch«, sagte der Jüngere. »Die Kollegen sind schon auf dem Weg, um den Computer und die Unterlagen zu holen.«

»In Ordnung«, erwiderte Maggie und sparte sich die Frage, bis wann mit ersten Ergebnissen zu rechnen war. Das konnte zu diesem Zeitpunkt ohnehin niemand beantworten.

»Irgendwas Auffälliges?«, fragte sie.

Der Kollege mit der roten Jeans warf einen unauffälligen Blick zu Behnkes Assistentin. Diese telefonierte gerade mit der Kantine und orderte Maggies Essen.

»Nichts«, sagte er dann so leise, dass Fromme ihn nicht hören konnte. »Schon komisch. Behnke ist tot und in seinem Büro gibt es keinerlei Anzeichen, dass fremde Personen hier waren. Nur die immer gleichen Spuren, die sich überlagern, zum Teil Wochen alt, zum Teil ganz frisch.«

Maggie nickte. »Keine gute Putzkolonne, immer wieder unser Glück.«

»Haben Sie natürlich nicht von mir«, erwiderte der Kollege. »Ist noch ungesichert. Können wir erst Genaueres zu sagen, wenn wir alles ausgewertet haben. Aber im Moment würde ich behaupten …« Er brach ab und warf einen verstohlenen Blick zu Fromme, die noch immer telefonierte. »Hier drin war niemand außer seiner Assistentin und denen, die sonst auch regelmäßig ein- und ausgehen.«

Überrascht zog Maggie die Augenbrauen hoch.

»Muss natürlich noch überprüft werden«, fügte der Beamte hinzu und zuckte mit den Achseln.

»Ihre Suppe kommt in zehn Minuten«, war nun Fromme zu hören.

Maggie warf einen erstaunten Blick über die Schulter. Sie hatte nicht bemerkt, dass Behnkes Assistentin ihr Gespräch beendet hatte. »Danke«, sagte sie schnell.

Maggie sah den Kollegen noch ein paar Sekunden beim Einräumen zu, dann wandte sie sich an Fromme. »Gibt es hier ein Schriftstück von Markus Behnke, das er selbst verfasst hat?«

Verblüfft hob Fromme den Kopf. Sie machte eine nachdenkliche Miene, dann drehte sie sich mit ihrem Schreibtischstuhl um und zog aus dem Regal hinter sich einen unbeschrifteten Ordner. Übertrieben vorsichtig legte sie ihn auf den Tisch und schob ihn bedächtig in Maggies Richtung.

»Alles von ihm«, sagte sie. »Anton Behnke hat alles gesammelt, aber nie gelesen. Was mein Sohn plant, hat er immer gesagt, soll er umsetzen, wenn ich nicht mehr bin.«

Maggie nahm den Ordner mit einem Nicken entgegen und kehrte ins Besprechungszimmer zurück.

Markus Behnke hatte in regelmäßigen Abständen seine Verbesserungsvorschläge für die Reederei notiert und für seinen Vater ausgedruckt. Zusammengefasst auf je fünf bis zehn Seiten, mal mit »Crewing Management Software«, mal mit »Prozessoptimierung im Chartering« oder »Kostenreduktion bei der Crew« als Überschrift, hatte Behnke junior in spröden, wohlgeformten Sätzen beschrieben, wie er die Reederei seines Vaters weiterentwickeln würde. Keine

Spur von grammatikalischen Fehlern oder auffälligen Satzkonstruktionen. Nichts ließ vermuten, dass Markus Behnke Deutsch als Zweitsprache erlernt hatte.

Mit ihrem Smartphone scannte Maggie mehrere Seiten des Textes und öffnete eine Website, die überprüfte, ob ein Text von einem Menschen oder einer künstlichen Intelligenz geschrieben worden war. Das Resultat kam prompt und war wie erwartet: Der Text war mit ziemlicher Sicherheit nicht KI-generiert. Also hatte Behnke junior alles persönlich verfasst.

Enttäuscht klappte Maggie den Ordner zu und ließ sich in den Stuhl zurückfallen. Der Sprachduktus des Drohschreibens hätte zu den Mails von Behnke junior gepasst, doch seine längeren Texte zeigten keinerlei Ähnlichkeiten.

Seufzend wandte sie sich wieder dem Rechner zu und arbeitete sich systematisch durch die Mails der vergangenen zwei Jahre. Zwischendurch kam ein Bote und brachte eine Tomatensuppe und ein Körnerbrötchen mit Cheddar. Maggie schob den Pappbecher neben die Tastatur, griff zum Löffel und widmete sich weiter Behnkes Korrespondenz.

Im Laufe des Nachmittags wurde es im Gebäude allmählich ruhiger. Immer seltener waren draußen auf dem Gang Schritte zu hören. Als Maggie den Computer herunterfuhr, war es bereits nach 18 Uhr. Sie packte ihre Sachen und ging nach nebenan, wo Fromme noch an ihrem Rechner brütete. Ein Blick auf ihren Monitor verriet, dass sie sich zu den Urnen vorgearbeitet hatte.

Als Maggie neben ihrem Schreibtisch stehenblieb, sah Fromme geistesabwesend auf.

»Keine leichte Aufgabe«, sagte Maggie mitfühlend und deutete mit dem Kopf zu Frommes Bildschirm, auf dem eine Urne in Schiffsform zu sehen war, geschmückt mit einem Anker und einem Rettungsring.

»Ja«, erwiderte sie und musste lachen, »unglaublich, was für hässliche Urnen es gibt.«

Auch Maggie musste lachen. »Behnke junior ist wohl keine Hilfe«, sagte sie dann beiläufig.

»Der hat alles an seine Schwester delegiert.«

»Und diese an Sie«, führte Maggie den Satz fort und betrachtete erschüttert eine Urne mit Möwen und Leuchtturm. »Könnten Sie mir bitte ein Taxi rufen?«, fragte sie dann. »Sie wissen schneller, wo man am besten anruft.«

Fromme nickte und griff nach ihrem Hörer. Einige Sätze später legte sie mit einem Gruß wieder auf. »In zehn Minuten«, sagte sie dann, »unten am Haupteingang.«

»Danke«, erwiderte Maggie und verabschiedete sich.

Die Büros hatten sich geleert. Nur in wenigen Glasboxen waren noch vereinzelte Personen zu sehen. Ein Mann sah von seinem Computer auf und verfolgte Maggie mit seinem Blick, als sie an seinem Büro vorüberging. Er wirkte aufgewühlt und verunsichert. Kein Wunder, dachte Maggie, wer weiß, was die Angestellten nach dem Wechsel an der Unternehmensspitze erwartet.

Im Aufzug sah Maggie mit leerem Blick auf die glänzende Metallwand. Behnkes Korrespondenz war unauffällig gewesen. Keine Mails mit ähnlichen Fehlern wie im Drohschreiben. Kein Hinweis auf illegale Aktivitäten. Sie wusste, dass die Kollegen von der technischen Abteilung alle Mails ein weiteres Mal durchforsten würden auf der Suche nach Hinweisen, die eine Erklärung liefern konnten für die Tat. Doch sie vermutete, dass sie nichts finden würden. Es sei denn, sie stießen auf Behnkes Laptop doch noch auf weitere Mail-Accounts.

5.

Es dämmerte. Die Sonne tauchte mit ihren letzten Strahlen die Dunstglocke über der Stadt in rosafarbenes Licht. Schweigend blickte Luise durch das Fenster ihres Büros auf die gegenüberliegenden Häuserfassaden, in denen nach und nach Lichter aufflammten und helle Rechtecke aus der Dunkelheit stanzten.

Dieser Fall war ihre Chance. Als Engler ihr die Leitung der SOKO MOB übertragen hatte, hatte sie sich zusammenreißen müssen, um ihre Freude nicht zu zeigen. Endlich. Sie war zwar schon seit sieben Monaten die Leiterin der Mordbereitschaft, doch es war ihre erste SOKO. Engler hatte ein Problem mit Frauen, da war sie sicher, aber er war clever genug, das nicht zu zeigen. Da sie am vergangenen Tag Dienst gehabt hatte und mit ihren Leuten die Erste am Tatort gewesen war, konnte er sie nicht übergehen.

Ein Klopfen riss sie aus ihren Gedanken. Mit einem unterdrückten Seufzen wandte sie sich um.

Kubicek, einer ihrer Leute, streckte den Kopf herein. »Wir sind gleich so weit, in fünfzehn Minuten kann es losgehen, drüben im Besprechungszimmer.« Er sah sie fragend an und wartete auf ihr Nicken. Dann verschwand er wieder und zog die Tür hinter sich zu.

Luise setzte sich an ihren Schreibtisch. Engler war ein Problem, er mochte sie nicht, und er würde alles tun, sie zu Fall zu bringen, ohne sich die Hände schmutzig zu machen. Vom BKA die Leute eines Pilotprojekts anzufordern, die keinerlei Erfahrung mit Ermittlungen vor Ort hatten, passte zu ihm. Die Aktion wirkte von außen wie die optimale Unterstützung, übte aber maximalen Druck auf die Leiterin der SOKO aus, denn damit hatte sie auf einmal zwei fremde und unerfahrene Personen im Team. Normalerweise hätte sie in so einem Fall das Drohschreiben dem BKA übergeben und zwei Tage später eine fertige Analyse bekommen. So hatte es bisher immer gut funktioniert.

Luise schloss die Augen, als sie an die Begegnung an diesem

Morgen dachte. Ausgerechnet Maggie. Wenn Engler wüsste, wen er da angefordert hatte, würde er vor Freude einen Kopfstand machen. Und dann auch noch dieser Praktikant! Maximaler Druck, das war ihm prima gelungen.

Nervös warf sie einen Blick auf die Uhr. Maggie war noch nicht wieder aufgetaucht von ihren Recherchen vor Ort. Das konnte ihr nur recht sein, dann musste sie sich beim ersten Zusammentreffen der SOKO nicht auch noch mit ihrer Vergangenheit herumschlagen. Nach einem weiteren Blick auf die Uhr griff sie nach ihrem Smartphone. Katharina musste inzwischen zu Hause eingetroffen sein. Luise drückte die Kurzwahltaste und lauschte dem Aufbau der Verbindung.

»Hi, Schatz«, erklang Katharinas fröhliche Stimme, im Hintergrund waren Leo und Meike zu hören. Vermutlich hatte ihre Frau die beiden gerade vom Schwimmbad abgeholt. »Wie läuft's?«, wollte Katharina wissen.

»Alles so weit in Ordnung. Ist natürlich ungewohnt für mich, ein Team in der Größe einer SOKO zu leiten«, erwiderte Luise und freute sich an den Stimmen ihrer beider Kinder im Hintergrund.

»Schaffst du schon«, sagte Katharina im Brustton der Überzeugung. Dann wurde es ruhiger, sie war vermutlich ins Schlafzimmer gegangen. Luise hörte das Klappen einer Tür. »Gibt es was Neues?«, fragte Katharina leise. »BILD online hat gerade eine Meldung über Behnkes Tod ins Netz gestellt.«

»Du weißt doch …«, begann Luise zögernd.

»Ja, ja«, erwiderte Katharina zärtlich, »ich würde nie etwas weitergeben. Es ist nur …« Sie zögerte.

»Deine Mutter«, erwiderte Luise und schnaubte tonlos.

»Ja, sie hat vorhin schon wieder angerufen. Sie denkt, weil Julia Behnke und ich mal eng befreundet waren, müsste ich genauso viel Interesse an den Ermittlungen haben wie sie.«

»Aber …«

»Meine Mutter hat den alten Behnke sehr geschätzt, er war ein Freund der Familie«, fuhr Katharina leise fort. »Sie macht sich Sorgen um Julia und ihren Bruder Markus. Dass sie Ärger kriegen könnten.«

»Du könntest ihr ohnehin nichts Entscheidendes sagen, egal was ich erzähle«, wandte Luise ein und ärgerte sich über ihre Schwiegermutter. Es sah ihr ähnlich, sich Sorgen um zwei Menschen zu machen, die sie entfernt kannte, ohne die Notwendigkeit polizeilicher Ermittlungen zu berücksichtigen. Was dachte sie sich nur dabei, sie und Katharina da mit reinzuziehen!

»Aber dann könnte ich sie beruhigen, auch wenn ich ihr nichts Genaueres sagen darf«, erwiderte Katharina schmeichelnd.

Luise musste wider Willen schmunzeln.

Ein Klopfen an ihrer Tür unterbrach sie. Kubicek steckte erneut den Kopf herein. »Geht los«, sagte er.

Luise gab ihm wortlos zu verstehen, dass sie gleich folgen würde. »Ich muss los«, sagte sie dann. »Rechne heute Abend erst spät mit mir.«

»Mach es gut«, erwiderte Katharina fröhlich. »Zeig dem alten Engler, was du draufhast.«

Es war bereits nach 19 Uhr, als Maggie im Präsidium eintraf. Sie fragte sich durch bis zur Mordkommission und ging durch fast leere Flure. Die Schreibtische im Großraumbüro lagen verlassen da. Bei den meisten Computern blinkte ein Lämpchen, sie waren also noch nicht für die Nacht heruntergefahren worden.

Mit einem Blick in die Teeküche stellte Maggie fest, dass sich auch dort niemand aufhielt. Grübelnd betrachtete sie den hell erleuchteten Gang, von dem mehrere Türen abzweigten. Sie drosselte ihr Tempo und ging weiter, suchte auf den Türschildern nach bekannten Namen. Schließlich blieb sie vor einer halb offenen Tür stehen. Luises Büro.

Unbehaglich fixierte Maggie Luises neuen Nachnamen, dann holte sie tief Luft und klopfte sachte gegen den Türrahmen. Als keine Antwort kam, stieß sie die Tür auf. Nichts, auch Luises Schreibtisch lag verlassen da. Maggie sah über die Schulter. Der Gang war leer, kein Geräusch zu hören.

Sie zögerte, sah erneut den Gang hinunter, und betrat dann den Raum. Vor dem Schreibtisch stockte ihr Schritt. Ihr Blick wanderte über die ordentlich gestapelten Papiere auf der Schreibtischplatte, das Fensterbrett, den niedrigen Aktenschrank. Nichts. Kein Bilderrahmen. Sie suchte mit ihren Blicken die Wände ab. Keine Fotos, keine Kinderzeichnungen. Luises Büro wirkte so nüchtern und unpersönlich wie sie selbst. Kein Hinweis auf ein Privatleben.

Ihr Blick fiel auf die schwarze Rückseite des großformatigen Bildschirms. Vielleicht hatte Luise eine Dia-Show als Bildschirmschoner? Eigentlich sprach alles dagegen, doch sie sehnte sich so sehr nach einem Zeichen von Leo, dass sie es wagen musste. Maggie trat zur Seite, um den Schreibtisch zu umrunden.

»Suchst du was Bestimmtes?«

Maggie erstarrte. Dann wandte sie sich um. Mit verschränkten Armen stand Luise im Türrahmen. Als Maggie ihren Blick erwiderte, verengte Luise die Augen und musterte sie durchdringend. »Ein Kollege hat dich kommen sehen.« Sie deutete mit dem Kopf vage nach hinten.

»Wollte nur wissen, wo ich dich und deine Leute finde«, antwortete Maggie ungerührt.

Ungläubig verzog Luise das Gesicht. »Im großen Besprechungszimmer. Wir sind schon fast durch.« Sie drehte sich um und ging mit raschen Schritten davon.

Maggie folgte ihr. »Hättest mir auch Bescheid geben können«, stieß sie wütend hervor.

»Wollte dich nicht stören«, erwiderte Luise grimmig und öffnete eine zerkratzte Kunststofftür.

Stimmengewirr und das kalte Licht moderner Industrieleuchtmittel schlugen ihr entgegen. Sieben Personen saßen um einen Besprechungstisch, darauf verstreut Laptops, Unterlagen, Tassen und halbvolle Gläser.

Luise setzte sich an die Kopfseite und zog ein Tablet und einen Stapel Papiere zu sich her. Suchend sah Maggie sich um. Sie erkannte Wiezlowski, der sich mit verkniffenem Mund auf seinen Laptop konzentrierte, die anderen sah sie zum ersten Mal. Neugierige Blicke streiften sie, doch kein freier Platz war zu sehen. Schließlich bemerkte sie Cem, der hinten saß, am gegenüberliegenden Kopfende.

Mit einem Nicken fing er ihren Blick auf und tätschelte den Sitz des leeren Stuhls neben sich. Maggie unterdrückte ein Seufzen und folgte seiner Aufforderung. Als sie Cem erreichte, zog sie eine Flasche Wasser und ein Glas heran und ließ sich auf den Sitz fallen.

Mit einem tiefen Atemzug blickte Maggie in die Runde, in konzentrierte Gesichter. Endlich angekommen. So hatte sie es sich immer vorgestellt, wenn sie für ihren neuen Ansatz gekämpft hatte.

»Ich kann Ihnen nachher alles berichten«, sagte Cem leise. »War von Anfang an dabei.«

»Danke«, gab Maggie ebenso leise zurück.

Luise bat um Ruhe und stellte Maggie als forensische Linguistin vom BKA vor, die im Rahmen eines Pilotprojekts die SOKO bei den Ermittlungen unterstützen werde. Interessiert starrten einige sie an, andere nickten, als ob sie schon von ihr gehört hätten.

»Wie gesagt, wir sind fast durch«, sagte Luise an Maggie gewandt, als wären sie allein im Raum. Dann sah sie in Richtung eines jungen Mannes mit ungesunder Haut und asymmetrisch geschnittenen hellen Locken. »Du kannst weitermachen.«

Hastig ratterte der Kollege herunter, was die Befragung von Behnkes Angestellten gebracht hatte. Er sprach mit Hamburger Regiolekt, registrierte Maggie automatisch, schien demnach nie aus Hamburg heraus gekommen zu sein.

Die meisten hätten Behnke an seinem Todestag nicht gesehen, berichtete er, niemand habe etwas Auffälliges bemerkt.

Nervös blickte er auf. »Behnkes Assistentin hat Kollege Merz befragt. Der wird aber gerade von seinem eigenen Team gebraucht. Er berichtet morgen früh.«

»Vier der Kolleginnen und Kollegen gehören zur Mordbereitschaft, die Luise Becker leitet«, sagte Cem leise zu Maggie, »die übrigen kommen aus anderen Teams.«

Maggie nickte. Sie wusste, dass die Hamburger Mordkommission aus sechs Mordbereitschaften bestand, jedes Team hatte eine Leitung und vier Personen für die Ermittlungsarbeit.

»Ich habe mit Markus Behnke gesprochen, dem Sohn des Mordopfers«, meldete sich eine Frau mit schwarzen Stoppelhaaren und schwarzem Rollkragenpullover zu Wort. Sie sah vorwurfsvoll zu Luise und sagte dann in die Richtung von Cem und Maggie: »Kriminalkommissarin Nicki Lambrecht von der Mordbereitschaft KHK Becker, zuständig für die Tatort-Ermittlung.« Sie sprach Hochdeutsch mit wenigen Merkmalen eines süddeutschen Regiolekts, ostfränkisch vermutete Maggie, das charakteristische Vorderzungen-R war noch immer zu hören. »Behnke junior hat am Todestag seines Vaters der Schiffsmaklerin, mit der sie regelmäßig zusammenarbeiten, einen Besuch abgestattet«, trug Lambrecht vor. Ihr Blick klebte an den handschriftlichen Notizen, die vor ihr auf dem Tisch lagen. »Er ist nicht im Büro gewesen, auch sonst hat er nichts von seinem Vater gehört. Das war wohl oft so, da ihre Arbeitsbereiche sehr unterschiedlich waren. Abends war er zwei Stunden Walken, dann zu Hause.« Sie blickte auf und sah fragend in die Runde. Als niemand etwas sagte, verschränkte sie die Arme und ließ sich gegen die Stuhllehne fallen.

»Ich habe in den Büros der umliegenden Gebäude rumgefragt, bisher ohne Ergebnis«, sagte eine Mittdreißigerin im grünen T-Shirt, die sich unaufhörlich die Hände rieb. »Niemand hat etwas Verdächtiges gesehen oder gehört.« Nervös blinzelnd hob sie den Kopf und ergänzte dann so leise, dass Maggie Mühe hatte, sie zu verstehen: »Kriminalkommissarin Petra Schröder. Ich gehöre zur Mordbereitschaft von KHK Becker und bin für die Umfeldermittlung zuständig.«

Von Cem kam ein ebenso leises »Danke« zurück.

»Habt ihr schon über das Drohschreiben gesprochen?«, flüsterte Maggie und sah zu Cem.

Missbilligend sah Luise zu ihr herüber.

Cem schüttelte wortlos den Kopf.

Maggie stellte ihren Laptop auf den Tisch und fuhr ihn hoch.

»Niemand von den Mitarbeitern hat Vermutungen angestellt, was hinter Behnkes Tod stecken könnte?«, fragte Luise.

»Nein«, erwiderte der junge Beamte mit den asymmetrischen Locken und zuckte mit den Achseln. Lambrecht verneinte wortlos, ihre Kollegin mit dem grünen T-Shirt hob die Schultern und ließ sie wieder fallen.

Maggie legte die Kopie des Drohbriefes neben ihren Rechner und scrollte zu ihren Aufzeichnungen.

»Das Drohschreiben«, sagte Luise dann, als hätte sie Maggies Vorbereitungen gesehen. Sie nahm eine Fernbedienung zur Hand und hinter ihr tauchten auf der weißen Wand die Zeilen des kurzen Schreibens auf.

Maggie ließ den Kollegen und Kolleginnen ein paar Sekunden Zeit, den Brief zu überfliegen. Gerade als sie den Mund öffnen wollte, um ihre Analyse zu präsentieren, sprach Luise weiter.

»Die Kollegin vom BKA hat mir bereits berichtet.« Luise nickte Maggie zu. »Sie will euch nicht mit Details langweilen.«

Verärgert verzog Maggie das Gesicht.

»Deshalb hier nur die wichtigsten Erkenntnisse«, fuhr Luise ungerührt fort und fasste in wenigen Sätzen zusammen, was Maggie ihr berichtet hatte. Abschließend sagte sie: »Frau Kofler vermutet, dass der Brief von einer Person verfasst wurde, die Deutsch nicht als Erstsprache erlernt hat. Ihre bisherige Arbeitshypothese lautet, dass es sich um eine Person handelt, deren Erstsprache das Englische ist.«

Fragend blickte Luise auf. Als niemand sich zu Wort meldete, fuhr sie fort: »Was hat die Auswertung von Behnkes geschäftlicher Korrespondenz gebracht?«

Maggie schluckte ihren Ärger herunter, scrollte weiter in ihren Aufzeichnungen und räusperte sich. »Ich habe Behnkes Outlook durchforstet«, begann sie. »Dort lagen weit über 10.000 Mails aus den vergangenen Jahren. Etwa ein Drittel der Mails waren auf Deutsch, der Rest auf Englisch. Die englischen Mails kamen aus der ganzen Welt. Die wenigsten waren an Behnke selbst gerichtet, ich ...«

»Irgendein Hinweis auf den Verfasser des Drohschreibens?«, unterbrach Luise.

Verärgert schüttelte Maggie den Kopf. »Nein.«

»In Anbetracht der späten Stunde denke ich, das genügt zunächst«, bestimmte Luise.

Überraschte Blicke streiften sie, einige Kollegen wirkten irritiert.

Maggie presste die Lippen aufeinander und ließ sich zurückfallen. Sie zögerte, dann nickte sie.

Mit einem zufriedenen Lächeln erwiderte Luise ihr Nicken. »Okay«, sagte sie, schaltete den Beamer aus und erhob sich. »Das war's für heute. Geht nach Hause und ruht euch aus. Morgen ist ein langer Tag. Wir können mit ersten Ergebnissen aus der Rechtsmedizin und der kriminaltechnischen Abteilung rechnen. Die Kollegen sind dran.«

Zustimmendes Murmeln war zu hören. Die Anwesenden schoben ihre Unterlagen zusammen, schlossen die Laptops und verließen nach und nach das Besprechungszimmer.

»War das so gedacht?«, fragte Cem leise.

Maggie sah ihn befremdet an. »Was meinen Sie?«

»Sie durften Ihre Analyse nicht in großer Runde vortragen«, antwortete er, »und mich hat sie auch zum Schweigen gebracht. Als Wiezlowski von der Befragung der Haushälterin berichtet hat, wollte ich meine Beobachtungen ergänzen. Hat sie nicht interessiert.« Unauffällig warf er einen Blick zu Luise.

»Nein«, antwortete Maggie. Sie machte sich nicht die Mühe, ihre Stimme zu senken. Sollte Luise ruhig hören, was sie zu sagen hatte. »Das war nicht so gedacht. Im Gegenteil, laut Konzept des Pilotprojekts sollen wir im Team mit den anderen arbeiten. Genau deshalb sind wir hier.«

Als hätte sie ihre Worte gehört, hob Luise den Kopf. Die meisten ihrer Leute hatten das Besprechungszimmer bereits verlassen. An der Tür standen nur noch Lambrecht und Schröder im Gespräch, drüben hackte Wiezlowski im Zweifingersystem etwas in seinen Laptop.

Luise näherte sich den beiden, blieb jedoch mit einigem Abstand stehen. »Ich danke euch«, sagte sie freundlich lächelnd.

Sie kann es noch, schoss es Maggie durch den Kopf, so lächeln. Sie spürte ein Ziehen in ihrer Herzgegend und ärgerte sich zugleich, dass sie immer noch darauf reagierte.

Entschlossen nickte Luise, als könnte sie Maggies Gedanken lesen. »Damit ist euer Auftrag erledigt. Ihr seid sicher froh, dass ihr schon heute wieder nach Hause kommt.«

»Moment mal«, protestierte Maggie. »So war das nicht gedacht. Wir sollen hier vor Ort im Team mitarbeiten, bis …«

Auch diesmal unterbrach Luise sie. »Gute Arbeit«, sagte sie gönnerhaft zu Maggie und Cem. »Jetzt brauche ich euch nicht mehr.«

Ohne eine Antwort abzuwarten, wandte sie sich um und ging.

Sprachlos blickte Maggie ihr nach.

»Damit hat sich das Pilotprojekt wohl erledigt«, stellte Cem trocken fest.

»Nicht, wenn ich das verhindern kann«, stieß Maggie hervor. Sie grub in ihrem Rucksack nach dem Smartphone, dann sagte sie: »Bin gleich wieder da, warten Sie solange hier«, und stürmte nach draußen ins Treppenhaus.

Das Telefonat mit Werner war kurz. In Gedanken versunken steckte Maggie das Smartphone ein und kehrte ins Besprechungszimmer zurück, wo Cem ihr neugierig entgegensah.

Inzwischen hatten alle Beteiligten der SOKO MOB den Raum verlassen. Jemand hatte das Licht gelöscht und nur hinten, wo Cem saß, brannte noch eine einzelne Lampe.

Wortlos setzte sich Maggie neben ihn.

»Krass, Ihre Ex«, kommentierte er mit hochgezogenen Augenbrauen.

»Wie kommen Sie darauf?«, erwiderte sie betont emotionslos, doch sie bemerkte sein verstecktes Grinsen und wusste, dass ihr Gesichtsausdruck sie verraten hatte.

Maggie verkniff sich ein Schmunzeln. Dann blickte sie auf die Uhr und sagte: »Geben wir ihnen eine halbe Stunde.«

Cem öffnete den Mund, aber Maggie schüttelte nur den Kopf. »Sie werden schon sehen. Bürokratie ist berechenbar.«

Entschieden zog sie ihren Laptop zu sich, klickte sich in den neu angelegten Ordner und sah Cem erwartungsvoll an. »Also. Lag der Obduktionsbericht schon vor?«

»Gab keine Überraschung«, erwiderte Cem. »Behnke war so weit fit, hatte die üblichen Beschwerden in seinem Alter.«

»Das heißt?«, fragte Maggie.

»Die Blutadern zeigten erste Ablagerungen, das Herz altersent-
sprechend, die Leber ebenso«, ratterte Cem herunter. »Sonst die bei
Kopfschuss üblichen Eintritts- und Austrittswunden.«

Maggie tippte ein paar Kürzel in das geöffnete Dokument auf
ihrem Laptop. »Was ist bei der Befragung der Haushälterin raus-
gekommen?«

Mit einem zustimmenden Brummen zog Cem seine Unterlagen
heran und gab Maggie eine kurze Zusammenfassung des Gesprächs
mit Margitta Thorhoven.

»Warum weiß die alte Haushälterin von einem geplatzten Deal?
Bei den Befragungen in der Reederei war davon bisher nichts zu
hören«, sagte Maggie.

Cem hob entschuldigend die Handflächen. »Wiezlowski hat das
nicht weiterverfolgt. Er glaubt, die Haushälterin wird alt und senil.«

»Was glauben Sie?«, fragte Maggie und sah ihn an.

»Sie hat dem Kollegen nicht alles erzählt«, erwiderte Cem.
»Irgendwas hätte sie dazu noch sagen können, aber sie wollte nicht.«

»Sah Wiezlowski das auch so?«

»Wie gesagt«, fuhr Cem fort, »Wiezlowski hielt es für das senile
Gejammer einer alten Frau.«

»Hm«, machte Maggie.

»Das ist nicht alles«, ergänzte Cem.

»Was noch?«

»Julia, Behnkes Tochter.« Cem fuhr sich über die Stirn. »Sie war
wohl in den vergangenen zwei Wochen etwas häufiger in der Villa als
sonst. Kam zweimal sehr spät, nach dem Essen. Das war ungewöhnlich,
hat die Haushälterin erzählt. Sonst wollte Julia immer, dass Thorhoven
die alten Gerichte aus ihrer Kindheit kocht, wenn sie zu Besuch war.«

»Hat Wiezlowski sicher auch nicht weiter interessiert«, sagte
Maggie leise.

»Genau«, bestätigte Cem.

»Gute Arbeit«, erwiderte Maggie. Dann fiel ihr auf, dass sie Luises Floskel aufgegriffen hatte. Fast wie früher, da hatten sie sich oft
amüsiert, wie sehr der Wortschatz der anderen den eigenen beein-
flusste. Wie lange das alles schon her war.

Maggie atmete kaum merklich durch. Cem war ein guter Beobachter, sie wollte ihm nicht noch mehr Futter liefern, was sie und Luise anbelangte.

Draußen waren Schritte zu hören. Schnelle Schritte.

Prüfend warf Maggie einen Blick auf die Uhr. »Zwanzig Minuten«, bemerkte sie. »Sie waren schnell, die alten Herren.«

Die Tür zum Besprechungszimmer wurde aufgerissen. Luise stand im Türrahmen, die Hände in die Hüften gestemmt. »Wir sollen zu Engler kommen«, rief sie wütend. »Du und ich.«

Maggie ignorierte Cems interessierten Gesichtsausdruck und nickte. Energisch klappte sie ihren Laptop zu und folgte Luise auf den Gang.

Den Weg zu Englers Büro legten sie schweigend zurück. Das Echo von Luises hastigen Schritten klang bedrohlich. Vor einer weiß lackierten Tür stoppte sie. Angespannt riss sie den Arm hoch, dann schien sie sich zu besinnen. Kurz senkte sie ihre Hand und den Kopf, als wollte sie sich sammeln, schließlich hob sie erneut den Arm, langsamer diesmal, und klopfte entschieden, aber nicht aufgeregt.

»Ja«, war von der anderen Seite der Tür zu hören.

Luise trat ein. Maggie folgte ihr in Englers Büro.

Der Leiter der Mordkommission schien auf sie gewartet zu haben. Mit finsterer Miene saß er zurückgelehnt auf seinem Schreibtischsessel, beide Arme vor der Brust verschränkt. »Ich möchte, dass Maggie Kofler und Cem Bayrak weiterhin dabei sind«, wandte er sich an Luise, noch bevor diese etwas sagen konnte.

»Nicht notwendig«, erwiderte Luise ausdruckslos. »Frau Kofler hat die Untersuchung des Drohschreibens bereits abgeschlossen und auch Behnkes Korrespondenz durchforstet, ohne einen Hinweis auf den Absender des Schreibens. Ich erwarte noch ihren schriftlichen Bericht.« Sie warf einen Blick zur Seite, als wollte sie, dass Maggie ihr zustimmte.

Maggie rührte sich nicht. Luises Vorgesetzter ließ sich Zeit, studierte Luises Gesicht.

»Es gibt viele Menschen«, begann er dann gedehnt, »die wissen wollen, was mit Behnke passiert ist. Sehr viele Menschen.« Er nahm seine Brille ab und rieb sich die Augen, als versuchte er, das Bild einer großen Menschenmenge zu verdrängen. »Sehr viele Menschen«, sagte er ein weiteres Mal, diesmal leiser. Dann setzte er seine Brille wieder auf und lächelte schmallippig. Der Moment der Schwäche war vorbei. »Wir können jede Unterstützung gebrauchen, die wir kriegen. Außerdem war es mit dem BKA so vereinbart.« Zustimmend nickte er Maggie zu. »Sie bleiben bitte dran.« Dann sah er zu Luise und sein Gesichtsausdruck wurde hart. »Wenn Sie ein Problem damit haben, sagen Sie es.«

»Nein«, erwiderte Luise eine Spur zu schnell. »Kein Problem.«

»Gut«, entgegnete Engler und drehte seinen Bildschirm etwas weiter zu sich.

Mit ausdrucksloser Miene fuhr Luise herum und verließ das Zimmer. Auch Maggie machte kehrt und zog die Tür hinter sich ins Schloss. Sie folgte Luise ins Treppenhaus, wo diese mit verkniffenem Mund mehrfach den Fahrstuhlknopf drückte. »Ist das verdammte Ding mal wieder kaputt«, stieß sie hervor und wandte sich der Treppe zu.

»Luise«, sagte Maggie bittend.

Luise erstarrte und drehte sich um. »Was?«, rief sie aufgebracht.

»Wir bringen das professionell über die Bühne«, antwortete Maggie leise. »Kein privates Wort. Nur die Arbeit.«

Wütend funkelte Luise sie an. »Das war ein Fehler«, sagte sie mühsam beherrscht und stürmte die Treppe hinunter.

6.

Maggie fand nur wenig Schlaf, die Gespenster der Nacht verabschiedeten sich erst in den frühen Morgenstunden. Nach einem kurzen Frühstück im Hotel machte sie sich zu Fuß auf den Weg. Der Tag war kalt, sie zog den Reißverschluss ihrer Winterjacke hoch, schob die Wollmütze tief in die Stirn und stemmte sich gegen den Wind.

Von ihrem Hotel in Alsterdorf war es nicht weit bis zum Präsidium. Niedrige Wohnhäuser säumten die Straßen und wechselten sich ab mit kleinen Läden und Werkstätten. Zehn Minuten später betrat sie aufatmend das Polizeigebäude. Warme Luft schlug ihr entgegen, Stimmen waren zu hören und irgendwo ein leises Lachen.

Gedankenversunken ging sie zum Aufzug und fuhr nach oben. Ein Blick auf die Uhr verriet, dass ihr noch ein paar Minuten blieben. Am vergangenen Abend hatte Luise ihr und Cem die Mail mit Ort und Uhrzeit der nächsten Besprechung der SOKO MOB gemailt.

Maggie durchquerte das Großraumbüro. Drüben kramte der junge Beamte nach Unterlagen, die anderen waren vermutlich schon auf dem Weg ins Besprechungszimmer. Im Gang vor Luises Büro begegnete ihr kaum noch jemand. Wieder stand Luises Tür halb offen. Maggie holte tief Luft und hob ihre Hand, um anzuklopfen.

Im Laufe der Nacht war ihr klar geworden, dass es eine verpasste Chance wäre, kein privates Wort zu wechseln. Nach dreizehn Jahren hatten sie und Luise diese einmalige Gelegenheit bekommen, da wäre es bescheuert, sie nicht zu nutzen.

Leise drang Luises Stimme zu ihr nach draußen. Maggie ließ ihre Hand sinken.

»Hab ich dir doch versprochen«, hörte sie Luise zärtlich sagen.

Maggie schluckte.

»Gleich ist die Besprechung, dann erfahre ich das Neueste«, fuhr Luise fort.

73

Hastig wandte Maggie sich ab und ging weiter zum Besprechungszimmer. Vor der Tür blieb sie stehen, um sich zu sammeln. Es konnte ihr egal sein, mit wem Luise sprach und ob sie Ermittlungsergebnisse weitergab. Das war nicht ihr Problem.

Sie atmete durch, dann stieß sie die Tür auf und betrat den langgestreckten Raum.

An diesem Morgen saßen zwei weitere Kollegen dort, Stühle waren dazwischengeschoben worden, der Tisch wirkte überfüllt. Luises Platz am Kopfende war frei.

Maggie ging nach hinten zu Cem. Sie hatten sich an diesem Tag noch nicht gesehen, da sie ihm bei der Ankunft im Hotel am vergangenen Abend erklärt hatte, dass sie den Morgen immer für sich brauche, um den Kopf freizubekommen. Es schien ihn nicht gestört zu haben, vermutlich hatte auch er den Morgen allein verbracht. Nun saß er auf demselben Platz wie am Tag zuvor und unterhielt sich angeregt mit dem jungen Kollegen, der beim letzten Mal seinen Bericht über Behnkes Angestellte vorgetragen hatte. Als Maggie sich setzte, unterbrach Cem sein Gespräch nicht, er nickte ihr nur lächelnd zu. Sein Blick hing einen Moment zu lange an ihrem Gesicht.

Maggie wandte sich ab und kramte im Rucksack nach ihrem Laptop. Fast musste sie über sich selbst lachen. Kaum zu glauben, wie sehr Cem sie durchschaute.

Sie schob ihren Laptop auf den Konferenztisch und legte die Unterlagen zurecht, dann betrachtete sie das Whiteboard an der rechten Wand. Zwei Fotos von Behnkes blutverschmiertem Schreibtisch hingen dort, eine Außenaufnahme von der Reederei und ein Foto von einer prächtigen Villa, sicher Behnkes Wohnsitz in Blankenese. Daneben einige Zettel mit Zahlen und Daten, vermutlich der Todeszeitpunkt und der Auffindezeitpunkt. Zwei Drittel des Whiteboards waren noch frei.

Endlich betrat Luise den Raum und setzte sich an die Stirnseite des Besprechungstisches. Maggie konzentrierte sich auf ihren Laptop und hörte, wie die Gespräche allmählich nachließen und schließlich abrissen. Erst jetzt hob sie den Kopf, als sie sicher sein konnte, dass ihr Gesichtsausdruck neutral wirkte. Luises Begrüßung fiel knapp aus, dann gab sie das Wort an eine Kollegin von der Spurensicherung weiter und stellte sie kurz als Simone Geiger vor, was ihr ein anerkennendes Nicken von Cem eintrug.

Geiger war eine Frau mittleren Alters mit schwarzen Locken und einem schlecht sitzenden Jackett. Ihr Bericht war komprimiert und klar, ihre Sprache konnte Maggie nur ganz allgemein dem norddeutschen Sprachraum zuordnen, es fehlten die typischen Merkmale des Hamburger Regiolekts.

Bisher habe die Spurensicherung noch nicht alle Spuren vom Tatort ausgewertet, so Geiger, aber Stand jetzt könnten sie den ersten Eindruck der Kollegen vor Ort bestätigen. Es hätten sich keine Fremd-DNA und keine fremden Einzelspuren gefunden. Sie hatten auch mit dem Reinigungsunternehmen gesprochen und erfahren, dass in sämtlichen Putzkolonnen Handschuhe Pflicht waren. In Behnkes Büro seien alle Fingerabdrücke und DNA-Spuren mehrfach vorgekommen, in den vergangenen Tagen und Wochen schien außer Behnke, Fromme und Behnkes Kindern niemand in seinem Büro gewesen zu sein. Es habe auch keine frisch abgewischten Flächen oder andere Hinweise gegeben, die vermuten ließen, dass jemand Fingerabdrücke oder andere Spuren entfernt haben könnte. Es werde noch etwa zwei Tage dauern, bis sie das sicher sagen könnten, aber bisher gebe es keine Hinweise auf eine weitere Person.

»Es sei denn, es war eine Person im Vollschutz«, warf Luise ein.

Geiger sah Luise mit zusammengezogenen Augenbrauen an. »Es sei denn, eine Person im Vollschutz«, wiederholte sie und nickte zustimmend.

»Könnten Handschuhe und Mütze gereicht haben?«, fragte Cem. Als sich mehrere Augenpaare auf ihn richteten, zuckte er mit den Schultern.

»Dann würde ich eigentlich erwarten, dass wir irgendwas gefunden hätten. Einen Schuhabdruck, eine Faser, irgendwas.« Geiger schwieg und blickte Cem an. »Aber, ja, das könnte schon sein.«

Nach dem Bericht der Spurensicherung ergriff ein ruhiger Beamter mit Halbglatze und einem dotterfarbenen Pullover das Wort, der sich als Kriminalkommissar Thomas Merz vorstellte und mit unverkennbar rheinländischem Regiolekt sprach. Mit Blick auf Cem und Maggie fügte er hinzu, dass er zur Mordbereitschaft unter der Leitung von Kriminalhauptkommissar Mittermeier gehöre und der SOKO MOB zugeteilt worden sei.

Sorgfältig platzierte er seinen Laptop vor sich auf der Tischplatte und tippte mehrfach auf das Touchpad. Er räusperte sich vernehmlich und begann zu berichten. Fromme sei am Morgen des Leichenfundes wie immer gegen halb neun ins Büro gekommen, es sei ein normaler Bürotag gewesen und Behnke habe sich gegen 15.30 Uhr wegen eines Auswärtstermins verabschiedet. Es sei häufiger vorgekommen, dass Behnke für Termine außer Haus gegangen sei. Fromme habe wie immer kurz nach 17 Uhr ihren Arbeitsplatz verlassen. Ihr sei an dem Tag nichts Ungewöhnliches aufgefallen. Den Abend habe sie bei einem Freund verbracht, was dieser bezeugen könne. Als Fromme am nächsten Morgen um 8.26 Uhr ihr Büro betreten habe, sei Behnkes Leiche bereits von der Polizei abtransportiert worden.

»Laut Simone gibt es in Behnkes Büro keine Fremdspuren«, sagte Luise. »Hat die Assistentin etwas zu fremden Besuchern gesagt?«

Während seine Blicke über den Bildschirm flogen, richtete Merz seinen Laptop parallel zur Tischkante aus. »Laut Fromme hat in den vergangenen Wochen kein Fremder Behnkes Büro betreten, nur sie selbst, Behnke, sein Sohn und Behnkes Tochter, die wohl ab und zu vorbeikam, um mit ihrem Vater und ihrem Bruder Mittagessen zu gehen. Das würde bestätigen, was die Spurensicherung bisher herausgefunden hat.«

Merz hüstelte und nahm einen Schluck aus einem beschlagenen Wasserglas, das er anschließend sorgsam auf den Tisch zurückstellte. »Behnkes Sohn ist als sein Nachfolger gesetzt«, setzte er seinen Bericht dann mit ruhiger Stimme fort. »Er ist bereits seit zehn Jahren im Unternehmen und es war von Anfang an klar, dass er die Reederei irgendwann übernehmen wird. Behnke junior ist nicht sehr beliebt, sein Vater hat ihn klein gehalten. Er ist seit drei Jahren Leiter Chartering und Behnke senior hat alle Wünsche seines Sohns, ihn schon zu Lebzeiten an seine Seite zu holen, abgeblockt.«

»Wer hat das erzählt?«, fragte Luise.

Wieder richtete Merz seinen Laptop parallel zur Tischkante aus, tippte dann mehrfach auf das Touchpad. »Peter Kurz, Leiter Abteilung Crewing.«

»Behnke junior kann es kaum erwarten, die Stelle seines Vaters einzunehmen«, meldete sich nun Maggie zu Wort. »Als ich gestern die Mails von Behnke senior durchgearbeitet habe, kam er rein und wollte von der Assistentin wissen, wann er endlich in das Büro seines Vaters umziehen kann.«

»Der hat es eilig«, murrte Merz und schüttelte unwillig den Kopf.

»Was wissen wir über seine Tochter?«, fragte Maggie.

Merz berührte einige Male das Touchpad, räusperte sich und fuhr fort: »Julia Behnke, 34 Jahre alt, Anwältin, Spezialgebiet internationales Handelsrecht. Hat vor zwei Jahren mit einem Partner zusammen eine Kanzlei gegründet. Von ihrem Vater kam das Startkapital, das Julia Behnke seitdem abstottert. Die Kanzlei hat wohl ein erstes schweres Jahr hinter sich und nimmt gerade Fahrt auf. Sonst keine weiteren Erkenntnisse. Vorgestern Abend war sie in ihrer Dreizimmerwohnung in Ottensen und hat sich auf den Gerichtstermin am nächsten Tag vorbereitet. Keine Zeugen. Mit ihrem Partner aus der Kanzlei haben wir noch nicht gesprochen, der steht für heute auf unserer Liste.«

»Wer macht weiter?«, fragte Luise.

Eine schmale junge Frau mit rosafarbener Bluse hob die Hand und sah dann fragend zu dem Älteren neben sich, der mit dunkelblauem Troyer und grauem Vollbart wie ein pensionierter Matrose wirkte. Er nickte.

»Iris Dreisam, IT-Expertin von der Kriminaltechnik«, sagte Luise in Maggies und Cems Richtung.

»Ich fang an«, fuhr die schmale Frau fort, »Udo macht dann weiter.« Wieder nickte der Ältere wortlos.

»Gestern trafen Behnkes Laptop und sein Smartphone gegen 13.30 Uhr bei uns ein«, sagte die IT-Fachfrau im typisch hamburgischen Regiolekt. Ihr Blick wanderte über den Computerausdruck, der vor ihr lag. »Auf seinem Smartphone haben wir nichts

Außergewöhnliches gefunden. Messengerdienste sind keine installiert, SMS hat er nur gelegentlich seiner Tochter geschrieben, laut Browserverlauf hat er ansonsten nur das Wetter und S-Bahn-Störungen abgefragt. Behnke hat sein Handy vor allem zum Telefonieren benutzt. In den vergangenen Wochen hat er ein paarmal mit seiner Haushälterin telefoniert und zweimal die Nummer eines Restaurants gewählt, Kapitän Hansen in der Schillerstraße. Gesprochen hat er immer nur kurz, ein paar Sekunden, maximal eine Minute. An seinem Todestag hat er gegen 18.30 Uhr seine Tochter angerufen und etwa fünf Minuten mit ihr gesprochen.«

Dreisam hob den Kopf und sah fragend in die Runde. Als niemand sich rührte, schob sie einige Blätter zur Seite und ordnete ihre Unterlagen neu. »Im Anschluss habe ich mir seinen Laptop vorgenommen«, fuhr sie fort. »An seinem Todestag hat Behnke vormittags ein paar Mails beantwortet. Nichts Interessantes dabei, nur die übliche Kommunikation zwischen Angestellten und Chef. Außerdem würde ich vermuten, dass er an dem Morgen ein Hotelzimmer gebucht hat. Lässt sein Browserverlauf zumindest annehmen.«

»Welches Hotel?«, fragte Luise.

»Ja«, erwiderte Dreisam gedehnt, ohne den Blick von ihren Papieren zu nehmen. »Das ist interessant. Im Holiday Inn am Berliner Tor.«

»Was wollte er da?«, entfuhr es Lambrecht.

Dreisam blickte auf und starrte sie ausdruckslos an.

»Schon gut«, murmelte Lambrecht, zog ihr Smartphone zu sich heran und fuhr mit erhobener Stimme fort: »Ich klemm mich dahinter.« Sie tippte kurz auf dem Display herum und legte ihr Handy danach mit entschlossener Miene zur Seite.

Erneut blätterte Dreisam in ihren Unterlagen und fuhr dann mit den Fingerspitzen eine Zeile entlang. »Jetzt wird's spannend«, sagte sie. »Auf den ersten Blick wirkte Behnkes Laptop sauber. Die üblichen Dokumente, etliche Formulare, ein paar Fotos von seinen Containerschiffen.«

Merz gähnte vernehmlich.

Strafend sah Dreisam ihn an. »Doch dann habe ich ein paar Programme drüberlaufen lassen. Behnkes Laptop ist nicht ganz so sauber, wie es zunächst aussah.«

Nun hatte sie die volle Aufmerksamkeit aller Anwesenden.

»Es ist gut gemacht. Mit einem Passwort hatte Behnke Zugang zu einer versteckten Partition auf seinem Rechner. Das muss ein Profi gemacht haben, nicht leicht zu finden. Soweit ich Behnkes IT-Wissen einschätzen kann, würde ich behaupten, das hat ein anderer für ihn eingerichtet.«

»Und?«, fragte Luise ungeduldig.

»Es fanden sich weitere Dokumente darauf, außerdem ein Online-Banking-Programm, mit dem Behnke Zugriff auf mehrere Konten hatte.« Sie nickte dem älteren Kollegen mit Seemannspullover zu. »Udo übernimmt jetzt.«

Mit einem Räuspern hob der Alte den Kopf und knurrte: »Udo Rehling, Wirtschaftskriminalität.« Dann rückte er sein Tablet zurecht und wischte ein paarmal über die Oberfläche. »Also«, begann er mit schleppender Stimme, »die Kollegin von der IT hat mich gestern Abend hinzugezogen. War noch nicht viel Zeit, um sich alles anzusehen.« Die plattdeutsche Erstsprache war Rehling deutlich anzuhören. Maggie musste sich anstrengen, ihn zu verstehen.

Von Luise war ein Seufzen zu hören. »Wissen wir, Udo.«

Dieser schüttelte den Kopf und fast erwartete Maggie, dass er sich eine frisch gestopfte Pfeife in seinen Mundwinkel schob.

»Wollte nur sichergehen, dass ihr das nicht vergesst.« Dann konzentrierte er sich wieder auf sein Tablet. »Eine erste Durchsicht lässt vermuten, dass Behnke illegale Aktivitäten verstecken wollte. Mindestens ein Offshore-Konto habe ich gefunden mit regelmäßigen Ein- und Ausgängen. Es gibt Hinweise auf mehrere Briefkastenfirmen auf einschlägigen Inseln, außerdem eine Firmengruppe mit unübersichtlicher Struktur, etliche Unternehmenstöchter. Das übliche Konstrukt, um illegale Geldflüsse zu verstecken.«

»Gute Arbeit«, erwiderte Luise.

Der verkappte Seemann nickte. »Ohne Gewähr. Nur ein erster Eindruck.«

»Wissen wir«, rief der junge Beamte mit den hellen Locken und verdrehte die Augen. »Wir stehen alle noch ganz am Anfang.«

Zustimmendes Gemurmel war zu hören.

»Gibt es bei den versteckten Dateien vielleicht ein weiteres Postfach?«, fragte Maggie.

Mit einem Kopfnicken bejahte es die IT-Fachfrau.

»Die Mails würde ich mir gern ansehen«, bat Maggie.

»Kann ich Ihnen auf einen Stick ziehen«, erwiderte Dreisam. »Müssen Sie nur in Outlook importieren, dann können Sie alles durchgehen.«

»Danke«, sagte Maggie zu ihr und mit einem Blick in die Runde: »Ich kann weitermachen.«

Luise nickte.

Konzentriert setzte Maggie ihren Bericht fort, bei dem Luise sie am vergangenen Tag unterbrochen hatte. Sie erzählte von Behnkes knappen Mails und dem umfangreichen Mailverkehr, auch die zahlreichen Verbesserungsvorschläge von Markus Behnke beschrieb sie.

»Ich habe keinen Hinweis auf den Absender oder die Absenderin des Drohschreibens gefunden«, beendete sie ihren Bericht.

Dann schob sie die Kopie des Schreibens neben ihren Rechner. »Ich kann auch ein paar mehr Worte zu dem Drohschreiben selbst sagen«, ergänzte sie. Luise machte noch immer keine Anstalten, sie zu unterbrechen. »KHK Becker hat Ihnen gestern nur eine kurze Zusammenfassung mit den wichtigsten Erkenntnissen meiner Analyse gegeben.«

»Kurz reicht«, kommentierte Lambrecht leise.

»Meine Arbeitshypothese ist wie gesagt«, fuhr Maggie unbeeindruckt fort, »dass es sich bei dem Verfasser des Briefs um einen Sprecher oder eine Sprecherin des Englischen handelt. Muss ich natürlich noch überprüfen, das braucht etwas Zeit.«

Der junge Kollege mit dem asymmetrischen Haarschnitt schnaubte.

»Aber wie wir gerade erfahren haben, stimmen die Anschuldigungen aus dem Brief«, setzte Maggie ihren Gedanken fort. »Behnke hat die Geschäfte seiner Reederei genutzt, um Straftaten zu verschleiern. Die Person, die hinter dem Drohschreiben steckt, muss also von Behnkes kriminellen Machenschaften gewusst haben. Das schränkt den Kreis der Verdächtigen ein. Es war jemand aus Behnkes privatem oder beruflichem Umfeld, der mehr über ihn wusste als andere.«

Sie ließ sich zurücksinken und signalisierte Luise, dass sie mit ihrem Bericht fertig war.

»Kollege Bayrak«, wandte sich Luise nun an Cem. »Sie wollten gestern den Ausführungen des Kollegen Wiezlowski noch etwas hinzufügen?«

Maggie warf ihr einen erstaunten Blick zu. Ihre Ex schien über Nacht zur alten Form zurückgefunden zu haben. So kannte sie Luise, sachlich, faktenorientiert, nicht aus der Ruhe zu bringen.

Cem, sichtlich geschmeichelt, von Luise als Kollege bezeichnet zu werden, berichtete nun, was er am vorigen Abend Maggie erzählt hatte. Dass er bei der Befragung der Haushälterin den Eindruck gehabt habe, dass sie etwas verschwieg, und dass die Tochter in den vergangenen zwei Wochen zu unüblichen Zeiten bei Behnke gewesen sei.

Schließlich verstummte er und sah Wiezlowski fragend an. Wiezlowksis Gesichtsausdruck ließ Maggie vermuten, dass er entschieden anderer Meinung war als Cem, doch der Alte machte sich nicht die Mühe, zu protestieren. Er starrte lediglich stumm zurück.

»Weitere Erkenntnisse?«, fragte Luise und sah sich um.

Schweigen, einige schüttelten den Kopf.

»Gut.« Luise schob ihre Unterlagen zusammen. »Wir treffen uns heute Abend wieder zur Abschlussrunde. 18 Uhr im großen Besprechungszimmer.«

Kaum hatte Luise die Sitzung beendet, kam die IT-Fachfrau mit einem silberfarbenen Stick zu Maggie. Außerhalb der großen Runde wirkte sie deutlich entspannter.

»Ist eine aus Outlook exportierte Datei. Sie wissen, wie Sie an die Mails kommen?«, fragte Dreisam und übergab Maggie den Stick.

»Ich denke schon«, erwiderte Maggie.

»Melden Sie sich einfach, wenn Sie Unterstützung brauchen«, sagte die IT-Fachfrau und hielt Maggie ihre Visitenkarte hin.

Maggie verstaute den Stick und Dreisams Visitenkarte in ihrem Rucksack und fuhr ihren Laptop herunter.

»Ich soll Ihnen Ihr Büro zeigen.«

Verwundert sah Maggie auf. Neben ihr stand der Kollege mit den hellen Locken.

»Kriminalkommissar Kubicek«, stellte er sich rasch vor.

»Cem Bayrak«, antwortete Cem.

»Ich weiß«, sagte Kubicek und war bereits auf dem Weg zur Tür. »Kommen Sie?«

Maggie und Cem konnten kaum Schritt halten, Kubicek hatte es sichtlich eilig. Er durchquerte das Großraumbüro und führte sie zu einem gläsernen Besprechungsraum, in dem sich ein Tisch und zwei Stühle befanden.

»Die Chefin meinte, hier könnten Sie ungestört arbeiten«, sagte er und wartete ihre Antwort nicht ab. Ohne ein weiteres Wort ließ er sie stehen und kehrte an seinen Schreibtisch zurück.

Erleichtert betrat Maggie den fensterlosen Besprechungsraum, der nach abgestandener Luft und Putzmitteln roch. Tageslicht drang durch eine Glasscheibe, die das Besprechungszimmer vom Großraumbüro trennte. Sie war froh, dass sie einen Raum für sich hatten. Bei der in einem Großraumbüro üblichen Geräuschkulisse konnte sie nur schwer arbeiten. Sie stellte ihren Rucksack neben dem Tisch ab und zog sich einen Stuhl heran. Nicht gerade der Arbeitsplatz ihrer Träume, aber für ein paar Tage sollte es gehen.

»Was werden Sie jetzt machen?«, fragte Cem und blieb unentschlossen in der offenen Tür stehen.

»Ich werde mir Behnkes Mails aus dem geheimen Postfach anschauen und mir noch einmal das Drohschreiben vornehmen. Mal sehen, ob ich meine Arbeitshypothese untermauern kann«, erwiderte Maggie und schob ihren Laptop auf den Besprechungstisch. »Und Sie?«

Cem seufzte. »Ich bin forensischer Psychologe, zumindest werde ich bald einer sein.« Er grinste.

Maggie zog die Augenbrauen hoch. »Und?«

»Ich würde gern mit der Haushälterin und mit Behnkes Kindern reden«, antwortete er.

»Was spricht dagegen?«, fragte Maggie achselzuckend.

Zum ersten Mal, seit sie ihn kennengelernt hatte, wirkte er unsicher. »Kann ich das einfach so machen?«

»In der Vorlesung zu den Vernehmungstechniken haben Sie wohl gefehlt«, bemerkte Maggie.

»Bei den Techniken nicht«, erwiderte Cem. »Nur bei dem Teil, in dem es darum ging, wie man Vorgesetzten nicht auf die Füße tritt.«

»KHK Becker hat die Leitung der SOKO«, gab Maggie zurück. »Sie sollten es mit ihr absprechen.«

»Was sollte er mit mir absprechen?«, war nun Luise zu hören. Unbemerkt war sie hinter Cem in der Tür aufgetaucht.

Cem trat einen Schritt zur Seite. »Ich würde gern mit der Haushälterin und mit Behnkes Kindern sprechen«, wiederholte er.

Nach kurzem Zögern nickte Luise zustimmend. »In Ordnung. Der Kollege Wiezlowski muss ohnehin mit Markus Behnke sprechen. Ich kann mir kaum vorstellen, dass er von den kriminellen Aktivitäten seines Vaters nichts mitbekommen hat. Sie können ihn begleiten und im Anschluss einen Abstecher zur Villa machen. Vorher sollten Sie telefonisch klären, ob die Haushälterin auch da ist.«

»Ist klar«, sagte Cem und schien fast beleidigt, dass Luise ihm so wenig zutraute.

»Mit Julia Behnke hat Kollege Merz bereits gestern gesprochen. Eine zweite Befragung scheint mir derzeit nicht notwendig zu sein«, fuhr Luise fort. »Ich glaube kaum, dass sie Einblick in die geschäftlichen Aktivitäten ihres Vaters hatte.«

Überrascht hob Maggie den Kopf. Beim Namen von Behnkes Tochter hatte sich Luises Stimme um eine Nuance verändert.

»Kennst du Behnkes Tochter?«, fragte sie Luise.

Die Antwort kam einen Sekundenbruchteil zu spät. »Nein«, erwiderte sie leichthin. »Woher auch.« Ihre Miene wirkte wie eingefroren, als sie sich mit einem Nicken verabschiedete.

Nachdenklich sah Maggie ihr nach.

»Dann gehe ich mal den Kollegen Wiezlowski suchen«, sagte

Cem begeistert. »Der freut sich bestimmt über einen weiteren Ausflug mit mir.«

Doch Maggie konnte er nichts vormachen. Sie war sicher, dass auch er Luises Anspannung bemerkt hatte.

7.

»Kaffee?«

Maggie schreckte aus ihrer konzentrierten Arbeit auf. Cem stand an der gläsernen Tür zum Besprechungsraum und blickte sie fragend an.

Sie warf einen Blick auf ihren Laptop. Schon 11.30 Uhr, dabei schien es ihr, als hätte sich Cem erst vor zehn Minuten verabschiedet.

»Gern«, erwiderte sie geistesabwesend.

Mit einem Nicken verschwand Cem Richtung Teeküche.

Maggie wandte sich wieder ihrem Laptop zu.

An diesem Morgen hatte sie zunächst Behnkes verstecktes Postfach durchgesehen. Struktur und Art der Mails waren ganz ähnlich wie in seinem offiziellen Postfach. Wortkarge Sätze mit klaren Ansagen seinerseits, Mails von anderen mit Angaben zu Treffpunkten, Geldsummen und Terminen. Drei Mails von verärgerten Geschäftspartnern ließen vermuten, dass Behnkes Aktivitäten in den vergangenen Monaten nicht sehr erfolgreich gewesen waren. Das stand im Gegensatz zur Aussage von Behnkes Haushälterin, die glaubte, dass Behnke mit dem geplatzten Deal neulich die erste größere Niederlage erlitten hätte.

Sämtliche Mails waren auf Englisch. Mal mehr oder weniger regelkonform, soweit Maggie das beurteilen konnte, vermutlich waren etliche der Absender keine Native Speaker des Englischen. Sie hatte keine einzige Mail auf Deutsch gefunden, weder von Behnke noch von anderen. Damit war ihre Suche rasch beendet.

Bei der nächsten Besprechung würden die Kollegin von der Kriminaltechnik und der Kollege von der Wirtschaftskriminalität bestimmt genauere Analysen der versteckten Partition präsentieren. Die meisten Mails ließen vermuten, dass Behnke hierüber seine illegalen Geschäfte steuerte. Die Kommunikation war äußerst knapp, als wollten beide Seiten so wenig wie möglich verraten, falls sie auffliegen sollten. Vielleicht kam daher Behnkes Vorliebe für wortkarge E-Mails.

Da die Mails ihr nicht weiterhalfen, hatte Maggie nach kurzer Zeit die Analyse des geheimen Postfachs abgeschlossen und sich wieder dem Drohschreiben zugewandt.

Sie betrachtete die Kopie, die vor ihr lag, und ging Satz für Satz durch.

Dies ist die letzte Warnung. Treten Sie bloß von Ihrem Posten zurück. Stoppen Sie Ihre kriminelle Aktivitäten. Die Welt ist ohne Sie besser dran. Sie haben noch eine Woche übrig. Wenn Sie nicht Ihre Geschäfte bis dahin gestoppt haben, werden Sie sterben. Das ist nicht eine leere Drohung. In sieben Tagen werden Sie tot sein.

Warum verlangte ein Unbekannter, dass Behnke von seinem Posten zurücktrat? Würde dieser Brief wirklich zu Behnkes Mörder führen? Weshalb einen Drohbrief schreiben, wenn ohnehin geplant war, Behnke aus dem Weg zu schaffen?

Was, wenn er gewusst hatte, woher der Brief kam? Wenn Behnke auf das Drohschreiben reagiert hatte? Aber nicht per Mail oder SMS, da er wusste, dass die Polizei das finden konnte. Was, wenn er mündlich geantwortet hatte? Womöglich war die Sache aus dem Ruder gelaufen, als Behnke klargestellt hatte, dass er nicht zurücktreten würde.

»Der Kaffee«, unterbrach Cem ihre Überlegungen.

Maggie ließ sich zurückfallen und beobachtete geistesabwesend, wie Cem nähertrat und eine Tasse vor ihr abstellte. »Wenig Milch, kein Zucker«, sagte er. »Richtig?«

»Richtig«, erwiderte sie automatisch.

»Was gefunden?«, fragte Cem und setzte sich ihr gegenüber.

Maggie schüttelte den Kopf. »Die Mails in Behnkes zweitem Postfach haben nichts gebracht.« Ihr Blick wanderte wieder zu dem Drohschreiben.

»Und der Brief?«

»Ich weiß es nicht«, antwortete sie und seufzte. »Irgendwas stört mich daran. Aber ich kann nicht sagen was.«

Cem nickte und trank aus einem Glas, das eine helle Flüssigkeit enthielt.

»Haben Sie etwas Neues?«

»Auch nichts«, erwiderte Cem. »Markus Behnke hat versichert, dass er von den kriminellen Machenschaften seines Vaters nichts gewusst habe.« Enttäuscht verzog er das Gesicht. »Kollege Wiezlowski«, fuhr er dann fort und genoss es sichtlich, den mürrischen Beamten Kollege zu nennen, »war der Meinung, er ist glaubwürdig.«

»Was glauben Sie?«

»Leider dasselbe.« Cem verdrehte die Augen und seufzte. »Ich bin ziemlich sicher, dass Behnke junior die Wahrheit sagt.«

»So ein Pech aber auch«, sagte Maggie mit leiser Ironie.

»Nur die Haushälterin«, fuhr Cem mit leuchtenden Augen fort, »die weiß etwas, was sie uns bisher nicht erzählt hat. Aber sie wollte nicht damit rausrücken.«

Er schüttelte den Kopf und nahm einen großen Schluck. »Interessant, was die Kollegen inzwischen herausgefunden haben, finden Sie nicht?«

Irritiert sah Maggie ihn an. »Wieso die Kollegen? Gab es eine Besprechung?«

»Nein«, erwiderte Cem und lachte, »Teeküche.« Wieder nippte er an seinem Getränk.

Maggie schmunzelte und griff zu ihrem Kaffee. Stark und mit ein wenig Milch, wie sie es mochte. »Und?«

»Die Sache mit den illegalen Geschäften hat sich bestätigt.«

»Das ist keine Überraschung«, gab Maggie zurück.

»Behnke hatte wohl eine ganze Reihe krummer Deals laufen in den vergangenen Jahren«, erklärte Cem.

»Wissen die Kollegen schon, worum es ging?«, fragte sie. Schiffe, die weltweit unterwegs waren. Das eröffnete eine Menge Möglichkeiten für kriminelle Geschäfte. »Drogen?«

»Waffen«, antwortete Cem. »Sie können es noch nicht ganz sicher sagen, aber sie glauben, es ging immer um Waffen.«

»Und wie?«

»Container mit falschen Papieren. Ist laut den Kollegen die einfachste Art, Waffen zu schmuggeln. Container sind immer versiegelt und nur zwei Prozent werden üblicherweise kontrolliert. Außerdem haben die Kollegen in Behnkes Schreibtisch einen Brief von seiner Werft gefunden, der Maldowski Schiffbaugesellschaft. Der Brief war an Behnke persönlich adressiert, kam vom Geschäftsführer. Die haben wohl illegale Umbauten an einem von Behnkes Schiffen entdeckt.«

Hatte Behnkes Assistentin nicht gesagt, dass sie früher auf der Werft gearbeitet hatte, von der Behnke seine Schiffe warten ließ?

»Hildegard Fromme«, sagte Maggie, »Behnkes Assistentin. Hat früher auf einer Werft gearbeitet, bevor sie in Behnkes Büro wechselte.«

»Sollten die Kollegen wissen«, entgegnete Cem.

Maggie nickte und machte sich eine Notiz.

»Ich habe mich schon gefragt, warum Behnke seine Schiffe noch immer von einer deutschen Werft warten ließ«, sagte Cem. »Kollege Rehling hat erzählt, dass die meisten Containerschiffe heute in Asien gebaut und in osteuropäischen Ländern gewartet werden.«

»Es war die Werft seines Vertrauens, mit der er seit Jahrzehnten zusammenarbeitete.« Sie schob Cem einen Zettel über den Tisch zu. »Schreiben Sie mir Ihre Handynummer auf? Für alle Fälle.«

Cem griff nach einem Stift und schrieb, während er weitersprach. »Ich denke immer noch, dass auch Julia Behnke etwas wissen könnte. Die Haushälterin reagierte heute wieder sehr zurückhaltend, als ihr Name fiel.« Mit einem nachdenklichen Blick gab er ihr den Zettel zurück.

»Sie hat doch schon ausgesagt, dass die letzten beiden Besuche von Behnkes Tochter ungewöhnlich waren«, wandte Maggie ein.

»Nicht direkt«, erwiderte Cem selbstbewusst. »Meine Fragen kamen unerwartet für die Haushälterin und ihre Reaktion war so eindeutig, dass sie es am Ende nicht abstreiten konnte.« Er lachte.

Julia Behnke. Maggie erinnerte sich an Luises merkwürdige Reaktion. Was hatte Luise mit ihr zu tun?

Entschlossen griff sie zu ihrem Smartphone. »Der Brief bringt mich im Moment nicht weiter«, sagte sie. »Also könnten wir herausfinden, was seine Tochter zu sagen hat.«

Das Freizeichen erklang nur zweimal, dann war Luise dran.

Maggie gab ihr eine kurze Zusammenfassung ihrer Analysen und teilte ihr mit, dass sie zu Behnkes Tochter fahren wollten, um sie erneut zu befragen. Vielleicht wusste sie, ob es in Behnkes Umfeld eine Person gab, die sehr gut Deutsch sprach und deren Erstsprache das Englische war.

Am anderen Ende blieb es still.

»Luise?«, fragte Maggie.

Cem warf ihr einen neugierigen Blick zu.

»Bin noch dran«, kam es gepresst zurück, gefolgt von einem Seufzen. »Also gut. Warte auf mich. Ich will bei der Befragung dabei sein.«

»In Ordnung«, entgegnete Maggie verwundert. Nur in Ausnahmefällen nahm die SOKO-Leitung an der Vernehmung einer unbeteiligten Zeugin teil. Bisher gab es keine Hinweise, dass die Tochter auch nur das Geringste mit dem Tod ihres Vaters zu tun hatte.

»Engler«, erklärte Luise hastig, als hätte sie Maggies Überraschung bemerkt. »Julia Behnke gehört zu den obersten Zirkeln Hamburgs und ist auch noch Juristin. Engler will keinen Unmut provozieren. Nicht, solange wir nichts Konkretes haben.«

»Kein Problem, wir warten unten auf dich«, erwiderte Maggie knapp und ganz neutral, als hätte Luise nicht soeben erzählt, dass Engler die Ermittlungen steuerte, um möglichst wenig Ärger aus Behnkes Umfeld zu bekommen, bei dem es sich zweifellos um äußerst einflussreiche Kreise Hamburgs handelte.

Als Luise aus dem Gebäude trat, warteten bereits Maggie und Cem auf sie. Kurz überlegte sie, ob sie wirklich den Praktikanten dabei haben wollte, doch Cem hatte sich bisher als hilfreich erwiesen, sie schätzte seine ruhige, freundliche Art.

Mit einem Handzeichen bedeutete Luise ihnen, ihr zu folgen. Schweigend machten sie sich gemeinsam auf den Weg zu ihrem Wagen. Als sie einstiegen, war Luise auf einmal froh, mit Maggie nicht allein zu sein. Wortlos setzte sich Maggie nach hinten und Cem nahm, ohne eine Miene zu verziehen, auf dem Beifahrersitz Platz.

Die Fahrt führte sie an der Binnenalster vorbei. Die Wasserfläche lag spiegelnd zwischen den Häusern der Innenstadt, unberührt von der meterhohen Fontäne des Springbrunnens, der in wenigen Wochen wieder sprudeln würde. Am Gänsemarkt steuerte Luise unterhalb eines üppigen Neubaus eine Tiefgarage an. Die Kanzlei von Julia Behnke befand sich nebenan in einem frisch renovierten Geschäftshaus.

Im Aufzug stand Maggie mit dem Rücken zu ihr und Luise musterte sie verstohlen. Wie früher war Maggie auch heute ausgesprochen modisch gekleidet, sie trug einen bunt gemusterten Rock, darunter eine blickdichte, schwarze Strumpfhose und knöchelhohe Stiefel. Fast musste sie sich ein Schmunzeln verkneifen, weil sie Maggies Stil schon immer gemocht hatte.

Lass dich nicht ablenken, dachte Luise, schloss die Augen und hob den Blick erst wieder, als ein leises Surren signalisierte, dass sie im dritten Stock angekommen waren.

Gemeinsam betraten sie einen großzügigen Eingangsbereich. Der hochflorige Teppich in konservativem Königsblau schluckte ihre Schritte und erinnerte Luise an die Chefetage in der Reederei. Die Rezeption dagegen versuchte es mit Understatement. Hinter einem schmalen Schreibtisch aus hellem Holz und gebürstetem Glas saß ein junger Mann, der gerade telefonierte und sie mit einer Handbewegung bat, einen Moment zu warten. Ohne Eile notierte er einen Termin, bevor er das Telefonat beendete.

»Ja, bitte? Was kann ich für Sie tun?«, fragte er mit einem professionellen Lächeln.

»Wir möchten mit Frau Behnke sprechen«, erwiderte Luise und zeigte ihren Dienstausweis.

Die rechte Augenbraue des Mannes hob sich. »Rechtsanwältin Behnke erwartet sie«, sagte er und deutete in den Gang neben sich. »Zwei Türen weiter, linker Hand.«

Die Tür war halb geöffnet, Julia Behnke musste sie schon gehört haben.

Ohne Zögern betrat Luise das Büro, Maggie und Cem folgten und blieben hinter ihr stehen. Die Rechtsanwältin stand mit dem

Rücken zum Fenster, ihr Gesicht lag im Schatten, doch jetzt drehte sie sich um. Luise stellte sich vor, ihre Stimme klang angespannt.

Katharina hatte einige Male von ihrer früheren Schulfreundin erzählt, doch Luise war ihr nie begegnet. Umgekehrt konnte Julia Behnke bei dem Allerweltsnamen »Becker« sicher nicht ahnen, dass sie die Ehefrau von Katharina vor sich hatte. Luise beschloss, es dabei zu belassen.

Mit einem tiefen Atemzug versuchte sie die Anspannung abzuschütteln. »Die forensische Linguistin Maggie Kofler«, fuhr Luise fort, die Routine einer offiziellen Vorstellung gab ihr Sicherheit, »und der forensische Psychologe Cem Bayrak. Kriminaloberrat Engler hat sie als Verstärkung vom BKA angefordert. Sie begleiten mich heute bei der Befragung, beide arbeiten eng mit uns zusammen. Frau Kofler hat Fragen zu einem Brief, den wir nach der Tat auf dem Schreibtisch Ihres Vaters vorgefunden haben.«

Behnke wies auf eine gemütliche Sitzecke und bat sie mit tonloser Stimme, sich zu setzen. Ohne ein Wort nahm Maggie Platz, Cem und Luise folgten. Die Anwältin setzte sich ihnen gegenüber und wieder lag ihr Gesicht im Schatten. Die Lichtverhältnisse ließen kaum Rückschlüsse auf ihre Mimik zu, der Platz war geschickt gewählt. Trotzdem glaubte Luise, dunkle Augenringe zu erkennen, die von einer schweren Nacht zeugten.

Unauffällig sah sie sich um. Behnke hatte nicht gespart bei der Einrichtung ihres Büros, sie erwartete offensichtlich gute Geschäfte. Ein dicker Teppich schluckte jedes Geräusch, die Möbel waren aus Teakholz, vieles erinnerte an das Büro ihres Vaters, doch hier bildeten Goldtöne einen lebhaften Kontrast: messingfarbene Lampen, eine Tapete, deren Muster sich in den Vorhängen wiederholte.

Ihr Blick kehrte zurück zu Julia Behnke. Doch bevor sie mit der Befragung beginnen konnte, meldete sich der Praktikant zu Wort.

»Sie arbeiten heute?«, fragte Cem.

Kein glücklicher Einstieg, fand Luise, doch sie verkniff sich eine Reaktion.

Um Behnkes Mund spielte ein Lächeln. »Besser, als in der Wohnung auf die Wände zu starren«, erwiderte sie mit dunkler Stimme.

Chapeau, dachte Luise, gute Antwort. »Wir haben auf dem Schreibtisch Ihres Vaters ein Schreiben gefunden«, sagte sie. »Ein anonymer Brief. Darin wird Ihr Vater aufgefordert, binnen einer Woche von seinem Posten zurückzutreten, sonst müsse er sterben.«

Julia Behnke nickte. »Er hat mich vorgestern angerufen und davon erzählt«, begann sie leise. Dann räusperte sie sich. »Er hat ihn aber nicht ernst genommen«, fuhr sie mit kräftiger Stimme fort, als müsste sie in einem Gerichtssaal den Richter überzeugen.

»Ihr Vater ist gestorben«, wandte Cem ein.

Die Anwältin zuckte zusammen.

Luise wollte sich einschalten, doch als sie Maggies interessierten Blick bemerkte, nahm sie sich zurück. Sie war nur die Begleitung, mehr nicht, also sollten die beiden die Befragung führen. Sie ließ sich in das Polster zurückfallen und faltete demonstrativ ihre Hände.

»Er war also ernst gemeint«, ergänzte Cem und ließ Behnke nicht aus den Augen.

Behnke hob beide Handflächen, als wollte sie ein Gebet sprechen. Es sah aus wie eine einstudierte Geste, vermutlich sehr nützlich vor Gericht, hier wirkte es merkwürdig künstlich.

»Ja«, erwiderte sie dann gedehnt und immer noch mit kräftiger Stimme, »das war wohl ernst gemeint. Hat mein Vater falsch eingeschätzt.«

Cem öffnete den Mund, als wollte er etwas erwidern, doch Luise kam ihm zuvor: »Frau Kofler hat, wie gesagt, noch eine Frage dazu.«

»Der Brief«, begann Maggie und sprach dabei so langsam, als müsste sie sich ihre Frage erst zurechtlegen. Eine kleine Pause entstand.

Luise ließ die Antwältin nicht aus den Augen. Behnke wirkte gelassen, doch eine aufgeregt pochende Ader an ihrer linken Schläfe verriet sie.

»Er scheint von einer Person geschrieben worden zu sein, die Deutsch als Fremdsprache erlernt hat«, fuhr Maggie fort. »Es könnte sich um einen Sprecher oder eine Sprecherin des Englischen handeln.«

Julia Behnke erwiderte Maggies Blick und wartete. Noch immer pochte die fast unsichtbare Ader an ihrer Schläfe in schnellem Rhythmus. Für einen Moment schien es Luise, als hätte sich das Tempo erhöht.

»Kennen Sie vielleicht jemanden, in Ihrem privaten oder auch beruflichen Umfeld, dessen Muttersprache Englisch ist und der seit Jahren Deutsch gelernt hat?«

»Nein, kenne ich nicht«, erwiderte Behnke mit ausdrucksloser Stimme.

Dann schwieg sie wieder und schien auf weitere Fragen zu warten.

»Ihr Vater hat Sie kurz vor seinem Tod angerufen, von seinem Handy aus«, sagte Cem. »Worum ging es in diesem Telefonat?«

Grübelnd betrachtete Behnke ihn, als überlegte sie, ob sie ihm antworten sollte. »Wir haben uns zum Mittagessen verabredet«, antwortete sie schließlich kühl, »für nächste Woche.«

Cem nickte.

»In dem Brief«, meldete sich nun wieder Maggie zu Wort, »ist von illegalen Geschäften Ihres Vaters die Rede. Wissen Sie etwas davon?«

Diesmal kam die Antwort schnell: »Nein, das weiß ich nicht. Ich bin nicht in die Reederei involviert und über die Arbeit haben wir kaum geredet, mein Vater und ich.«

»Vielen Dank«, erwiderte Luise rasch und stand auf. »Wir haben im Moment keine weiteren Fragen an Sie.« Aus den Augenwinkeln sah sie, dass sich Maggie ebenfalls erhob, nur Cem blieb demonstrativ sitzen.

»Und Ihr Bruder?«, fragte er ungerührt.

Die Rechtsanwältin stand auf und musterte ihn von oben herab. »Was ist mit ihm?«, entgegnete sie kalt.

Verblüfft fragte sich Luise, ob Cems hartnäckiges Fragen oder ihr Bruder den Stimmungswechsel verursacht hatte.

Nun erhob sich auch Cem, ohne die Anwältin aus den Augen zu lassen. »Könnte er etwas von den illegalen Machenschaften Ihres Vaters mitbekommen haben?«

»Mit meinem Bruder spreche ich nicht«, antwortete Julia Behnke und ihre Augenlider flatterten kaum wahrnehmbar, als sie nach einer halben Sekunde Pause weitersprach, »… über die Geschäfte.«

Cem sah sie fragend an, doch bevor er etwas erwidern konnte, fuhr Luise dazwischen. »Danke für Ihre Zeit, wir müssen jetzt gehen«, sagte sie mit erhobener Stimme und forderte Cem mit einem Blick dazu auf, nun Ruhe zu geben. Dennoch hatte sie Mühe, sich ein Schmunzeln zu verkneifen, der Praktikant verfolgte hartnäckig seine Ziele, das wusste sie zu schätzen. Doch nun war es Zeit, zu gehen, bevor die Befragung unangenehm penetrant wurde. Sie glaubte nicht, dass Julia Behnke mehr preisgeben würde.

Gemeinsam gingen sie zur Tür, begleitet von der Anwältin, die ihre Hand um den Griff schlang, als könnte sie es nicht erwarten, die Tür hinter ihnen zu schließen.

Sie standen bereits auf dem Gang, als Cem sich noch einmal umwandte.

»Die Haushälterin Ihres Vaters«, sagte er und ignorierte Luises Blick, stattdessen legte er seine Stirn in bekümmerte Dackelfalten, »hat uns erzählt, dass Sie in den Tagen vor dem Tod Ihres Vaters zweimal überraschend sehr spät abends vorbeikamen.«

Behnke wirkte verblüfft, dann nickte sie. »Stimmt«, entgegnete sie und diesmal hatte ihre Stimme einen normalen Klang. »Zu meinen Mandanten gehört eine Kieler Reederei. Eines ihrer Schiffe wird seit drei Wochen in Brasilien festgehalten. Ich wollte seine Meinung hören, da meine Verhandlungen mit den Behörden vor Ort sehr schleppend verlaufen.«

»Das wollten Sie also lieber persönlich mit ihm besprechen und nicht am Telefon«, fuhr Cem fort.

Wieder spielte ein leichtes Lächeln um ihre Lippen. »Er war mein Vater«, erwiderte sie, »ich habe gern die Gelegenheit genutzt, ihn zu sehen.«

Mit einem Nicken verabschiedete sie sich und schloss ihre Bürotür.

Auf dem Weg nach unten verlor niemand ein Wort. Luise steuerte den Wagen aus der Tiefgarage und fädelte sich schrittweise in den vorbeifahrenden Verkehr ein, der inzwischen zugenommen hatte.

Innerhalb weniger als fünf Minuten standen sie bereits vor der dritten roten Ampel.

»Sie trauert wirklich um ihren Vater«, bemerkte Cem versonnen. »Spricht nicht dafür, dass sie etwas mit seiner Ermordung zu tun hat. Aber sie verschweigt etwas. Genau wie Behnkes Haushälterin.«

Luise schwieg, sie wunderte sich über die haltlosen Spekulationen. Praktikant eben. Sie schaute in den Rückspiegel, wo sie Maggies Blick begegnete. Rasch drehte sie den Kopf, als beobachtete sie die Wagenkolonne neben sich. Sie wollte nicht wissen, was ihre Ex dachte. Je mehr Abstand, desto besser.

Die Ampel sprang um und Luise trat das Gaspedal durch. Als sie sich dem Präsidium näherten, öffnete sich die Schranke. Luise steuerte den Wagen zu den Parkplätzen, die unter dem aufgeständerten Gebäude lagen.

»Sie glauben mir nicht, stimmt's?«, wandte sich Cem an Luise, als sie ausstiegen. Es war eine rein sachliche Frage, stellte Luise fest, und verdiente eine ernsthafte Antwort.

»Bauchgefühl ist wichtig in der kriminalistischen Arbeit«, antwortete sie. »Wir alle arbeiten mit unserem Bauchgefühl, doch daraus sollte eine begründete Vermutung werden, sonst bringt es uns nicht weiter.«

»Ich bin gut, wenn es darum geht, Lügen zu erkennen«, gab Cem zurück und auch jetzt war sein Ton rein sachlich. »Sehr gut sogar, im Studium habe ich bei den Tests immer am besten abgeschnitten.«

»Wie gesagt«, erwiderte Luise, »Bauchgefühl ist eine gute Sache. Doch was wir wirklich brauchen, sind begründete Vermutungen.«

Cem neigte den Kopf. »Gut«, stimmte er zu, »dann sehe ich mir das noch genauer an.«

Luise verkniff sich ein Schmunzeln und blickte ihn ernst an.

»Ich höre mich nur ein wenig um«, versicherte Cem, »ganz unauffällig.«

Luise überlegte einen Moment. Ob er ihrer Untersuchung wirklich schaden konnte?

»Machen Sie das«, sagte sie schließlich, nickte Maggie und Cem zu und ließ sie stehen.

8.

Zwei Stunden später fand eine weitere Besprechung der SOKO MOB statt. Nach und nach trafen alle im Besprechungsraum ein, kein Stuhl blieb frei.

Maggie suchte sich wieder am gegenüberliegenden Kopfende einen Sitzplatz, neben Cem. Fast war es schon zur Gewohnheit geworden.

Kurz sah Cem zu ihr und richtete dann seine Aufmerksamkeit nach vorn, wo Luise gerade Platz genommen hatte und die Besprechung eröffnete. Sie berichtete von ihrem gemeinsamen Besuch bei Julia Behnke und fasste die Antworten der Anwältin zusammen.

»Ist sie glaubwürdig?«, fragte Schröder. »Hat sie nichts von den kriminellen Geschäften ihres Vaters gewusst?«

»Habe ich ihr abgenommen«, warf Cem ein.

Überrascht drehten einige den Kopf, belustigte Blicke streiften ihn, manche schienen seine Meinung in Frage zu stellen.

Cem zog die Augenbrauen hoch.

»Sehe ich auch so«, stimmte Maggie ihm zu.

»Ich auch«, bestätigte Luise. »Was aber nichts heißen muss.«

Die Blicke wanderten wieder nach vorn zu Luise.

Schröder nickte.

»Wer macht weiter?«, fragte Luise.

Iris Dreisam von der Kriminaltechnik meldete sich zu Wort. Sie hatte Behnkes Computer unter die Lupe genommen. Über das Online-Banking-Programm hatte sie Behnkes Spuren bis zu den Offshore-Konten verfolgen können.

»Inzwischen habe ich offiziell Zugriff auf seine Konten«, erklärte Dreisam. »Insgesamt sind es drei, mit denen er abwechselnd agiert hat. Auf keinem liegt viel Geld, Behnke hat sie nur für Einnahmen und Ausgaben genutzt und dann das Geld weiter geschoben zu einem Schweizer Nummernkonto.«

Fragend warf sie einen Blick zu dem Kollegen von der Wirtschaftskriminalität, der ihr diesmal gegenübersaß.

»Genau«, bestätigte Rehling und strich durch seinen Bart. »Die Kontobewegungen der letzten Monate waren sehr regelmäßig und lassen vermuten, dass Behnke kontinuierlich illegale Geschäfte am Laufen hatte. Vor etwa vier Wochen hat es eine Rücküberweisung gegeben, seitdem nichts mehr. Als hätte Behnke seine Geschäfte eingefroren.«

»Wann kam das Drohschreiben?«, fragte Luise.

Simone Geiger meldete sich zu Wort. »Laut Analyse ist die Druckerfarbe höchstens drei Tage alt.«

»Also nachdem Behnkes illegale Aktivitäten zurückgefahren wurden«, antwortete Luise. »Warum dann noch das Drohschreiben?« Fragend sah sie in die Runde, einige zuckten mit den Achseln, andere erwiderten ihren Blick regungslos. »Außerdem macht die Frist von einer Woche keinen Sinn, wenn er den Brief drei Tage vor seinem Tod bekam.«

»Behnkes Assistentin hat zu Protokoll gegeben, dass sie von einem Drohschreiben nichts weiß«, sagte Merz und rückte seinen Laptop zurecht.

»Vielleicht hat der Brief nichts mit seinem Tod zu tun«, warf Kubicek ein.

»Gleich zwei Leute, die ihn tot sehen wollten?«, fragte Dreisam. »Unwahrscheinlich.«

Kubicek machte ein vielsagendes Gesicht. »Wer sich mit internationalen Waffenschmugglern anlegt …«

Zweifelnd betrachtete Luise ihn. »Fraglich, aber möglich«, sagte sie dann und machte sich eine Notiz. Sie blickte zu Rehling. »Noch weitere Erkenntnisse, was die Konten und Behnkes illegale Aktivitäten betrifft?«

»Bisher nicht«, antwortete Rehling mit unzufriedener Miene.

»Konntet ihr mögliche Auftraggeber oder Geschäftspartner ausfindig machen?«

Rehling schüttelte den Kopf. »Die Gelder kamen von fingierten Absendern, soweit wir das bisher sagen können. Aber wir bleiben dran. Die Hamburger Kollegen nehmen sich gerade die Maldowski Schiffbaugesellschaft in Wilhelmshaven vor, Behnkes Werft. Der

Brief, den wir in Behnkes Schreibtisch gefunden haben, lässt vermuten, dass es dort Unregelmäßigkeiten gibt.«

»Könnte sein, dass Hildegard Fromme, die Assistentin Behnkes, früher dort gearbeitet hat«, warf Maggie ein. »Sie hat so was erzählt.«

Rehling blickte zu Merz, der mit grimmiger Miene nickte.

»Gebe ich weiter«, brummte er und rieb sich die Halbglatze, als wollte er seine Kopfhaut wärmen. »Ich habe das BKA bereits informiert, auch die Kollegen von der Organisierten Kriminalität wollen die Reederei und Behnkes Werft unter die Lupe nehmen.«

»Kann ich den Brief mal sehen?«, fragte Maggie.

Rehling kramte missmutig in dem Stapel Unterlagen, der vor ihm lag, zerrte dann ein Blatt Papier hervor und schob es Maggie über den Tisch zu.

»Wie liefen seine offiziellen Geschäfte?«, fragte Luise.

»Ging so«, erwiderte Rehling. »In der Buchhaltung war nichts Negatives über Behnke und seine geschäftlichen Aktivitäten zu hören, aber die Umsatzzahlen sind seit etwa einem Jahr rückläufig.«

»Ist das ungewöhnlich?«, wollte Cem wissen.

Rehling warf ihm einen erstaunten Blick zu, als wollte er ihn fragen, ob er hier auch etwas zu sagen habe.

Unbeeindruckt fuhr Cem fort: »Könnte ja bei etlichen Reedereien so sein, dass sie ein schlechtes Jahr hinter sich haben.«

Rehling schüttelte den Kopf. »Noch vor ein paar Jahren hatten die Reedereien zu kämpfen. Die Weltwirtschaftskrise, die 2007 begann, hat auch die Containerschifffahrt erwischt, deshalb mussten in den folgenden Jahren etliche Reedereien Insolvenz anmelden. Ab 2019 hat sich die Branche aber wieder erholt, die Fracht- und Charterraten stiegen. Einige der großen Reedereien haben sich zu globalen Allianzen zusammengeschlossen, die den gesamten Markt dominieren, trotzdem gibt es nach wie vor einzelne Unternehmen, die sich ihre Nische erarbeitet haben und gut im Geschäft sind. Derzeit boomt die Containerschifffahrt wieder.«

»Was sagt sein Sohn dazu?«, warf Luise ein.

Erneut schüttelte Rehling den Kopf. »Das sei eine ganz normale

Umsatzschwankung, behauptet er. Von den illegalen Geschäften seines Vaters will er nichts gewusst haben, er bleibt dabei.«

»Glauben Sie ihm?«, fragte Cem.

Rehling schwieg einen Augenblick und es sah aus, als würde er sich die Befragung Behnkes ins Gedächtnis rufen. Schließlich zog er die Schultern hoch und ließ sie mit einem Seufzer wieder fallen.

»Glaubst du ihm?«, fragte nun Luise mit ruhiger Stimme.

Genervt sog Rehling die Luft durch die Nase und bequemte sich zu einem gequetschten: »Denke schon.«

Maggie sah, dass Cem mit unbewegtem Gesicht den Kopf neigte, als wollte er sich bedanken, ohne Rehling oder Luise anzusehen.

Eine Pause trat ein, die Luise mit einem Blick in die Runde beendete. »Sonst noch jemand was zu berichten?«

Mit einem Räuspern meldete sich Lambrecht zu Wort: »Das Hotel.« Mehrere Augenpaare wandten sich ihr zu und betrachteten sie fragend. »Das Holiday Inn«, ergänzte sie und hob beide Hände, »schon vergessen?« Kopfschüttelnd fuhr sie sich mit der Rechten über die kurzgeschorenen Haare. »Behnke hat das Hotelzimmer an seinem Todestag gebucht, im Laufe des Vormittags für denselben Tag. Laut System des Holiday Inn hat er um 16.04 Uhr eingecheckt und um 17.58 Uhr wieder ausgecheckt. Das war's. Gekommen ist er wohl allein. Niemand weiß, ob außer ihm jemand in seinem Zimmer war. Die Flure werden nicht videoüberwacht. Die Videos von der Hotellobby habe ich für die fragliche Zeit durchgesehen und niemanden entdeckt, der Behnke besucht haben könnte. Es waren nur andere Hotelgäste oder Angestellte zu sehen.« Lambrecht hob den Kopf, zupfte an ihrem Rollkragen und blickte fragend in die Runde.

»Was denkst du«, fragte Luise, »was könnte er dort gewollt haben?«

Erneut hob Lambrecht beide Hände. »Laut Personal war sein Bett vollkommen unberührt, auch sonst wirkte das Zimmer nahezu unverändert. Als hätte Behnke dort die ganze Zeit nur auf einem der Stühle gesessen. Selbst das Bad wirkte unberührt.«

»Sieht nicht nach dem Treffen mit einer Prostituierten aus«, stellte Kubicek fest.

»Wohl eher nicht«, bestätigte Lambrecht.

»Vielleicht ein Treffen mit einem Geschäftspartner für seine kriminellen Aktivitäten?«, warf Rehling ein. »Macht doch Sinn, das nicht im Büro abzuwickeln. Könnte ein anderer Hotelgast gewesen sein, das erklärt, warum nur Hotelgäste auf dem Video zu sehen waren.«

Luise nickte langsam. »Hat sich Behnke öfter im Holiday Inn ein Zimmer genommen?«

Lambrecht schüttelte den Kopf. »War sein erstes Mal.«

»Spricht dann eher dagegen«, stellte Rehling fest.

»Vielleicht war er zu diesen Zwecken in verschiedenen Hotels«, sagte Schröder.

»Glaube ich nicht«, erwiderte Dreisam. »Ich habe seinen Browserverlauf vom letzten halben Jahr gecheckt. Da hat er keine anderen Hotels aufgerufen.«

Lambrecht griff zu ihrem Handy und tippte mehrfach auf ihr Display. »Ich frag seine Assistentin, ob sie für Behnke gelegentlich Hotelzimmer in Hamburg gebucht hat, und seh mir die Liste der Gäste an, die sich am gleichen Tag im Holiday Inn aufhielten.«

Luise nickte. »Sonst?«, fragte sie in die Runde.

»Moment«, sagte Schröder und blätterte in ihrem Notizbuch, bis sie schließlich innehielt. »Ich bin Behnkes privaten Terminkalender durchgegangen«, sagte sie, ohne ihren Blick von ihren Notizen zu nehmen. »Behnke hätte einen Tag nach seiner Ermordung einen Termin bei seinem Hausarzt gehabt. Den habe ich angerufen, und er sagte, es sei der übliche Routinecheck geplant gewesen, dafür kam Behnke jedes halbe Jahr.« Sie sah fragend zu Luise, dann schlug sie hastig eine Seite um und las weiter. »Außerdem war er vor etwa zwei Wochen bei seinem Anwalt. Nächste Woche hätte er wieder einen Termin bei ihm gehabt.«

»Was sagt der Anwalt?«, fragte Luise.

»Schweigepflicht«, gab Schröder zurück und rieb sich die Hände.

»Immer diese Papier-Juristen«, erwiderte Luise grimmig.

Jemand schnaubte.

»Sprich noch einmal mit ihm und versuch, ihn zu überzeugen.

Ist schließlich auch im Sinne seines verstorbenen Mandanten, wenn wir den Mörder finden. Das sollte ausreichen, ihn von seiner Schweigepflicht zu entbinden. Sag ihm das.«

Eine Zustimmung murmelnd rieb sich Schröder erneut die Hände, offensichtlich zufrieden mit ihrem Auftrag.

»Sonst noch?«, fragte Luise und sah in die Runde.

Zögernd schüttelte Rehling den Kopf, auch Lambrecht und Schröder zeigten mit einem Schulterzucken, dass sie nichts mehr zu sagen hatten. Die anderen schwiegen.

Luise nickte. »Gut, wir sehen uns morgen wieder.«

In der zweiten Nacht schlief Maggie deutlich besser, obwohl der Wecker sie schon früh aus dem Schlaf riss.

Eine graue Wolkendecke hing schwer über der Stadt, als sie auf die Straße trat. Wenige Meter vom Hotel entfernt hatte ein Bäcker zu früher Stunde geöffnet. Sie holte sich ein Rundstück und einen Becher Kaffee auf die Hand und wanderte gemächlich weiter. Dabei grübelte sie darüber nach, warum Cem an Luise zweifelte. Schließlich hatte er doch nur dieses eine Telefonat mitbekommen.

Ihr fiel die Szene vom vergangenen Tag ein. Die Begrüßung zwischen Julia Behnke und Luise hatte inszeniert gewirkt, dafür kannte sie ihre Ex einfach noch zu gut. Selbst nach der katastrophalen Trennung und dreizehn Jahren Pause war die alte Vertrautheit spürbar. Mehr als zehn Jahre waren sie ein Paar gewesen, sie waren schon zusammen zur Schule gegangen.

Trotzdem hätte Maggie nicht gedacht, dass auch Cem etwas merken würde. Hatte auch er den veränderten Ton in Luises Stimme wahrgenommen? Diese Nuance, die Maggie vermuten ließ, dass vielleicht mehr sein könnte zwischen Julia Behnke und Luise? Hatten sie eine heimliche Affäre? Fanden die leisen Telefonate mit ihr statt? Wenn ja, hätte Luise das melden müssen. Sie konnte sich allerdings nicht vorstellen, dass Luise die Vorschriften so sträflich ignorierte. Die alte Luise hätte das niemals getan. Ob sich ihre Ex so verändert hatte in den vergangenen Jahren?

Maggie biss in das noch warme Brötchen und schüttelte

unschlüssig den Kopf. Die Luise, die sie von früher kannte, hätte niemals riskiert, dass ihr Privatleben eine Ermittlung zu Fall brachte. Deshalb hatte sie auch bei Engler stillgehalten. Darauf hatte Maggie mit ihrem Anruf bei Werner gesetzt und gewonnen.

Sie blieb an einer Fußgängerampel stehen, nahm einen Schluck von ihrem lauwarmen Kaffee und spürte, wie der kalte Märzwind ihre Wangen kühlte. Es war lange her, dass sie gemeinsam an einem Fall dran gewesen waren, und nun hatte Luise Cem sogar die Erlaubnis erteilt, auf eigene Faust Ermittlungen anzustellen. Sie war gespannt, was er alles zu Tage fördern würde.

Plötzlich breitete sich Wärme auf ihrem Gesicht aus. Maggie sah nach oben, wo ein paar Sonnenstrahlen es geschafft hatten, die Wolkendecke zu durchbrechen. Ein Hauch von Frühling lag in der Luft. Unwillkürlich musste Maggie lächeln.

Rasch brachte sie die letzten Meter hinter sich. Im Präsidium begab sie sich direkt in ihr provisorisches Büro. Die meisten Schreibtische im Großraumbüro waren noch verwaist, sie war heute deutlich früher dran als gestern.

Maggie legte die Unterlagen zurecht und öffnete auf ihrem Laptop die aktuellen Dokumente. Ein letzter Blick auf die Uhr, sie war pünktlich. Susanne hatte ihr, nachdem sie ihr das Drohschreiben gemailt hatte, zugesagt, es bis zu diesem Morgen durchzusehen, und da sie um 9 Uhr ihre erste Vorlesung bestreiten musste, hatten sie sich auf ein kurzes Telefonat um 7.30 Uhr geeinigt.

»Hey, Suse«, sagte Maggie, als sich ihre ehemalige Kommilitonin am anderen Ende der Leitung meldete. »Danke, dass du dir die Mühe machst. Hängt viel dran, und es ist mir einfach wohler, wenn ich meine Analysen mit einer Professorin für Deutsch als Zweitsprache besprechen kann.«

»Gerne doch«, erwiderte Susanne und lachte. »Freut mich, von dir zu hören. Wie geht es dir?«

Sie tauschten ein paar Belanglosigkeiten aus, dann kamen sie zur Sache.

»Ich denke auch, dass es sich um grammatikalische Fehler und einige auffällige Formulierungen handelt, die von einem Native

Speaker des Englischen stammen könnten«, sagte Susanne. »Da bin ich ganz deiner Meinung. Vermutlich regelkonformer und jahrelanger Zweitspracherwerb des Deutschen.«

»Sehe ich auch so«, entgegnete Maggie, »aber es war mir wichtig, dass du meine Analyse bestätigst. Trotzdem …« Sie zögerte.

»Ja?«, fragte Susanne.

»Irgendwas stört mich, aber ich weiß nicht was.«

»Für Deutsch als Zweitsprache sind im Brief erstaunlich wenig Fehler zu finden«, erwiderte Susanne. »Das kenne ich sonst anders.« Nach einer kurzen Pause fuhr sie zögernd fort: »Außerdem die Modalpartikel – *Treten Sie bloß von Ihrem Posten zurück*. Das *bloß* passt nicht zur Zweitsprache.«

»Stimmt«, erwiderte Maggie verblüfft. »Partikeln sind eine Eigenart des Deutschen und wer Deutsch als Zweitsprache lernt, tut sich sehr schwer damit.«

»Genau«, stimmte Susanne zu. »Die meisten sind froh, wenn sie Modalpartikeln verstehen können und eine passive Kompetenz erwerben. Nur wenige haben sie aktiv in ihrem Wortschatz.«

»Außerdem sind Partikeln fast nur in der gesprochenen Sprache verbreitet«, sagte Maggie. »Es ist schon ungewöhnlich, sie in einem Schriftstück zu verwenden.«

»Da hast du recht«, antwortete Susanne. »Könnte natürlich eine sprachliche Fehlleistung im Zweitspracherwerb sein, aber auch dann wäre es sehr ungewöhnlich, dass eine Person mit Deutsch als Zweitsprache überhaupt Modalpartikeln verwendet, egal ob schriftlich oder mündlich.«

»Könnte es ein Fake sein?«, fragte Maggie zweifelnd.

Am anderen Ende blieb es ruhig. Maggie wartete geduldig.

»Glaube ich eigentlich nicht«, entgegnete Susanne. »Die Modalpartikel ist ungewöhnlich, ja, aber so was denkt man sich nicht aus, wenn man versucht, Deutsch als Zweitsprache nachzuahmen. Die grammatikalischen Fehler sind dagegen schon sehr realistisch. Und es sind erstaunlich wenige.«

»Stimmt«, erwiderte Maggie. »Ich hatte schon häufig anonyme Briefe auf dem Schreibtisch, die scheinbar in fehlerhaftem Deutsch verfasst waren, aber es ist zu offensichtlich, wenn jemand versucht, Fehler im Deutschen nachzuahmen. Das klappt nie. Im Gegensatz dazu sind die Fehler in diesem Brief nachvollziehbar. Also doch eine Person mit Erstsprache Englisch, die vermutlich ihre eigenen Fehlleistungen nicht bemerkt.«

»Würde ich so sehen«, erwiderte Susanne.

Zufrieden bedankte sich Maggie für die Rückmeldung und wechselte dann das Thema, um nach Susannes neuer Arbeit an der Uni Frankfurt zu fragen. Bald landeten sie bei Susannes Urlaubs-reise nach Athen, von der sie Maggie vor ein paar Tagen ein Foto per WhatsApp geschickt hatte. Mit einer Bemerkung zur bevor-stehenden Vorlesung beendete Susanne schließlich das Gespräch.

»Danke dir für deine Zeit und deine Meinung«, sagte Maggie. »War schön, einfach mal wieder zu telefonieren.«

Nachdenklich legte sie das Smartphone zur Seite und ließ ihren Blick wieder auf den wenigen Sätzen des Briefes ruhen. Susanne hatte ihre Vermutungen bestätigt, doch das ungute Gefühl blieb. Was hatte Luise gestern zu Cem gesagt?

Fast glaubte sie, Luises Stimme zu hören: »Bauchgefühl ist eine gute Sache. Doch was wir wirklich brauchen, sind begründete Ver-mutungen.«

Begründete Vermutungen also. Mal sehen, was sich machen ließ.

9.

Da noch Zeit war bis zur Besprechung, nahm sich Maggie den Brief der Werft aus Behnkes Schreibtisch vor, den Rehling ihr gegeben hatte. Es war nur eine Kopie, doch selbst daran war zu erkennen, dass die Maldowski Schiffbaugesellschaft offenbar Wert legte auf schweres Geschäftspapier mit eingeprägtem Logo in Gold und Blau.

Sehr geehrter Herr Behnke,
ich möchte Sie ausdrücklich auf einen unerhörten Vorfall in unserem Unternehmen hinweisen. Wir haben Anlass zu vermuten, dass ein Angehöriger unserer Werft bei Ihrem Containerschiff Dragonfly einen Hohlraum eingebaut hat, der der Öffentlichkeit nicht zugänglich ist und nur mit einem Code geöffnet werden kann, der über ein Tastenfeld einzugeben ist. Die versteckte Lage dieses Hohlraums, dessen nachträglicher Einbau, der in den Bauplänen und Konstruktionszeichnungen des Schiffes nicht verzeichnet ist, und der mit einem Code geschützte Eingang geben der Geschäftsführung Anlass zu vermuten, dass der Grund für den Einbau des Hohlraums eine geplante kriminelle Handlung ist.

Wir, die Geschäftsführung der Maldowski Schiffbaugesellschaft, versichern Ihnen nach Treu und Glauben, dass wir vom Einbau dieses Hohlraumes nicht informiert waren. Unsere akribischen Qualitätskontrollen nach der letzten Wartung haben uns auf diesen verstecken Hohlraum aufmerksam gemacht. Anhand der vorgefundenen Örtlichkeiten glauben wir Ihnen versichern zu können, dass der Hohlraum erst vor kurzer Zeit eingebaut wurde, vermutlich erst bei der letzten Wartung, und folglich bis dato noch nicht dem beabsichtigten kriminellen Zweck zugeführt worden ist.

Den Schuldigen für diesen unerlaubten und höchst kriminellen Vorgang konnten wir bisher in unserem Unternehmen noch nicht ausfindig machen, aber wir versichern Ihnen, dass wir die Suche nach

dem Schuldigen mit äußerster Strenge weiterverfolgen und den Be-
treffenden mit voller Härte bestrafen werden.

Wir möchten Sie bitten, uns mitzuteilen, wie wir im Weiteren ver-
fahren sollen. Unsere leitenden Ingenieure schlagen vor, den Hohl-
raum zu verfüllen und den geheimen Zugang zu verschließen, sodass
der Raum nicht mehr zugänglich ist und auch nicht mehr zugänglich
gemacht werden kann, nicht ohne ganz erheblichen Aufwand, auf
den die Geschäftsführung dieser Werft sicherlich aufmerksam werden
würde.

Bitte teilen Sie uns mit, ob Sie mit unserem geplanten Vorgehen
einverstanden sind.

Wir versichern Ihnen, dass wir künftig die Wartung Ihrer Schiffe
noch akribischer als bisher kontrollieren werden, und sind überzeugt,
dass es keine weiteren Vorfälle dieser Art mehr geben wird. Wie auch
schon in der Vergangenheit werden wir nur in Ihrem Sinne handeln
und alle Arbeiten entsprechend den höchsten Qualitätsanforderungen
durchführen.

Wir bedauern den ungeheuerlichen Vorfall ganz außerordentlich
und verbleiben mit den besten Grüßen
Ihre Geschäftsführung der Maldowski Schiffbaugesellschaft
Gez.
Friedrich Witte
Geschäftsführer

Ein Geschäftsführer der alten Schule, zumindest der Sprache nach. Satzbau, Wortwahl und Formulierungen ließen vermuten, dass es sich um einen alten Menschen handelte, der offensichtlich seinen Laden nicht im Griff hatte. Die illegalen Aktivitäten unter seinem Dach schienen ihm höchst peinlich zu sein.

Mit einem Blick auf die Uhr stellte Maggie fest, dass in ein paar Minuten die Sitzung stattfinden würde. Sie schnappte sich ihre Tasse und einen Notizblock und machte sich auf den Weg zum Besprechungsraum. Das Großraumbüro hatte sich inzwischen gefüllt, fast alle Bildschirme waren besetzt. Drüben telefonierte Kubicek und legte enttäuscht auf, offensichtlich hatte er sein Gegenüber nicht erreicht. Als Maggie an ihm vorbei kam, griff er nach Papier und Stift und folgte ihr eilig.

An diesem Morgen gab es nur eine kurze Einsatzbesprechung. Rehling sollte die Geschäftsaktivitäten Behnkes noch genauer unter die Lupe nehmen, sowohl die legalen als auch die illegalen. Schröder hatte Behnkes Anwalt bisher nicht erreicht und bekräftigte eifrig, dass sie dranbleiben werde. Dreisam sollte den Spuren im Netz weiter folgen, vielleicht konnte sie mehr über Behnkes krummen Geschäfte herausfinden und vor allem mehr über die Identität des einen oder anderen Geschäftspartners. Lambrecht hatte die Liste der Hotelgäste noch nicht vorliegen, wollte es aber weiterhin versuchen, und Merz war dabei, die Ermittlungsergebnisse zur Maldowski-Werft zusammenzutragen. »Ich fahre heute Mittag mal raus, ich habe einen Termin mit Witte. Mal sehen, was es mit dem Hohlraum auf der Dragonfly auf sich hat«, sagte er.

Dann erteilte Luise zu Maggies Überraschung Cem ganz offiziell den Auftrag, Behnkes Familie zu durchleuchten.

»Mit den engsten Angehörigen haben wir bereits zwei Mal gesprochen«, erklärte sie und blickte Cem streng an. »Es gibt im Moment keinen Grund, Markus oder Julia Behnke weiter zu behelligen. Sie sollten andere Personen finden, um mehr über Behnkes Familie zu erfahren.«

Cem nickte.

Neugierig betrachtete Maggie Karls Praktikanten, der sich mit einem zufriedenen Lächeln zurücklehnte. Obwohl er Behnkes Kinder nicht mehr befragen durfte, wirkte Cem wie ein Kater, der den besten Platz der Wohnung für sich ergattert hatte. Sie war gespannt, was er ausgraben würde.

Allerdings schien Luise nicht mehr an Behnkes Familie interessiert zu sein, sonst hätte sie jemanden von ihren eigenen Leuten darauf angesetzt, und die wichtigsten Informationsquellen hatte sie soeben verboten. Noch immer konnte Maggie sich nicht erklären, warum Luise mauerte, wenn es um Julia und Markus Behnke ging, was mochte in Wirklichkeit dahinterstecken? Dass sie zu den höheren Hamburger Kreisen gehörte, konnte nicht der alleinige Grund sein.

Aus den Augenwinkeln bemerkte sie, dass Luise zu ihrem Smartphone und ihrem Tablet griff. Auch die anderen begannen ihre Sachen zusammenzusuchen.

»Ich möchte gern Behnkes Unterlagen weiter untersuchen«, sagte Maggie mit erhobener Stimme, um die Geräuschkulisse zu übertönen.

Überrascht hielt Luise inne. »Was …?«

»Notizzettel, Notizbuch, Kalender«, fuhr Maggie rasch fort, »alles, was handschriftlich von ihm vorliegt. Außerdem die längeren Dokumente auf seinem Rechner, die er vielleicht selbst geschrieben hat.«

»Klar«, entgegnete Luise. Ihr Blick wanderte zu ihrem Smartphone, auf dem ein Button zu blinken begonnen hatte. »Iris soll dir eine Kopie von seiner Festplatte geben. Die handschriftlichen Aufzeichnungen liegen in der Kriminaltechnik. Wenn die so weit sind, kannst du sie mitnehmen.«

»Die Kolleginnen sind so weit«, meldete Dreisam.

»Sehr gut«, erwiderte Luise geistesabwesend und blickte unruhig auf ihr Handy.

»Außerdem möchte ich den Kollegen Merz zur Werft begleiten«, fuhr Maggie fort, »um den Verfasser des Briefes kennenzulernen. Könnte weitere Erkenntnisse bringen.«

Merz warf ihr einen finsteren Blick zu.

»Mach das«, sagte Luise, ohne sie anzusehen, drückte den blinkenden Button auf ihrem Handy und verabschiedete sich mit einem undeutlichen Gruß.

Maggie klemmte sich ihre Unterlagen unter den Arm und ging in gemächlichem Tempo zum Ausgang, ihr Smartphone in der Hand. An der Tür wandte sie den Kopf und begegnete Cems amüsiertem Blick. Sie verkniff sich ein Schmunzeln.

Scheinbar auf ihr Handy konzentriert folgte sie Luise und heftete sich in einigem Abstand an ihre Fersen. Luises Stimme war nur gedämpft zu hören, Maggie verstand kein Wort. Doch Tonfall und Stimmlage ließen vermuten, dass es sich um ein privates Gespräch handelte. Luise betrat ihr Büro und zog die Tür hinter sich ins Schloss.

Ohne das Display ihres Smartphones aus den Augen zu lassen verlangsamte Maggie ihren Schritt und näherte sich der verschlossenen Tür. Aus Luises Büro drangen leise Worte nach draußen, auch jetzt war nichts zu verstehen. Maggie wartete noch ein paar Sekunden, schließlich steckte sie ihr Handy ein, hob die Hand und klopfte respektvoll.

»Einen Moment«, hörte sie Luise sagen, dann erklang wieder leises Gemurmel. Ein paar Sekunden später antwortete sie mit einem lauten: »Ja, was gibt's?«

Maggie öffnete die Tür und blieb im Türrahmen stehen.

»Sorry«, sagte sie leichthin, »wollte dich nicht stören.«

Mit dem Kinn deutete sie auf Luises Smartphone, das vor ihr auf dem Schreibtisch lag. »Eine Freundin?«

Fragend zog Luise die Augenbrauen hoch.

Zwischen ihnen hing ein Buchstabe in der Luft, den Maggie nicht ausgesprochen hatte. Das »d« für »deine Freundin« schien ihr verfrüht, sie konnte Luise noch nicht nach ihrer Lebensgefährtin fragen. Die womöglich Teil ihrer Ermittlungen war. Außerdem lautete der Deal »rein beruflich«.

»Wie geht's Walt?«, fragte Luise.

Angriff ist die beste Verteidigung, dachte Maggie. »Gut«, erwiderte sie. »Er wohnt jetzt bei mir in der Schröderstraße.« Kaum war der Satz über ihre Lippen, hätte sie sich am liebsten in die Zunge gebissen.

Die Wohnung in der Schröderstraße kannte Luise nur zu gut. Dort hatten sie drei Jahre lang gemeinsam gewohnt, bevor Luise über Nacht ihre Sachen gepackt hatte und aus Maggies Leben verschwunden war.

»Eine Regenbogen-WG also«, konstatierte Luise mit einer Grimasse, die wohl ein Lächeln andeuten sollte.

Schon damals war Walt Maggies bester Freund gewesen, sie hatten sich kennengelernt bei einer Veranstaltung des Verbands lesbischer und schwuler Polizeibediensteter in Deutschland.

»Ich wollte nur wissen, wo ich die Kriminaltechnik finde, damit ich die handschriftlichen Unterlagen von Behnke abholen kann«, erwiderte Maggie knapp und versuchte, sich die Niederlage nicht anmerken zu lassen. Sie wussten beide, dass es ein Vorwand war.

Unvermittelt fühlte sich Maggie mies. Ein Teil von ihr gab Luise daran die Schuld.

»Dritter Stock, linker Flur«, antwortete Luise ruhig.

Maggie bedankte sich kurz und schloss die Tür hinter sich.

Nein, sie konnte Luise nicht dafür verantwortlich machen, dass sie sich schlecht fühlte, dachte Maggie, als sie betont gelassen über den Gang schlenderte, zurück in ihr provisorisches Büro. Es war ihre eigene Schuld. Sie hatte ihrer Ex eine Fangfrage gestellt und Luise hatte mit einer Fangfrage geantwortet. Im Gegensatz zu Luise war sie darauf hereingefallen. Nun wusste Luise, dass sie mit Walt zusammenlebte und nicht mit einer neuen Partnerin. Das hätte sie ihr unter normalen Umständen nicht so schnell auf die Nase gebunden.

Oder hatte Luise einfach nur ablenken wollen? Grübelnd schloss Maggie die gläserne Tür des Besprechungsraums hinter sich. Eigentlich hatte Luise noch nicht wissen können, dass sie und Walt jetzt zusammenwohnten, und er war der Einzige, von dem Luise ziemlich sicher sein konnte, dass es ihn noch immer in Maggies Leben gab.

Seufzend griff sie nach dem Telefonhörer. Hör auf, über Luise nachzudenken, schalt sie sich in Gedanken. Luise ist Geschichte. Entschlossen tippte sie auf die Kurzwahltaste, die sie laut Beschriftung direkt mit der Kriminaltechnik verbinden würde.

Wenig später kam Iris Dreisam vorbei mit einer Festplatte, auf der sie Behnkes Daten gespeichert hatte, und einem Karton mit seinen handschriftlichen Notizen.

Zunächst nahm sich Maggie Behnkes Dateien vor. Beide Partitionen von seinem Computer waren auf der externen Festplatte aufgespielt. Außerdem hatte Dreisam ihr ein Programm installiert, mit dem sie die Dateien durchsuchen konnte.

Mit wenigen Klicks ließ sich Maggie alle Word-Dokumente anzeigen, die aus den vergangenen Monaten stammten. Es waren nicht viele, Behnke schien kein großer Schreiber gewesen zu sein. Ein Konzept für eine neue Marketingstrategie war darunter, eine Marktübersicht zu Reedereien in Asien und eine Aufstellung der Containerschiffe einer niederländischen Reederei. Alle Dateien lagen im offen zugänglichen Teil der Festplatte.

Trotzdem war Maggie sicher, dass Behnke die Papiere nicht selbst geschrieben hatte. Aber sie schienen auch nicht von seinem Sohn zu kommen, denn dessen Schriftstücke, die Fromme sorgfältig ausgedruckt und in einem Ordner abgeheftet hatte, trugen den Briefkopf von Behnke junior. Im Unterschied dazu waren die Dateien hier anhand einer Dateivorlage mit dem allgemeinen, neutralen Briefkopf der Reederei verfasst worden. Auch die Datei-Informationen verrieten nicht, von wem sie stammten. Vermutlich hatten Mitarbeitende der Firma sie aufgesetzt und es war Zufall, dass sie als Word-Datei auf Behnkes Rechner gelandet waren und nicht als PDF.

Maggie durchforstete weitere Dateien, fand jedoch keine Schriftstücke, von denen sie sicher sein konnte, dass Behnke sie geschrieben hatte. Die meisten Schreiben bezogen sich auf geschäftliche Vorgänge und schienen von Behnkes Assistentin zu stammen. Darunter war ein Schriftwechsel mit einem Reeder aus Singapur, der ein Containerschiff von Behnke übernehmen wollte, zwei Schreiben an Behnkes Anwalt zu einem Rechtsstreit mit einem Stockholmer Unternehmen über einen geplatzten Großauftrag und eine Stornierung für eine Urlaubsreise im kommenden Sommer.

Unzufrieden löste Maggie die Verbindung zur externen Festplatte. Kein Hinweis auf die Ermordung Behnkes, auch kein Dokument, das ähnliche Merkmale zeigte wie das Drohschreiben.

Sie schob ihren Laptop zur Seite und holte den Karton mit Behnkes handschriftlichen Notizen zu sich. Alle Papiere waren beschriftet und steckten in Klarsichthüllen. Die meisten stammten aus Behnkes Arbeitszimmer in seiner Villa. Dann gab es noch sein privates Notizbuch und ein paar Zettel aus seinem Büro in der Reederei.

Maggie nahm sich zuerst die handgeschriebenen Notizen aus seinem Büro vor. Eine davon war eine Art Liste mit ein paar Stichwörtern, Gedächtnisstützen für die kommenden Tage. *Markus* hatte Behnke notiert, außerdem *Unterlagen für Fromme, Singapur* und *Dienstag, 17 Uhr.*

Auch auf dem Rest der Notizzettel standen nur einzelne Wörter und Halbsätze, nichts, was Maggie Anhaltspunkte lieferte für das Drohschreiben oder Kontakte zu englischsprachigen Personen.

Sie legte die Zettel aus Behnkes Büro zur Seite und breitete die Papiere vor sich aus, die laut Beschriftung aus seinem privaten Arbeitszimmer stammten. Ihr Blick wanderte von den Notizen aus Behnkes Villa zu den Unterlagen aus seinem Büro und wieder zurück. Es war immer dieselbe Handschrift, soweit sie das beurteilen konnte, doch Behnkes Schrift bei seinen privaten Notizen wirkte anders, irgendwie wackeliger und flüchtiger.

Bisher hatte sich Maggie nie intensiv mit Graphologie beschäftigt. Die forensische Linguistik beruhte auf einem wissenschaftlichen Ansatz, während die Graphologie nach Zusammenhängen suchte zwischen Handschriften und Persönlichkeitsmerkmalen. Das meiste davon war spekulativ und in der Kriminalistik waren Spekulationen wenig gefragt. Dennoch fand Maggie den Ansatz für diesen Zweck interessant. Sie vermutete, dass die Unterschiede zwischen den handschriftlichen Notizen aus Behnkes Büro und aus seiner Villa auf einen anderen Gemütszustand hinwiesen, zumindest fand sie kein Anzeichen, dass die Aufzeichnungen von einer anderen Person stammten. Behnkes Handschrift war charakteristisch, er hatte eine Art, das große H und das kleine g schwungvoll mit Schnörkeln zu versehen, die man heutzutage nur noch selten fand. Es erinnerte an alte Schwungübungen und die Schreibschrift der Sechzigerjahre. Das hatte sich bei Behnke offensichtlich bis ins Alter erhalten.

Auch privat hatte sich Behnke mehrere Stichwortlisten angelegt. Eine wirkte wie ein Speiseplan, als hätte Behnke für die Haushälterin notiert, was er in den kommenden Tagen zu essen wünschte. *Julia Labskaus* war da zu lesen, *Matjes mit Bratkartoffeln* und *Rote Grütze!!!*.

Maggies Blick ruhte einen Moment auf den drei Ausrufungszeichen, ehe sie einen weiteren handschriftlichen Zettel aus dem Stapel fischte.

Pflichtteil Julia hatte sich Behnke notiert, außerdem *100.000 €* *Thorhoven* und *Rest DGzRS*. Maggie runzelte die Stirn, die Stichworte ließen sie an ein Testament denken. Sie verglich Behnkes Schrift auf diesem Blatt mit dem Speiseplan. Seine Notizen für das Testament wirkten noch zittriger, fast verschwommen, als hätte er unter Alkoholeinfluss geschrieben.

Maggie zog ihren Laptop zu sich her und gab die Buchstabenkombination DGzRS in die Suchmaske ein. Zahlreiche Ergebnisse tauchten auf, weit oben eine Website mit der identischen Schreibweise. DGzRS stand als Abkürzung unter anderem für die Deutsche Gesellschaft zur Rettung Schiffbrüchiger. Maggie klickte weiter zu Wikipedia, die in wenigen Sätzen eine kurze Beschreibung lieferte. Die DGzRS war eine nichtstaatliche Seenotrettungsorganisation, zuständig für den Such- und Rettungsdienst im deutschen Teil der Nord- und Ostsee.

Sie legte die beiden Notizzettel vor sich auf den Schreibtisch, dann sah sie die weiteren Unterlagen durch. Eine Rechnung über eine Lieferung von zwei Weinkisten war darunter, gegengezeichnet von Behnke selbst. Außerdem ein abgerissenes Stück Papier mit einem Datum, vermutlich ein Termin für die kommende Woche. Dann stieß sie auf ein Blatt Papier, das bedeckt war mit den großzügigen Schwüngen von Behnkes Handschrift.

Ich, Anton Behnke, im vollen Besitz meiner geistigen Kräfte, lege hiermit fest, was mit meinem Besitz geschehen soll. Ich vermache meiner Tochter Julia Behnke ihren Pflichtteil. Sie hat bereits einen Kredit in Höhe von 300.000 Euro von mir bekommen. Der noch ausstehende Pflichtteil soll damit verrechnet werden. Mein Sohn Markus Behnke erhält die Reederei mit allen Verpflichtungen. Margitta Thorhoven bekommt für ihre langjährigen treuen Dienste einen Betrag von 100.000 Euro in bar ausbezahlt. Der Rest meines Vermögens soll an die DGzRS fallen.

Keine Unterschrift, kein Datum. Maggie war ziemlich sicher, dass dieses handschriftliche Testament nicht gültig war. Viele Menschen ahmten gern nach, was sie für juristische Fachsprache hielten, doch meist fehlten die wichtigen Details, damit aus einem testamentähnlichen Text ein rechtswirksames Testament wurde.

Trotzdem fragte sie sich, ob Behnkes Tochter glücklich darüber sein würde, wenn ihr nur der Pflichtteil vom sicher beträchtlichen Vermögen ihres Vaters zufiele. Ob ihr und ihrem Bruder wohl klar war, dass Behnke junior die Reederei allein erben sollte? Da der Rest der Deutschen Gesellschaft zur Rettung Schiffbrüchiger zugedacht war, würde vermutlich auch die Familienvilla, seit Generationen im Besitz der Behnkes, soweit Maggie wusste, an die Gesellschaft fallen.

Sorgfältig sah sie alle restlichen Unterlagen durch. Es fanden sich zwei weitere Notizzettel, die mit *Ich, Anton Behnke, im vollen Besitz meiner geistigen Kräfte* begannen und dann ein oder zwei Wörter später abbrachen. Behnke hatte offensichtlich mehrere Anläufe unternommen, ein Testament zu verfassen. Alle weiteren Papiere waren aus dem Internet ausgedruckte Informationen. Ein Spielplan der Hamburger Elbphilharmonie, in dem eine Aufführung mit einem handschriftlichen Kreis versehen war, außerdem der Speiseplan des Kapitän Hansen vor zwei Wochen und ein Wetterbericht aus Südamerika des vergangenen Monats.

Sorgsam verteilte Maggie die Papiere thematisch auf mehrere Stapel. Allein vier Zettel trugen Notizen oder Anfänge eines Testaments.

Sie betrachtete ihr Werk einen Moment, dann nahm sie das Blatt, auf dem der Entwurf eines Testaments am weitesten fortgeschritten war, und ging nach nebenan. Schröder saß an ihrem Rechner und tippte eifrig.

Mit wenigen Schritten durchquerte Maggie das Großraumbüro und stellte sich neben ihren Schreibtisch. Geduldig wartete sie, bis Schröder ihren Satz zu Ende geschrieben hatte und aufsah.

»Haben Sie das gesehen?«, fragte Maggie und legte Schröder den handschriftlichen Entwurf von Behnkes Testament neben die Tastatur.

»Die Kollegen von der Kriminaltechnik haben von so etwas erzählt«, sagte Schröder, »wollte ich mir noch ansehen.« Sie rieb sich die Hände und Maggie fiel auf, dass ihre Haut zwischen den Fingern und auf den Handflächen rau und schuppig aussah.

»Das würde den Termin bei seinem Anwalt erklären«, sagte Maggie. »Sie wollten doch ohnehin mit ihm sprechen.«

»Wollte ich«, erwiderte Schröder und seufzte. Sie legte die Hände in den Schoss und Hautschüppchen verteilten sich auf ihrer dunklen Hose.

»Gut«, entgegnete Maggie und nickte zufrieden. »KHK Powell …«, hastig korrigierte sie sich, »KHK Becker ist bestimmt daran interessiert zu erfahren, ob es ein gültiges Testament gibt und wann es aufgesetzt wurde.«

Ein neugieriges Glitzern war in Schröders Augen getreten. Maggie ärgerte sich über ihren verräterischen Versprecher, doch sie ließ sich nichts anmerken.

»Wenn Behnke gerade dabei war, ein neues Testament aufzusetzen, eröffnet das ganz neue Perspektiven für ein Mordmotiv«, setzte Maggie nach.

»Die achtzigjährige Haushälterin«, meldete Schröder und begann erneut, ihre Hände zu reiben, sodass sich weitere Hautschüppchen auf ihrer Hose verteilten, »und eine Anwältin.« Ihre Stimme klang ungläubig.

»Wir werden sehen«, erwiderte Maggie. »Sie finden eine Kopie davon auf dem Server.« Sie nahm das Blatt Papier wieder an sich und ging, ohne eine Antwort abzuwarten.

In ihrem Provisorium angekommen, zog sie das Festnetztelefon zu sich heran und wählte die Nummer der Kriminaltechnik.

Dreisam meldete sich.

»Arbeiten Sie mit einem vereidigten Schriftsachverständigen zusammen, der auch graphologische Untersuchungen übernimmt?«, fragte Maggie.

»Ja«, antwortete Dreisam. »Ist hier aus der Stadt, hat schon einige Male für uns ein Gutachten verfasst.«

Maggie ließ sich die Nummer des Schriftexperten geben, dann

rief sie Luise an. Sie berichtete ihr von den Notizen für ein Testament mit der auffälligen Handschrift.

»Ich habe Kriminalkommissarin Schröder gebeten, den Anwalt danach zu fragen. Außerdem habe ich mir gerade von Iris Dreisam den vereidigten Schriftsachverständigen nennen lassen, der immer mal wieder für die Kriminaltechnik arbeitet. Dem würde ich die Notizen gern zukommen lassen.«

»Mach das«, erwiderte Luise. »Er soll wie immer seine Rechnung an unsere Rechnungsstelle schicken mit Fallnummer und Hinweis auf die SOKO MOB.«

Zufrieden legte Maggie auf, dann wählte sie die Nummer des Schriftexperten.

»Jens Eiriksson«, meldete sich eine junge Stimme.

»Maggie Kofler«, antwortete Maggie und erklärte kurz ihre Zusammenarbeit mit dem Polizeipräsidium Hamburg und der SOKO MOB. Dann kam sie auf den Mord an Behnke zu sprechen.

»Ich hab's gelesen«, erwiderte Eiriksson. »Chef der größten Reederei Hamburgs ermordet«, zitierte er eine der Schlagzeilen der vergangenen Tage. »Liefert der BILD Klatsch und Tratsch für mindestens vier Wochen.« Deutlich war die binnendeutsche Konsonantenschwächung des obersächsischen Sprachraums zu hören, *Klatsch und Tratsch* klang bei Eiriksson wie *Gladsch und Dradsch*.

»Mindestens«, stimmte Maggie zu. »Ich habe unter Behnkes handschriftlichen Notizen einen Entwurf für ein Testament gefunden«, fuhr sie fort. »Die Schrift auf diesem Entwurf wirkt vollkommen anders als seine Handschrift auf anderen Dokumenten. Könnten Sie das mal vergleichen?«

»Klar«, antwortete Eiriksson. »Passt gerade ganz gut. Mir ist heute Morgen ein Auftrag weggebrochen, da kann ich Ihre Analyse kurzfristig zwischenschieben.«

»Sehr schön«, gab Maggie zurück.

»Für die Polizei doch immer.«

»Ich könnte Ihnen sechs Dokumente für den Vergleich per Mail schicken«, sagte Maggie. »Sind die gescannten Dokumente ausreichend?«

»Ja, das passt. Kann ich einfach ausdrucken«, antwortete Eiriksson.

Maggie ließ sich seine Mailadresse geben und verabschiedete sich mit einem Dank.

Wenige Minuten später hatte sie die Liste aus Behnkes Büro, den Speiseplan und den testamentähnlichen Text aus Behnkes Fallakte zusammengestellt sowie drei weitere Notizzettel mit handschriftlichen Vermerken Behnkes. Per Mail schickte sie alles an Eiriksson.

Aufatmend lehnte sich Maggie zurück. Ihr Blick wanderte durch die Trennscheibe hinüber zum Fenster, wo zwischen den Häuserfassaden bedeckter Himmel zu sehen war. Sie griff nach ihrer verschmutzten Tasse und nahm Kurs auf die Teeküche.

Die große Isolierkanne war noch fast voll. In Gedanken versunken spülte Maggie ihre Tasse und begann zu pumpen. Eine bräunliche, nach Kaffee riechende Flüssigkeit quoll heraus.

Neben ihr hantierte Udo Rehling mit dem Wasserkocher.

»Gibt's was Neues?«, fragte Maggie freundlich.

Unwillig hob Rehling den Kopf. Vor ihm stand eine riesige Steinguttasse mit einem gut gefüllten Teefilter, über den er nun heißes Wasser goss. »Behnke hat in den vergangenen Monaten gleich mehrere Geschäfte in den Sand gesetzt«, knurrte er. »Bei dem letzten hat er eine Menge Geld zurückbezahlt. Vielleicht war das der Grund, weshalb er eine Pause eingelegt hat.«

»Wie viel hat er verloren?«, wollte Maggie wissen und suchte im Kühlschrank nach der Milchtüte, die sie gestern dort deponiert hatte.

»Viel«, antwortete Rehling, ohne den Blick von seinem Tee abzuwenden, es war, als müsste er ihn beschwören. »Sehr viel. Er musste wohl eine Art Konventionalstrafe bezahlen.«

»Eine Konventionalstrafe unter Kriminellen?«, fragte Maggie verwundert.

»Die arbeiten genauso mit Verträgen und dem üblichen Klimbim wie alle anderen, sind schließlich auch Geschäftsleute«, sagte Rehling, der immer noch auf seine Tasse starrte.

»Das hat sicher wehgetan«, bemerkte Maggie und suchte alle

Fächer ab, doch ihre Milchration war spurlos verschwunden. Kurz entschlossen griff sie nach einem unbeschrifteten Milchkarton, goss daraus etwas in ihre Tasse und beobachtete erleichtert, wie sich eine weiße Flüssigkeit in ihrem Kaffee verteilte, ohne üble Gerüche oder Klümpchen.

Erneut seufzte Rehling. Fragend warf Maggie ihm einen Blick zu. Er sah auf seine Armbanduhr und beförderte dann mit geübtem Schwung den durchnässten Teefilter in das Spülbecken, wo er mit einem lauten Klatschen liegen blieb.

»War fast eine Million«, sagte er dann und zog eine angeschlagene Zuckerdose nach vorn, auf der in großen Buchstaben sein Name geschrieben stand. Mit spitzen Fingern ergriff er zwei Stücke Kandiszucker und warf sie in seine Tasse, wo sie mit leisem Knistern auf den Grund sanken. »Lief über eines der Offshore-Konten. Fragt sich nur, wo er das restliche dreckige Geld geparkt hat. Werde ich auch noch herausfinden.« Er packte die knisternde Teetasse und verließ mit wiegenden Schritten die Küche.

Maggie umfasste ihre Kaffeetasse fester und ging in ihr improvisiertes Büro zurück. Dort nahm sie sich noch einmal Behnkes Notizen für einen Speiseplan vor und betrachtete die schwungvolle Schrift, währenddessen trank sie einen Schluck aus ihrer Tasse. Der Kaffee schmeckte nicht ganz so schlecht, wie sie gefürchtet hatte.

Nach kurzem Überlegen griff sie nach ihrem Smartphone, suchte in den Kontakten Cems Nummer und tippte sie an. Zweimal ertönte das Freizeichen.

»Ja?«, meldete er sich. Im Hintergrund waren Stimmen zu hören, dann das hysterische Lachen einer Jugendlichen.

»Maggie Kofler.«

»Gut zu wissen«, erwiderte Cem amüsiert. »Ihre Nummer habe ich noch nicht.«

Jetzt hast du sie, dachte Maggie. »Waren Sie schon in Behnkes Villa?«

»Bin gerade auf dem Weg dorthin«, gab Cem zurück.

Durch das Stimmengewirr drang lautes Quietschen. S-Bahn, schloss Maggie. »Könnten Sie Behnkes Haushälterin etwas fragen?«

»Sie meinen Margitta Thorhoven«, sagte Cem mit tadelndem Unterton. Im Hintergrund ertönte eine sonore Frauenstimme, die eine Haltestelle ankündigte.

»Sekunde«, antwortete Cem hastig, »ich muss raus.«

Schritte waren zu hören, weitere Stimmen, dann wurde es ruhig.

»Ja?«, erklang nun wieder Cems Stimme, begleitet von leisem Vogelgezwitscher.

Maggie erzählte ihm von der Liste, auf der Behnke einige Speisen notiert hatte. »Könnten Sie Margitta Thorhoven danach fragen? Vielleicht war es ja üblich, dass Behnke ihr vorgab, was er gerne essen wollte.«

»Kann ich machen«, entgegnete Cem. Sein Atem ging schneller, er schien sich zu beeilen.

»Auf dieser Liste«, fuhr Maggie fort, »steht *Rote Grütze* und dahinter drei Ausrufungszeichen. Mich würde interessieren, was es mit der Roten Grütze und den drei Ausrufungszeichen auf sich hat. Dafür muss es einen Grund geben.«

»Ist doch jetzt nicht so ungewöhnlich«, wandte Cem ein.

»Stimmt schon«, erwiderte Maggie. »In Mails und WhatsApp-Nachrichten sind wir ständig mit Ausrufungszeichen konfrontiert, gerne auch mal in Mehrfachausführung, aber in Behnkes Aufzeichnungen habe ich kein einziges Ausrufungszeichen gefunden. Nur auf dem Speiseplan und da gleich dreifach. Mich würde interessieren, warum ihm dieses Essen so wichtig war.«

»Verstehe«, sagte Cem etwas undeutlich, dann lauter: »Mach ich. Ich melde mich, wenn ich etwas Neues erfahren habe.«

Ohne Abschied beendete er das Gespräch.

10.

Als Merz an die Glasscheibe ihres provisorischen Büros klopfte, fuhr Maggie ihren Computer herunter und schnappte ihre Tasche. Schweigend lotste er sie in der Tiefgarage zu einem brandneuen VW Passat, der nach Fabrik roch und keinerlei Gebrauchsspuren aufwies.

Auch auf der Fahrt durch den Vormittagsverkehr der Hamburger Innenstadt gab sich der Kollege wortkarg.

»Haben Sie schon mit Witte gesprochen?«, fragte Maggie in die Stille hinein.

»Nein«, brummte Merz. »Der wollte nicht telefonieren, hat mich an seine Sekretärin abgewimmelt.«

»Was wissen Sie über die Werft?«

Merz stoppte vor einer roten Ampel und blickte gelangweilt aus dem Fenster, wo sich auf dem Gehweg die Einkaufswilligen drängten. »Familienbetrieb in der dritten Generation«, brachte er schließlich hervor, »eine der wenigen deutschen Werften, die noch Containerschiffe warten. Ohne die Aufträge von Behnke wären die längst pleite, wie viele andere auch.«

»Deshalb der Brief«, sagte Maggie. »Die wollen ihren besten Auftraggeber nicht verlieren.«

»Hm«, stimmte Merz zu und verfiel wie gewohnt in Schweigen.

Wenig später nahm er die Auffahrt zur Autobahn und drückte das Gaspedal durch. Noch immer herrschte Stille, als sie längst auf kleineren Straßen weiterfuhren. Weit hinten kündigte sich das Meer an. Sie näherten sich dem Jadebusen, fuhren an Industriegebäuden und einem Yachthafen vorbei. Maggie glaubte auf dem Meer ein Containerschiff zu sehen, das allmählich hinter dem Horizont verschwand.

Schließlich kamen die Hallen der Werft in Sicht. In mehreren Reihen hintereinander waren sie entlang der Küste gebaut, davor stand ein in die Jahre gekommenes Bürogebäude. Merz steuerte den Passat auf einen Besucherparkplatz und zu Fuß folgten sie den Schildern zum Eingang. Während Merz mit einem Mitarbeiter in dunkler Uniform sprach, trat Maggie näher an das Tor und betrachtete das Werftgelände.

Die hellgrau gestrichenen Hallen strebten hoch hinauf in den Himmel, zwischen den Gebäuden war das Meer zu sehen. Aus einer der Hallen ragte ein rot gestrichener Bug, von der Meerseite näherte sich ein Frachter und nahm Kurs auf die Werft. Weiter drüben stand ein Hallentor offen, lautes Piepsen war zu hören, dann Geräusche eines Schweißgeräts. Menschen in dunklen Overalls verschwanden mit schnellen Schritten in der Tiefe der Halle. Auf dem Gelände lagen Stahlplatten verteilt, weit hinten glänzte ein mächtiges Hebegerät in der fahlen Sonne.

Vernehmliches Räuspern holte sie aus ihren Betrachtungen. Merz winkte, dass sie ihm folgen solle. Der Werftmitarbeiter deutete stumm auf das Bürogebäude, das beim Näherkommen noch schäbiger wirkte. Von alten Holzfensterrahmen blätterte die Farbe ab und auch die Fassade hätte dringend einen Anstrich gebraucht. Die Eingangstür ließ sich nur unter lautem Quietschen öffnen.

Ein verblichenes Kunststoffschild wies ihnen den Weg an offenen Bürotüren vorbei, hinter denen getippt oder telefoniert wurde. Neugierige Blicke streiften sie. Auf der Treppe kam ihnen eine junge Frau in Jeans und Pullover entgegen, die in ein drahtloses Headset sprach.

Im zweiten Stock hatte sich der dunkelbraune PVC-Fußbodenbelag in der Mitte zu einem hellen Braun verfärbt. Die Laufspur brachte sie geradewegs zu einer vor Kurzem erneuerten Bürotür. Neben dem Schild mit dem Namen des Geschäftsführers klebte ein handgeschriebener Zettel, auf dem stand, dass sich alle Besucher im Sekretariat anmelden sollten, zwei Türen weiter.

Merz klopfte vernehmlich und öffnete die Tür, ohne auf Antwort zu warten. Ein Mann um die sechzig hob erstaunt den Kopf. Er saß mit dem Rücken zum Fenster an einem überdimensionalen Schreibtisch aus dunklem Nussholz. Hinter ihm versperrte eine Halle den Blick aufs Meer.

»Sie sollen sich anmelden«, blaffte Witte und verzog unwillig das Gesicht.

»Kriminalkommissar Merz vom LKA«, blaffte Merz zurück, »wir sind verabredet.« Vage zeigte er nach hinten und ergänzte deutlich leiser: »Meine Kollegin Kofler vom BKA.«

Neugierig musterte Witte Maggie, dann lehnte er sich zurück und deutete auf zwei Stühle, die vor seinem Schreibtisch standen. Eine Besucherecke schien es in seinem Büro nicht zu geben.

Als Maggie neben Merz Platz nahm, fühlte sie sich wie ein Schulkind beim Rektor. Der Schreibtisch ragte vor ihnen auf und Witte saß deutlich höher. Fast glaubte sie, ein hämisches Grinsen zu sehen, dann verschwand diese menschliche Regung hinter einer undurchschaubaren Maske.

»Was kann ich für Sie tun?«, fragte er kalt.

Während Merz die ersten Fragen stellte, hatte Maggie Zeit, den Geschäftsführer der Werft genauer zu betrachten. Er passte perfekt zu seinem Brief, umständlich, altmodisch, distanziert. Ein Geschäftsmann der alten Schule.

»Warum haben Sie Anton Behnke diesen Brief geschrieben?«, fragte Merz, zog eine Kopie aus seinem Jackett und legte sie vor Witte auf den Schreibtisch. Dieser nahm keine Notiz von dem Schreiben. Er starrte Merz an, als wollte er ihn mit seinen Blicken an die Wand nageln.

»Erklärt sich das nicht von selbst?«, erwiderte Witte kühl.

»Ich möchte es gern von Ihnen hören«, antwortete Merz ungerührt.

Witte starrte ihn weiterhin an. Erst als Merz keine Anstalten machte, seinen Worten etwas hinzuzufügen, bequemte er sich zu einer Antwort.

»Vor ziemlich genau vier Wochen kam einer der Schweißer zu mir, ein sehr loyaler Mann, der schon lange im Unternehmen arbeitet«, begann Witte widerstrebend und jedes seiner Worte schien ihn große Überwindung zu kosten. »Er hat mir berichtet, dass er auf der Dragonfly einen versteckten Hohlraum entdeckt hat.« Witte räusperte sich, wischte sich über die Lippen und fuhr dann fort: »Natürlich bin ich sofort selbst hinübergegangen und habe mich von dieser …«, Witte stockte, ehe er weitersprach, »… Unregelmäßigkeit überzeugt. Als ich mir darüber im Klaren war, dass es sich wirklich um einen nicht vertraglich vereinbarten Einbau handelt, habe ich einen meiner leitenden Ingenieure hinzugezogen. Ebenfalls schon lange im Unternehmen, ihm vertraue ich zu hundert Prozent. Nachdem wir alles in Augenschein genommen hatten, waren wir uns einig, dass der Hohlraum erst vor Kurzem nachträglich eingebaut worden sein musste. Er liegt sehr versteckt, ist nur über den Maschinenraum zugänglich und mit einem Code geschützt.«

»Wie kann so was passieren?«, fragte Merz und zückte sein Notizbuch.

Verächtlich bogen sich Wittes Mundwinkel nach unten, während er Merz zusah, wie er sich Notizen machte. »Wenn viel zu tun ist, fahren meine Leute schon mal lange Schichten«, antwortete er. »Da kann es auch vorkommen, dass die Männer allein auf einem der Schiffe sind. Sie gehen ihrer Arbeit nach und achten nicht darauf, was die anderen tun. Nur so ist es ihnen möglich, dauerhaft gute Qualität abzuliefern. Unsere Auftraggeber verlassen sich darauf, dass wir zu einhundert Prozent gute Arbeit leisten.«

»So wie der gut versteckte Hohlraum«, konnte sich Merz eine Spitze nicht verkneifen.

Zu ihrer Überraschung huschte ein Lächeln über Wittes Gesicht. »Der war wirklich gut gemacht.« Dann versteinerte seine Miene wieder, als fiele ihm plötzlich ein, dass ein versteckter Hohlraum nicht gerade für die Werft sprach.

»Irgendwelche Hinweise, wer dahintersteckt?«

Witte schüttelte fast unmerklich den Kopf.

»Oder wozu der Hohlraum dienen sollte?«

Wieder ein kaum sichtbares Kopfschütteln.

Mit einem hörbaren Seufzer stand Merz auf und steckte sein Notizbuch ein. Auch Maggie erhob sich und mit einem knappen Gruß verabschiedeten sie sich von Witte.

»Sie waren keine Hilfe«, beschwerte sich Merz wenig später und steuerte den Passat an, der immer noch als einziges Fahrzeug auf dem Besucherparkplatz stand.

»Ich glaube nicht, dass Witte unseren Drohbrief geschrieben hat«, erklärte Maggie.

Irritiert sah Merz sie an. »Stand das jemals zur Debatte?«, gab er zurück und startete den Wagen, sodass der Motor aufjaulte.

»Es geht mir darum, alle Eventualitäten zu beseitigen«, erwiderte Maggie.

»Hm«, machte er, trat das Gaspedal durch und schwieg verbissen für den Rest der Fahrt.

Mit einem Lächeln verabschiedete sich Cem von Margitta Thorhoven. Die alte Haushälterin hatte viel zu erzählen gehabt. Er konnte sich die Familienverhältnisse der Behnkes immer besser vorstellen. Blinzelnd sah er in den Himmel. Die Sonne war durch die Wolkendecke nicht zu sehen, doch ihr heller Widerschein drang bis zu ihm und blendete ihn. Er freute sich an der zaghaften Wärme, während er sich auf den Rückweg machte.

Einem Impuls folgend verließ er die Bahn weit vor dem Präsidium und holte sich bei einer kleinen Bäckerei ein Käsebrötchen. Die Bewegung an der frischen Luft tat ihm gut.

Schon von Weitem sah er die Fischbude, die Maggie Kofler gestern so sehnsüchtig aus dem Auto heraus betrachtet hatte, als sie von Julia Behnkes Büro zurück in das Präsidium gefahren waren. Es überraschte ihn daher nicht, als er den Rotschopf der forensischen Linguistin an einem der Stehtische entdeckte. Vergnügt packte er die Tüte mit seinem Mittagessen fester und gesellte sich zu ihr. »Mahlzeit«, sagte er und erwiderte lächelnd ihren ungläubigen Blick.

»Woher wissen Sie …«, begann Maggie, unterdrückte offenbar einen Seufzer und nahm einen Bissen von ihrem Brötchen, aus dem rosafarbener Matjes und Zwiebelringe hervorquollen.

»Sie haben gestern so hungrig hierhergeschaut, als wir vor der Ampel standen«, erklärte Cem und deutete auf die Karawane der Autos vor ihnen, die das Rot der Ampel gerade zum Stillstand gebracht hatte. »Wie war es in der Werft?«

»Witte hat keine Ahnung, wer den Hohlraum eingebaut hat«, antwortete Maggie und betrachtete gedankenverloren einen Spatz, der sich unter dem Tisch mit großen Sprüngen näherte und nach Krümeln suchte. »Mehr haben wir nicht erfahren.«

»Schade eigentlich«, sagte Cem, holte sein Käsebrötchen aus der Tüte und begann ebenfalls zu essen, dabei hatte er einen Moment Zeit, Maggie Kofler beiläufig zu betrachten. Obwohl das Gespräch in der Werft keine neuen Erkenntnisse gebracht hatte, wirkten ihre Körpersprache und ihr Gesichtsausdruck entspannt. Die Arbeit beim BKA schien ihr mehr Freude als Stress zu bereiten. Nur wenn Luise Becker in ihrer Nähe auftauchte, verlor sie ihre Ausgeglichenheit.

»Und bei Ihnen?«, riss Maggie ihn mit einer Frage aus den Gedanken.

»War ein interessantes Gespräch«, erwiderte Cem. »Margitta Thorhoven hat erzählt, dass Behnke vor etwa zwei Wochen sehr verärgert und aufgeregt aus dem Büro kam und sogleich mit seiner Tochter telefonierte. Zwei Stunden später war sie da. Sonst ist sie wohl meist zum Abendessen gekommen und hat vorher bei Frau Thorhoven ein bestimmtes Essen bestellt. An dem Abend tauchte sie aber erst gegen 21 Uhr auf, da hatte Behnke längst gegessen. Die beiden haben sich dann in seinem Arbeitszimmer verschanzt. Den Stimmen nach, sagt die Haushälterin, war es ein hoch emotionales Gespräch.«

»Das hat sie einfach so erzählt?«, fragte Maggie, ihre Stimme klang skeptisch.

Cem schob den Käse auf seinem Brötchen zurecht, bevor er einen weiteren Bissen nahm. »Natürlich nicht«, nuschelte er und nahm sich dann die Zeit zu kauen, bevor er weitersprach. »Sie ist der Familie Behnke gegenüber sehr loyal. Aber mit der richtigen Befragungstechnik …« Er lächelte.

Schweigend aßen sie.

»Das war also der erste der beiden Abende, an denen die Tochter relativ spät abends auftauchte«, nahm Maggie das Gespräch wieder auf und knüllte ihre Serviette zusammen.

»Genau«, bestätigte Cem, schob sich das restliche Brötchen in den Mund und wischte sich die Finger ab. »Der zweite Abend war etwa eine Woche später. Auch da gab es wohl ein hoch emotionales Gespräch hinter verschlossenen Türen.«

»Wenn Behnke gerade drauf und dran war, seine Tochter zu enterben, würde es das erklären«, erwiderte Maggie.

»Wenn er mit ihr darüber gesprochen hat«, wandte Cem ein.

Maggie nickte und stieß sich von der Hauswand ab. Cem folgte ihr.

Gemeinsam machten sie sich auf den Rückweg zum Präsidium.

»Die Tochter hat doch behauptet, sie wollte in einer geschäftlichen Angelegenheit die Meinung ihres Vaters hören«, überlegte Maggie weiter. »Die Reederei, deren Schiffe in Brasilien festsitzen.«

»Klingt nicht nach hochemotionalen Themen«, erwiderte Cem.

Sie gab einen zustimmenden Laut von sich. »Das mit dem Testament passt schon eher. Was hat Thorhoven sonst noch erzählt?«

»Sie hat viel von der Familie geredet. Offenbar war sie froh, mal jemanden zum Reden zu haben. Seit Behnkes Tod wohnt sie allein in der Villa und weiß nicht, wie es mit ihr weitergeht. Sie fürchtet sich davor, dass sie umziehen muss, will auf keinen Fall ins Pflegeheim. Dort hat Behnkes Mutter nämlich die letzten Jahre ihres Lebens verbracht, das muss sehr belastend gewesen sein, besonders für ihre Enkelin.« Cem beobachtete gedankenverloren die anfahrenden Autos. »Irgendwas verschweigt sie«, fügte er hinzu.

»Wer?«, fragte Maggie.

»Beide«, erwiderte Cem. »Die Tochter und die Haushälterin.«

Maggie nickte. »Was ist mit dem Sohn?«

»Der nicht«, antwortete Cem. »Markus Behnke wirkte bei der Befragung absolut ehrlich auf mich. Scheint nicht sehr bekümmert zu sein über den Tod seines Vaters und will endlich auf den Chefsessel. Aber er verbirgt nichts.«

»Wissen Sie, warum es Julia Behnke so viel ausgemacht hat, dass ihre Großmutter ins Pflegeheim musste?« Maggie sah ihn grüblerisch an.

»Die Oma war wohl viele Jahre Mutterersatz. Behnkes geschiedene

Frau ist vor etlichen Jahren nach Großbritannien zurückgekehrt. Da war Julia etwa sieben und Markus zehn Jahre alt. Danach ist Behnke mit seinen Kindern wieder in die Familienvilla gezogen. Sein Vater war zu dem Zeitpunkt schon lange tot und seine Mutter hat die Erziehung von Julia und Markus übernommen. Etwa acht Jahre später, da war Julia knapp fünfzehn, erkrankte Behnkes Mutter an Alzheimer. Markus Behnke hatte zu dem Zeitpunkt gerade sein Studium angefangen und wohnte nicht mehr im Haus, also hat sich Margitta Thorhoven zusammen mit Julia, so gut es ging, um die alte Dame gekümmert. Nach etwa weiteren fünf Jahren ging es nicht mehr, die Oma kam ins Pflegeheim, wo sie fünf Jahre später starb. Da war Julia Behnke Mitte zwanzig.«

»War wirklich gesprächig, die alte Haushälterin«, bemerkte Maggie. Inzwischen hatte die Fußgängerampel auf Grün geschaltet und sie überquerten die Straße.

»War sie«, bestätigte Cem.

Vor ihnen tauchte das Präsidium auf. Der sternförmige Bau wirkte zwar ungewöhnlich, doch er überragte die Gebäude der Umgebung nicht und fügte sich unauffällig in die übrige Bebauung ein.

Sie nahmen die Stufen zum Haupteingang.

»Was ist mit der Roten Grütze?«, erinnerte Maggie ihn an ihren Auftrag.

Cem seufzte. »Das war, nein, es ist das Lieblingsdessert von Julia Behnke. Drei Tage nach ihrem zweiten nächtlichen Besuch kam sie zu einem ausgedehnten Sonntagsfrühstück vorbei, was wohl nur sehr selten vorkam. Die beiden haben lange geredet, dann hat sich Julia Behnke wieder verabschiedet. Das war's.«

Enttäuscht verzog Maggie das Gesicht. Offensichtlich hatte sie sich von der Signalwirkung der drei Ausrufungszeichen mehr erhofft.

Schweigend betraten sie das Präsidium, durchquerten das Foyer und steuerten den Aufzug an.

Maggie drückte den Knopf und betrachtete das metallfarbene Panel neben der geschlossenen Tür. Schließlich hob sie mit überraschtem Gesichtsausdruck den Kopf und stieß hervor: »Sie ging zurück nach Großbritannien.«

»Bitte?« Cem konnte ihrem Gedankensprung nicht folgen.

»Julias Mutter«, erwiderte Maggie und grinste zufrieden. »Sie haben gerade erzählt, dass ihre Mutter nach Großbritannien zurückging.«

»Das muss vor mehr als zwanzig Jahren gewesen sein«, bestätigte Cem.

»Das heißt«, fuhr Maggie unbeirrt fort, »wenn sie zurückkehrte nach Großbritannien, dann kam sie ursprünglich von dort.«

»So habe ich es verstanden«, bestätigte Cem.

»Also war sie eine Britin?«, fragte Maggie eindringlich.

Cem nickte.

Die Farbe des Aufzugknopfes wechselte von Rot auf Grün. Vor ihnen schoben sich mit einem leisen Surren die Türen zur Seite.

»Die erste Britin weit und breit in diesem Fall«, sagte Maggie und betrat die kleine Kabine.

»Das Drohschreiben«, stieß nun auch Cem hervor und folgte ihr. Peinlich, dass ihm der Zusammenhang bisher noch nicht aufgefallen war. Doch immerhin hatte er einen wichtigen Hinweis geliefert.

»Genau«, bestätigte Maggie. »Sicher, dass sie Britin war? Vielmehr ist? Oder lebt sie nicht mehr?«

Entschuldigend hob Cem die Schultern. »Die Behnkes hatten wohl zwanzig Jahre keinen Kontakt zu ihr, seit der offiziellen Scheidung. Deshalb habe ich nicht weiter nach ihr gefragt.«

»Warum sollte Behnkes Ex-Frau so einen Drohbrief schreiben?«, fragte Maggie.

Einträchtig blickten sie auf die ruckelnde Aufzugswand, wo ein halb abgerissener Aufkleber des FC St. Pauli prangte.

»Könnten Sie das für mich in Erfahrung bringen?«

Fragend blickte Cem sie an.

»Könnten Sie für mich herausfinden, ob Behnkes Ex-Frau noch lebt«, präzisierte Maggie die Frage, »und ob sie Britin mit Englisch als Erstsprache ist?«

Der Aufzug stockte, die Türen öffneten sich und gaben den Blick auf den Gang frei. Maggie setzte einen Fuß nach draußen und hielt mit dem Rücken die Türen zurück.

»Außerdem wüsste ich gern, wie gut ihr Deutsch ist«, fuhr sie fort, »und welche Sprache sie mit ihren Kindern gesprochen hat. Womöglich müssen wir gar nicht so weit suchen, um Verdächtige zu finden, deren Erstsprache Englisch ist.«

»Kann ich machen«, erwiderte Cem erfreut. Das war bereits der zweite richtige Auftrag, dachte er vergnügt. Willkommen im Team.

Mit einem angedeuteten Nicken verließ Maggie die Aufzugskabine, während Cem zufrieden einen Schritt zurücktrat und mit einem Lächeln den Knopf für das Erdgeschoss betätigte.

Als Maggie das Großraumbüro betrat, blieben ihr noch zehn Minuten, bis sich Eiriksson um 16 Uhr mit ersten Ergebnissen melden wollte. Sie ging in das gläserne Besprechungszimmer, stellte ihren Rucksack ab und schaute gedankenverloren aus dem angrenzenden Fenster, um die Zeit bis zum Anruf zu überbrücken. Unten war die Schranke zu sehen, die sich öffnete und schloss, um Polizeifahrzeuge passieren zu lassen. Menschen in Uniform verließen das gegenüberliegende Gebäude und betraten es wieder. Ihr Blick folgte einem Einsatzfahrzeug, das mit Blaulicht und Sirene durch die Schranke schoss und sich in den vorbeifließenden Verkehr einreihte. Das an- und abschwellende Geräusch verlor sich im Gewimmel der Stadt.

Endlich läutete das Telefon hinter ihr. Maggie atmete tief durch, wandte sich um und griff zum Hörer.

»Maggie Kofler«, sagte sie.

»Prima, dann habe ich Sie ja gleich am Apparat«, plapperte Eiriksson munter drauflos, ohne seinen Namen zu nennen. Die weichen Konsonanten seiner sprachlichen Heimat schienen jetzt noch stärker herauszuklingen als am Morgen.

»Und?«, fragte Maggie.

»Also«, begann Eiriksson und Maggie hörte das Rascheln von Papier im Hintergrund, »ich hatte natürlich nicht viel Zeit …«

»Ich weiß«, unterbrach Maggie.

»Dem ersten Eindruck nach stammen alle Handschriften von derselben Person«, fuhr Eiriksson unbeeindruckt fort. »Die Schrift ist charakteristisch und auf allen Unterlagen gut zu erkennen.«

»Also genug Gemeinsamkeiten, damit Sie in einem Schriftvergleichsgutachten die Echtheit der Texte als handschriftliche Aufzeichnungen des verstorbenen Reeders Anton Behnke bestätigen würden«, klinkte Maggie sich ein.

»Würde ich«, erwiderte Eiriksson, »und werde ich, wenn ich noch ein paar Stunden Zeit habe, um alles ein weiteres Mal zu prüfen. Sie wissen ja …«

»Ich weiß«, bestätigte Maggie und lachte, »in diesem Telefonat bekomme ich den ersten unverbindlichen Eindruck geschildert und erst die schriftlichen Gutachten von Ihnen sind verbindlich.«

»Genau«, entgegnete Eiriksson zufrieden.

»So viel zu den Gemeinsamkeiten der Texte.« Maggie machte eine kurze Gedankenpause. »Was sagt Ihr erster unverbindlicher Eindruck zu den Unterschieden?«

»Mh«, erklang es nun aus dem Hörer, Maggie konnte das Zögern des Schriftsachverständigen förmlich greifen.

»Das ist deutlich schwieriger«, sagte er schließlich. »Ich kann Ihren ersten Eindruck bestätigen, dass seine Schrift auf den privaten Dokumenten anders aussieht, obschon sie wie gesagt sehr gut als dieselbe Schrift erkennbar ist.«

»Was vermuten Sie als Ursache?«, fragte Maggie. »Könnten die Testamentsentwürfe unter Alkoholeinfluss oder anderen bewusstseinsverändernden Substanzen entstanden sein?«

»Mh«, erklang es ein weiteres Mal aus dem Telefonhörer.

Geduldig wartete Maggie.

»Was ich jetzt sage, würde ich in einem Gutachten nicht schreiben«, antwortete Eiriksson. Seine Stimme war leiser geworden, sie klang fast verschwörerisch.

»Ich werde Sie nicht darauf festnageln«, erwiderte Maggie schnell und hoffte, dass Eiriksson seine Spekulationen mit ihr teilen würde.

»Ich würde eher auf eine Krankheit tippen«, sagte Eiriksson und nun sank seine Stimme zu einem Flüstern herab.

Maggie tastete nach dem Knopf für die Lautstärke, sie wollte den Schriftexperten jetzt nicht mit der Bitte unterbrechen, lauter zu sprechen.

»Das Alter wirkt sich auf die Handschrift aus, aber auch einige Erkrankungen«, drang nun das übersteuerte Flüstern von Eiriksson aus dem Telefonhörer. »Die Theorien, die es derzeit dazu gibt, sind erst ein paar Jahre alt und noch nicht offiziell anerkannt. Aber sie wirken sehr einleuchtend.«

»Sie glauben also, dass die Veränderungen von Behnkes Schriftbild auf eine Erkrankung zurückzuführen sind«, erwiderte Maggie, sie konnte ihre Enttäuschung kaum unterdrücken. »Das erklärt aber nicht, warum nur seine privaten Notizen so anders aussehen.«

»Sie dürfen nicht vergessen …«, fuhr Eiriksson unbeeindruckt fort und nun hatte seine Stimme die normale Lautstärke wieder erreicht.

Rasch regelte Maggie den Ton herunter, bevor sie den Hörer wieder dichter an ihr Ohr presste.

»… dass zwischen den Notizen aus seinem Büro und dem privaten Arbeitszimmer ein paar Monate liegen. Zumindest«, fügte Eiriksson hastig hinzu und nun klang seine Stimme fast ein wenig erschrocken, »habe ich das vermutet.«

»Mh«, erwiderte nun Maggie und zog die Klarsichthüllen mit den handschriftlichen Zetteln näher zu sich heran. Eiriksson hatte recht, die Kollegen hatten auf den Aufklebern notiert, von wann die Notizen laut Alter von Papier und Tinte stammten. Die Unterlagen aus Behnkes Büro waren einige Monate jünger.

»Stimmt«, sagte sie dann, »das sehen die Kolleginnen von der Kriminaltechnik ebenso.«

»Dachte ich mir«, fuhr Eiriksson fort und in seiner Stimme lag ein zufriedener Klang.

»Und was schließen Sie nun daraus?«, fragte Maggie zweifelnd.

»Wie gesagt …«, fuhr Eiriksson fort, »… das bekommen Sie nicht schriftlich von mir, aber die Veränderungen von Behnkes Handschrift innerhalb von ein paar Monaten könnten vielleicht ein Hinweis auf eine fortschreitende neurologische Erkrankung sein.«

»Könnten«, echote Maggie.

»So ist es«, bestätigte Eiriksson.

»Und welche?«

Diesmal blieb die Stimme des Schriftexperten gleichbleibend kräftig, als er seinen Verdacht aussprach: »Parkinson, Schizophrenie oder Alzheimer.«

11.

Am frühen Abend traf sich die SOKO MOB zu einer weiteren Besprechung. Die Luft war stickig und auf dem langgestreckten Whiteboard verdrängten farbige Zettel, Notizen und Fotos den Weißraum.

Udo Rehling berichtete von den Kontobewegungen auf Behnkes Offshore-Konten, er nannte konkrete Zahlen und Daten. »In den vergangenen Jahren hat Behnke regelmäßig größere Deals abgewickelt«, fasste er am Ende zusammen und strich sich durch den Bart. Den unvermeidlichen Seemannspullover hatte er über seine Stuhllehne geworfen, als brächten ihn Behnkes Aktivitäten ins Schwitzen. »Die Gelder kommen den Herkunftskonten nach aus dem arabischen Wirtschaftsraum, vom afrikanischen Kontinent und aus dem Nahen Osten.«

»Überraschung, Überraschung«, murmelte Kubicek und fing sich einen strafenden Blick von Luise ein.

»Gibt es schon erste Erkenntnisse, welche Kreise dahinterstecken?«, wollte Luise wissen.

Mit einem Kopfschütteln verneinte Rehling. »Das waren Profis. Die Firmen hinter den Konten sind längst aufgelöst, die Spuren verlaufen sich im Nichts.«

»Dein Fazit?«, fragte sie.

»Die letzte Kontobewegung war vor etwa zwei Wochen. Behnke hat kurz davor etwa eine halbe Million Dollar erhalten und wenig später eine Million Dollar an dasselbe Konto zurücküberwiesen. Könnte eine Art Konventionalstrafe gewesen sein. Danach passierte nichts mehr.«

»Irgendwelche Thesen?« Fragend sah Luise in die Runde.

Eifrig meldete sich Kubicek zu Wort.

»Es sieht doch so aus, als ob Behnke einen großen Deal vermasselt hätte«, brachte er hervor. »Könnte es dann nicht sein, dass ihn seine kriminellen Geschäftspartner loswerden wollten, damit er sie nicht drankriegt? Es war Behnke bestimmt nicht egal, dass er das Doppelte zurückzahlen musste.«

»Aber er hat bezahlt, damit ist er raus aus der Nummer«, wandte Rehling mit einem säuerlichen Gesichtsausdruck ein.

»Vielleicht fürchteten sie, dass Behnke versuchen würde, das Geld zurückzubekommen?« Kubicek ließ nicht locker.

»So läuft das nicht«, erwiderte Rehling. »Auf legalem Weg hatte Behnke keine Chance, wieder an sein Geld zu kommen, für ein schiefgelaufenes Waffengeschäft gibt es keine Schiedsstelle. Ansonsten hätte er das Geld einfach behalten können oder nur die halbe Million zurücküberweisen, dann hätten wir auch gewusst, warum sich jemand an ihm rächen wollte. Aber so? Die Gegenseite hat eine volle Million erhalten, doppelt so viel, wie sie bezahlt haben. Also hatte Behnke keine offenen Rechnungen mehr bei seinen Auftraggebern.«

»Nur wenn er nicht gezahlt hätte, würde ein Drohschreiben Sinn machen«, bestätigte Lambrecht.

»Gibt es noch weitere kriminelle Geschäfte, die schiefgelaufen sein könnten?«, fragte Kubicek.

»Sieht nicht danach aus«, erwiderte Rehling. »Die Kontenbewegungen geben keinen Hinweis darauf.«

»Warum sollten die kriminellen Geschäftspartner von Behnke ihm erst ein Drohschreiben schicken und ihn dann erschießen?«, warf Cem ein.

Luise musterte ihn schweigend.

»Weil er nicht tut, was sie verlangen?«, entgegnete Lambrecht.

»Was hätten sie davon, wenn Behnke seine Reederei aufgibt? Keine Containerschiffe, keine illegalen Waffenlieferungen mehr«, wandte Kubicek ein. Nach kurzer Denkpause schob er nach: »Vielleicht haben sie mitbekommen, dass er nach dem geplatzten Deal und der hohen Strafe an die Gegenseite verkaufen wollte?«

Rehling sah auf seine Notizen, hob schließlich den Kopf und nickte anerkennend: »Das wäre möglich. Es könnte sein, dass Behnke die Waffen schon erhalten hatte oder sie in Kürze bekommen sollte. Dann wollte er sie vielleicht loswerden.«

Kubicek strahlte.

»In Ordnung«, meldete sich Luise zu Wort. »Udo, sprich bitte mit den Kollegen vom BKA, ob es irgendwelche Anzeichen dafür gibt, dass Behnkes Tod ein Auftragsmord war, um Waffengeschäfte mit der falschen Seite zu verhindern. Auch bei deinen Kontaktleuten könntest du mal nachfragen, ob die was mitbekommen haben.«

Konzentriert schob Luise ihre Aufzeichnungen vor sich zurecht, sie schien etwas zu suchen. Dann hob sich ihr Blick von ihrem Notizzettel. »Haben die graphologischen Untersuchungen schon was ergeben?«

Maggie nickte. »Das schriftliche Gutachten folgt noch, aber ich habe heute Nachmittag eine erste Einschätzung bekommen.«

Mit einem Nicken ermunterte Luise sie, weiterzusprechen. Ihre Miene wirkte aufmerksam, zwei kaum sichtbare Falten links und rechts von ihren Mundwinkeln verrieten ihre Anspannung.

»Mir war vor allem aufgefallen, dass die handschriftlichen Notizen aus dem Büro ein ganz anderes Schriftbild aufwiesen als die aus seinem privaten Arbeitszimmer«, begann sie. Dann fasste sie zusammen, was der Schriftsachverständige angedeutet hatte.

»Parkinson? Alzheimer?«, fragte Rehling ungläubig. Er schnaubte. »Dann hätte Behnke wohl kaum seine Reederei weiter leiten können, ohne dass jemand etwas bemerkt hätte.«

»Vielleicht«, antwortete Maggie und seufzte. »Ist nur eine Arbeitshypothese.«

Luise zuckte mit den Achseln, dann blickte sie fragend in die Runde. »Gibt es weitere Erkenntnisse?«

Zögernd meldete sich Lambrecht, die wie immer einen schwarzen Rollkragenpullover trug. »Ich habe Behnkes Assistentin befragt, Hildegard Fromme, was das Hotelzimmer betrifft. Sie war ziemlich erstaunt, dass sich Behnke selbst ein Hotelzimmer in Hamburg gebucht hat. Das konnte sie sich nicht erklären.« Lambrecht fuhr sich durch die schwarzen Stoppelhaare. »Sonst hat sie immer für Behnke die Buchungen übernommen, wenn er ein Hotel brauchte. Aber bisher nie in Hamburg.«

»Und die anderen Hotelgäste?«, erkundigte sich Rehling. »Ist ein bekannter Name darunter?«

»Nichts gefunden«, erwiderte Lambrecht bedauernd. »War auch kein Name dabei, der auf den ersten Blick als Fake auffiel.«

»So dämlich sind die nicht«, grummelte Rehling unzufrieden.

Lambrecht hob entschuldigend die Handflächen.

»Noch irgendwelche Ideen zu diesem Hotelzimmer?«, wollte Luise wissen.

Schröder schüttelte den Kopf, Kubicek starrte an die Decke.

»Hast du das Personal befragt?«, fragte Luise.

»Klar«, erwiderte Lambrecht, »aber da gab es nichts Bemerkenswertes.«

Luise seufzte. »Gut, sonst noch was?«

Mit Handzeichen meldete sich Thomas Merz zu Wort, und als Luise ihm zunickte, griff er zu seiner Tasse, nahm einen Schluck, und fuhr sich dann über die Halbglatze. »Behnkes Werft«, begann er zögernd und blätterte hektisch in seinem Spiralblock, um anschließend seine Notizen wieder zur Seite zu schieben. Ohne Maggie zu erwähnen, berichtete er von seinem Gespräch mit Witte. »Also nichts, was uns weiterbringt«, schloss er seinen Bericht, ließ sich nach hinten fallen und wippte rhythmisch mit der Stuhllehne.

»Was ist mit den Kollegen vom BKA?«, setzte Rehling nach.

Verärgert verzog Merz das Gesicht und fuhr sich über die Halbglatze. »Ebenfalls nichts Neues«, entgegnete er mürrisch. »Sie haben bei der Maldowski Schiffbaugesellschaft keine Unregelmäßigkeiten gefunden.«

»Keinen Hinweis, wer bei Behnkes Schiffen einen versteckten Hohlraum eingebaut haben könnte und wozu er gedacht war?«, fragte Rehling ungläubig.

Als sich alle Blicke auf Merz richteten, wurde ihm sichtlich unwohl. Er rutschte auf seinem Sitz vor und zurück. »Sag ich doch, keine neuen Erkenntnisse«, rief er und schob seinen Block so ungeschickt von sich, dass er weit über die Mitte des Tisches rutschte.

»Du könntest Behnkes Assistentin fragen«, sagte Luise ruhig. »Vielleicht weiß sie, wem in der Werft das zuzutrauen wäre.«

Grimmig nickte Merz, lehnte sich über den Tisch und holte seinen Notizblock zurück.

»Und fühl ihr mal auf den Zahn, wie viel sie von Behnkes kriminellen Aktivitäten mitbekommen hat«, setzte Luise nach. »Womöglich weiß sie mehr, als sie zugeben will.«

Merz gab ein zustimmendes Brummen von sich, ohne von seinen Notizen aufzusehen.

Fragend sah sich Luise um.

»Ich glaube nicht, dass Witte hinter dem anonymen Schreiben steckt«, meldete sich Maggie zu Wort.

Luise nickte, als hätte sie nichts anderes erwartet.

»Aber Herr Bayrak hat interessante Details von Behnkes Haushälterin erfahren, Margitta Thorhoven«, fuhr Maggie fort. »Behnkes Ex-Frau ist eine Britin, sie könnte Englisch als Erstsprache erlernt haben. Könnte eine erste Spur zur Verfasserin des Drohschreibens sein.«

Maggie fing einen belustigten Blick von Kubicek auf, Dreisam und Rehling wirkten irritiert.

Zweifelnd verengte Luise die Augen. »Behnkes Ex«, wiederholte sie und die Betonung von »Ex« klang abfällig.

Unwillkürlich zuckte Maggie zusammen. Hastig räusperte sie sich und rutschte auf die Stuhlkante, um die verräterische Reaktion ihres Körpers zu überspielen.

Doch Luise schien es nicht bemerkt zu haben. Mit spöttischem Unterton fuhr sie fort: »Gibt es irgendwelche Verbindungen von ihr zum internationalen Waffenhandel?«

Kubicek lachte, sonst blieb alles ruhig.

»Wir sollten jeder Spur nachgehen«, entgegnete Maggie ungerührt. »Wenn Behnkes Ex-Frau Englisch als Erstsprache spricht, könnte die Erstsprache der beiden Kinder ebenfalls Englisch sein.«

Betroffen senkte Kubicek den Blick, Dreisam nickte anerkennend.

Luise ließ sich nichts anmerken. Nach kurzem Schweigen erwiderte sie kühl: »Das ist richtig.«

Rehling wirkte überrascht, dann blickte er Luise sichtlich verärgert an. »Das ist jetzt nicht …«, begann er, doch Luise schnitt ihm das Wort ab.

»Herr Bayrak, wir interessieren uns alle für die Erkenntnisse Ihrer Befragung. Würden Sie bitte berichten?«

Cem hob den Kopf, als hätte er nur auf seinen Einsatz gewartet. Gelassen fasste er zusammen, was er vor wenigen Stunden Maggie erzählt hatte.

»Nicht sehr ergiebig«, kommentierte Luise leise, dann fuhr sie mit einem Blick in die Runde fort: »Gute Arbeit, Leute. Es gibt genug Ansatzpunkte, an denen wir weitermachen können. Wir sehen uns morgen, 14 Uhr, wieder hier im großen Besprechungsraum.« Sie griff nach ihren Unterlagen, klemmte sich ihr Tablet unter den Arm und stand auf.

»Eine Sache noch.« Maggie sprach laut, um die Geräusche des allgemeinen Aufbruchs zu übertönen. »Unter den handschriftlichen Notizen aus Behnkes Privatvilla waren auch Entwürfe für ein Testament, mit dem er seine Tochter praktisch enterbt.«

Luise erstarrte.

Mit ausdruckslosem Gesicht beobachtete Maggie sie. Die Geräusche im Besprechungszimmer sanken auf ein Minimum herab.

»Na, wenn das kein Grund ist ...«, bemerkte Kubicek.

Wortlos legte Luise ihr Tablet und ihre Papiere auf den Besprechungstisch zurück, zog sich den Stuhl wieder heran und setzte sich. Konzentriert sah sie Maggie an und wartete. Als diese nicht gleich fortfuhr, zog sie die Augenbrauen hoch.

Das läuft ja bestens, dachte Maggie zufrieden. Sie kannte Luise gut genug, um zu wissen, wie viel Kraft es ihre Ex kostete, so entspannt zu wirken. Durch ihren verspäteten Einsatz in der Besprechung hatte Maggie nun alle Aufmerksamkeit der SOKO, da konnte Luise es sich nicht mehr leisten, den Verdacht gegen Behnkes Tochter unter den Tisch fallen zu lassen. Nicht, ohne für Aufsehen zu sorgen.

»Ich habe Frau Schröder gebeten, den Anwalt nach dem Testament zu fragen«, fuhr Maggie fort und blickte in Richtung der Kommissarin, die zustimmend nickte. »Wir sollten Julia und Markus Behnke ein weiteres Mal befragen, am besten hier im Präsidium, damit sie nicht die Sicherheit der gewohnten Umgebung haben.«

Diesmal ließ sich Luise nichts anmerken. »In Ordnung«, erwiderte sie. »Aber wir warten die Antwort des Anwalts ab, damit wir wissen, ob es bereits ein anderes Testament gibt.«

Sie bedachte Schröder mit einem Blick, der die junge Kommissarin augenblicklich dazu veranlasste, ihre Hände aneinander zu reiben. »Ich bleib dran«, sagte sie und ließ ihre sich unaufhörlich in Bewegung befindlichen Hände unter der Tischplatte verschwinden.

Ob Luises Rücksichtnahme in erster Linie Julia Behnke galt, fragte sich Maggie, oder auch ihrem Bruder? In jedem Fall hatte Luise es erneut geschafft, die Befragung hinauszuzögern. Das verhieß nichts Gutes.

12.

»Maggie?« Luise bemühte sich, ihrer Stimme einen beiläufigen Klang zu geben. Sie hatte vor wenigen Minuten Feierabend gemacht, sich ihre Aktentasche und die Jacke geschnappt und war ausnahmsweise nicht gleich nach Hause gegangen. Seit gestern wusste sie, dass es Zeit war, mit Maggie zu reden. Allein.

»Ja?« Maggie wirkte geistesabwesend. Sie musste schon eine ganze Weile über ihrer Analyse gebrütet haben, ihre Augen schimmerten rötlich.

»Lust auf ein Bier?«, fragte Luise und hoffte, dass Maggie nicht heraushörte, wie angespannt sie war.

Maggie wirkte überrumpelt, aber sie überlegte nicht lange. »Warum nicht?«, erwiderte sie und ihr Stimme klang bemüht beiläufig.

»Ich warte unten auf dich«, gab Luise zurück und wandte sich ab.

Sie war nicht sicher gewesen, ob Maggie mitkommen würde, doch jetzt hoffte sie auf ein unbelastetes Gespräch.

Den Aufzug ließ sie links liegen und erreichte über die Treppe in weniger als zwei Minuten den Ausgang. Aufatmend trat sie ins Freie. Der Abend bot sich für eine kurze Aussprache an. Katharina hatte zwei Freundinnen eingeladen und Luise bereits angekündigt, dass sie ausnahmsweise mit den Kindern früher essen wollte, daher tippte Luise ihr rasch eine Nachricht, dass es später werden würde, was Katharina mit einem kurzen »Okay« quittierte.

Maggie trat zu ihr und fragte mit einem neugierigen Blick auf ihr Smartphone: »Wohin?«

Flüchtig sah Luise hoch und zwang sich zu einem Lächeln. »Sekunde«, sagte sie und senkte ihren Blick wieder auf das Display, »will nur kurz Bescheid geben, dass ich später komme.« Sie stellte eine weitere Nachricht in den Familienchat, damit es nicht an Katharina hängen blieb, den Kindern Bescheid zu geben.

Maggie wartete wortlos.

Aufatmend schob Luise das Smartphone in ihre Tasche. »Lass uns in den Bierkeller gehen«, erwiderte sie, »ist nicht weit von hier, an der Alsterdorfer Straße.«

Keine von ihnen verlor ein Wort, etliche Querstraßen und drei Ampeln lang. Der Bierkeller lag tatsächlich in einem Keller, ein Tonnengewölbe, schätzungsweise 200 Jahre alt, vermutete Luise, die zum ersten Mal hier war. Das Lokal war weit vom Präsidium entfernt, hier würden sie hoffentlich nicht auf Kollegen oder Kolleginnen treffen. Im Gastraum war die Luft stickig und warm, entweder hatten sie vergessen, die Klimaanlage einzuschalten, oder sie war defekt.

Luise steuerte zielstrebig den hinteren Teil des Raumes an. Wenige Tische waren besetzt, die meisten lagen verwaist im trüben Licht der Deckenstrahler.

Eine Bedienung in schwarzen Hosen und wadenlanger roter Schürze lehnte müde am Tresen und beobachtete sie unter hängenden Augenlidern. Als sie schließlich Platz genommen hatten, stieß er sich vom Tresen ab und trottete mit hängenden Schultern zu ihnen.

»Wissen Sie schon …?«, begann er und wischte gedankenverloren mit einem strahlendweißen Lappen über die vernarbte Tischplatte.

»Ein Tonicwater für mich«, erwiderte Luise.

»Eine Cola Zero«, sagte Maggie.

Verwundert hob Luise den Blick und bereute es sofort, denn Maggie blickte sie herausfordernd an, als wollte sie sagen: Ja, habe ich früher nicht getrunken. Du kennst mich nicht mehr.

Als der Kellner gegangen war, wurde das Schweigen zwischen ihnen ungemütlich.

»Und?«, unterbrach schließlich Luise die Stille und zwang sich zu einem Lächeln. »Wie geht es dir so?«

Maggie sah sie an und zuckte mit den Schultern. »Was willst du?«, fragte sie ruhig.

»Jetzt lass uns …«, brauste Luise auf und hörte selbst die unangemessene Schärfe in ihrer Stimme. Sie hielt inne und ließ sich gegen die Rückenlehne des schartigen Holzstuhls fallen. Zu viel, sagte sie sich, zu viel ist zwischen uns vorgefallen. Es wäre übermenschlich, keine Reaktion zu zeigen. Sie atmete tief durch und bemühte sich, ruhig zu werden.

Maggie beobachtete sie stumm.

Diesmal war der Besuch des Kellners eine willkommene Unterbrechung. Mit gesenktem Kopf stellte er zwei beschlagene Gläser vor ihnen ab und entfernte sich mit einem unverständlichen Murmeln.

»Sie reden über uns«, begann Luise. Es fühlte sich seltsam vertraut an, so mit Maggie zu sprechen, fast wie früher. »Sie haben gemerkt, dass wir uns kennen, und wundern sich.«

»Blöd für dich?«, fragte Maggie und ihre Stimme klang ehrlich besorgt.

»Ja«, antwortete Luise gedehnt, »blöd für mich. Ich habe die Leitung der Mordbereitschaft erst vor gut einem halben Jahr übernommen, bin quasi noch in der Probezeit.« Sie verzog das Gesicht. »Für Engler bin ich die Quotenfrau, die Quotenmutter und die Quotenlesbe. Er wartet nur darauf, dass ich scheitere.«

»Warum hat er dir dann die Leitung der SOKO übertragen?«, fragte Maggie.

»Ich hatte Dienst. Er konnte nicht anders. Wenn er jemand anderen genommen hätte, wäre er angreifbar gewesen.«

»Du hättest nicht gezögert«, entgegnete Maggie.

»Und das weiß er«, gab Luise zurück. Dann griff sie nach ihrem Glas. »Das Letzte, was ich jetzt gebrauchen kann, ist die Demoralisierung meines Teams.« Sie trank einen Schluck und stellte das Glas behutsam ab. Dann zwang sie sich zu einem Lächeln und sah ihre Ex bittend an.

Maggie nickte. »Gerüchteküche. Du fürchtest um deine Autorität.«

»Ja«, erwiderte sie schlicht.

Zum ersten Mal seit Maggies Ankunft wagte Luise, sie in Ruhe aus der Nähe zu betrachten. Sie war älter geworden, um Mund und Augen hatten sich winzige Fältchen in die helle, sommersprossige

Haut gegraben, doch ihre grünen Augen wirkten unverändert. Auch ihre roten gewellten Haare trug sie wie früher schulterlang, und noch immer waren die Grübchen zu sehen, selbst wenn Maggie nicht lachte.

»Was kann ich tun?«, fragte sie nun.

»Ich möchte gern nachholen, was ich am Anfang versäumt habe«, erwiderte Luise. »Nicht offiziell, das wäre zu auffällig. Aber ich werde es hie und da streuen.«

»Und was willst du streuen?«, fragte Maggie.

»Dass wir beide vor Jahren im Polizeidezernat Mannheim waren und dort schon gemeinsam Fälle bearbeitet haben.« Luise hatte sich die Erklärung sorgfältig zurechtgelegt. Nahe dran an der Wahrheit. Die Art von Lüge, die am schwersten zu erkennen war, da die Unwahrheit nur aus geschicktem Verschweigen entstand.

»Können wir gerne so machen«, entgegnete Maggie mit einem Achselzucken. »Werde ich bestätigen, falls es zum Thema wird.«

Erleichtert griff Luise nach ihrem Tonicwater und leerte es mit einem Zug. Maggie hatte es ihr leichter gemacht, als erwartet. Sie stellte ihr Glas ab und tastete nach ihrer Tasche.

»Und sonst?«, fragte Maggie mit weicher Stimme.

Luises Hand erstarrte für den Bruchteil einer Sekunde. Dann packte sie ihre Aktentasche am Griff und schob sie wie einen Schutzschild auf ihre Knie.

»Alles gut, aber jetzt muss ich wirklich los«, erwiderte sie und winkte hastig dem Kellner, der seinen Wachposten am Tresen wieder eingenommen hatte und sie nicht zu bemerken schien.

»Ich dachte ...«, fuhr Maggie fort und suchte ihren Blick.

Luise spürte, wie sie nervös wurde. Bisher war ihr Gespräch rein sachlich verlaufen, und sie war nicht sicher, ob sie sich dem Wechsel des Gesprächsthemas gewachsen fühlte. »Was dachtest du?«, fragte sie hart und stand auf. Ihr Ton war unangemessen, doch sie fühlte sich hilflos und leer, wie damals, als sie entschieden hatte, zu gehen. Luise schlang beide Arme um ihrer Aktentasche und presste sie gegen ihre Brust. »Sorry«, fuhr sie fort und sah nervös zur Theke, wo der Kellner noch immer vor sich hinzudösen schien. »Ich muss jetzt los, bin eigentlich schon viel zu lange ...« Entsetzt spürte sie Tränen aufsteigen.

Contenance, schrie sie sich förmlich zu, Contenance, lass es nicht an dich heran, nicht jetzt. Sie spürte, wie ihr Herzschlag sich verlangsamte, wie eine innere Distanz sich ausbreitete und alle verzweifelten Gefühle in Sekundenbruchteilen wegschob.

Luise hielt inne und ließ ihre Tasche sinken. »Entschuldige bitte«, sagte sie mit einem Lächeln, »ich bin spät dran. Ich bezahle beim Hinausgehen an der Theke.« Mit einem Blick auf Maggies halb geleertes Glas fuhr sie fort: »Deins natürlich auch. Trink in Ruhe aus.«

Sie wandte sich ab, ging einen Schritt, dann stockte sie und drehte sich noch einmal um. »Wir sehen uns morgen«, sagte sie freundlich und verabschiedete sich mit einem Nicken.

Mit geschlossenen Augen lag Maggie im Bett und versuchte zu verdrängen, was am vergangenen Abend geschehen war. Sie hatte sich zurückversetzt gefühlt in eine Zeit, als die Nächte noch lang und ihre Liebe noch unverbrüchlich gewesen war.

Die alte Luise war zu spüren gewesen, nur ganz kurz, dann hatte sie Panik bekommen und ihr Panzer hatte sich wieder geschlossen. Wie damals, als sie beschlossen hatte, zu gehen.

Maggie schlug die Augen auf und fixierte die weiße Zimmerdecke. Sie versuchte die Gefühle zu Luise dorthin zurückzuschieben, wo sie die letzten dreizehn Jahre nahezu unverändert die Zeit überdauert hatten.

Schließlich schwang sie entschlossen die Beine aus dem Bett und machte sich wenig später auf den Weg zum Institut für Germanistik. Es war nicht weit entfernt vom LKA und Maggie nutzte die Gelegenheit, ein paar Schritte zu Fuß zu gehen. Sie achtete kaum auf ihre Umgebung und versuchte, so wenig wie möglich an das Gespräch zu denken. Als sie endlich die Adresse gefunden hatte, breitete sich Erleichterung in ihr aus.

Das Institut war in einem beeindruckend hohen Gebäude untergebracht, und Maggie entdeckte auf dem Wegweiser vor dem

Komplex, dass hier auch die Akademie der Polizei und einige Abteilungen des LKA ansässig waren.

Neugierig trat sie ein und fragte sich durch bis zur Bibliothek. Die Anzahl der Bücherregale war überschaubar, ernüchtert ging Maggie die linguistischen Journale durch. Kaum eine Handvoll stand hier zur Ansicht. Eigentlich hatte sie auf mehr gehofft, doch die linguistische Abteilung war nicht annähernd vergleichbar mit dem, was sie vom Germanistischen Seminar in Heidelberg kannte.

Maggie suchte sich einen ruhigen Schreibtisch an einem der großen Fenster. Hier konnte sie hinaussehen in eine Grünanlage, die den Gebäudekomplex umgab. Mit wenigen Handgriffen packte sie ihren Laptop aus, richtete sich ihren Arbeitsplatz ein und ging über den Hotspot ihres Handys online. Dann loggte sie sich in das Portal für Sprachwissenschaft ein und klickte sich weiter zum Zeitschriftenverzeichnis. Sie brauchte nicht lange, um Zeitschriften für Deutsch als Zweitsprache zu finden. Rasch blätterte sie sich durch bis zu den Passagen zum Zweitspracherwerb. Susannes Stimme klang noch in ihrem Ohr, sie hatte bestätigt, dass die Fehlleistungen im Drohschreiben typisch waren für Deutsch als Zweitsprache, dennoch waren es erstaunlich wenig. Warum? Was mochte der Grund dafür sein?

Als Maggie die Bibliothek des Instituts für Germanistik wieder verließ, war es bereits Mittagszeit. Studierende eilten laut schwatzend an ihr vorüber, andere kamen ihr entgegen und trugen Kaffeebecher, belegte Brötchen und mit Backwerk gefüllte Papiertüten.

Nachdenklich wanderte Maggie die Straße entlang in Richtung Polizeipräsidium. Der Brief ließ ihr keine Ruhe. In den Zeitschriften hatte sie nichts gefunden, was sie weiterbrachte. Noch immer quälte sie das ungute Gefühl, dass sie etwas übersehen hatte, deshalb beschloss sie, einen Spaziergang zu machen, um den Kopf freizubekommen. Kurzentschlossen bog sie an der Hindenburgstraße nach rechts ab und steuerte den U-Bahnhof Alsterdorf an, um den Bus an die Außenalster zu nehmen.

Im Bus achtete sie nicht weiter auf ihre Umgebung, noch immer kreisten ihre Gedanken um den Brief. Was war ihr entgangen? Als der Bus sich der Außenalster näherte, suchte sie auf Google Maps nach einem schönen Lokal. Direkt am Bootssteg gab es ein Café, das so früh im Jahr schon geöffnet hatte. An der Haltestelle Böttgerstraße stieg Maggie aus und steuerte die Gastwirtschaft unten am Wasser an. Wenig später saß sie vor einem Hamburger und einer Cola light und betrachtete beim Essen die glitzernde Wasserfläche.

Ob sie demnächst ihre Arbeit hier beenden sollte? Bisher gab es keine neuen Erkenntnisse über diesen Brief und sie hatte der SOKO alles darüber mitgeteilt. Das ungute Gefühl, was ihre eigene Analyse betraf, war eigentlich kein Grund, in Hamburg zu bleiben.

Nachdem sie ihre Cola geleert hatte, bezahlte sie und schlenderte gemächlich am Ufer der Außenalster entlang. Ruderboote zogen an ihr vorüber und eine laute Stimme gab Kommandos, die über das Wasser bis zu ihr schallten. Das Surren ihres Smartphones riss sie aus ihren Gedanken. Maggie holte das Handy aus ihrer Tasche und ein kurzer Blick auf das Display bestätigte ihr, dass Cem versuchte, sie zu erreichen.

Ihr Blick wanderte über die Wasseroberfläche und blieb an dem verlassenen Steg vor ihr hängen. Sie konnte nicht länger sich selbst ausweichen.

Angespannt wartete sie, bis Cem aufgab und ihr Handy verstummte, dann scrollte sie zu ihren Kontakten und klickte auf den Button, über dem der Kopf von Mickey Mouse in einer sehr frühen Version zu sehen war. Walt, eigentlich Walter, verdankte seinen Spitznamen der bedingungslosen Liebe zu Mickey Mouse.

»Hey Maggie«, erklang nun seine Stimme aus dem Kopfhörer, den sie sich ins Ohr gesetzt hatte. »Na, wozu brauchst du genau jetzt deinen besten Freund?«

Maggie lachte.

»Rück schon raus«, fuhr er fort und in seiner Stimme lag ein Lächeln.

Ihr Herz klopfte, Maggie versuchte sich zu sammeln und Worte zu finden.

»So schlimm?«, fragte er und ließ sein leises Kichern hören, für das Maggie ihn so liebte.

»Luise ist hier«, antwortete Maggie. »Sie leitet die SOKO, in der ich gerade mitarbeite. Die den Tod des Reeders untersucht.«

»Das tut mir leid«, entgegnete Walt spontan und seine Stimme klang besorgt.

»Braucht es nicht«, sagte Maggie begleitet von einem tiefen Seufzer.

»Ich habe mich schon gefragt, warum du dich drei Tage nicht gemeldet hast«, brummte Walt, »hätte aber nicht gedacht, dass es so schlimm ist.«

Maggie spürte, wie Walts Anteilnahme ihre Tränen lockerte. Doch das wollte sie jetzt auf keinen Fall.

»Okay«, unterbrach sie ihn, »lass uns nicht darüber reden. Schlechter Moment. Was anderes: Ich bin eigentlich durch mit der Analyse der schriftlichen Dokumente und glaube nicht, dass ich der SOKO noch irgendwas mit Substanz liefern kann. Aber wenn ich jetzt aussteige, könnte das blöd aussehen.«

»Für Luise, meinst du«, erwiderte Walt.

»Genau«, stimmte Maggie ihm zu.

»Dann lass es«, bestimmte Walt.

»Ach komm«, protestierte Maggie, »dafür habe ich dich jetzt nicht angerufen.«

»Im Ernst, Liebes«, sagte Walt und Maggie hörte echtes Bedauern aus seiner Stimme. »Du willst abhauen, weil Luise wieder in deinem Nahbereich aufgetaucht ist, aber das wirst du dir später nicht verzeihen. Du stehst das jetzt durch. Vielleicht hilft es dir, diese Beziehung endgültig hinter dir zu lassen.«

»Es tut noch immer weh«, flüsterte Maggie und nun liefen doch die Tränen über ihr Gesicht, die sie so lange zurückgehalten hatte. »So weh.«

»Ich weiß, Liebes«, hörte sie Walts tröstende Stimme in ihrem Ohr, sie spürte förmlich, wie er sie in den Arm nehmen und streicheln wollte. »Aber gib ihr nicht so viel Macht über dich und dein Leben. Du lässt diese Beziehung jetzt hinter dir, ein für alle Mal. Du schließt es ab und begegnest ihr, wie man einer alten Flamme nun mal begegnet.«

Maggie spürte die Nässe der Tränen auf ihren Wangen. Der Wind strich über ihr Gesicht, kühlte die Haut, trocknete die Feuchtigkeit und hinterließ einen salzig-klebrigen Film.

»In Ordnung«, sagte sie schließlich und wischte sich die Nase. »Ich lasse diese Beziehung hinter mir, genau hier, genau heute«, wiederholte sie wie ein Mantra.

»Hast du erfahren, wie …«, begann er und brach dann ab.

Schweigen breitete sich zwischen ihnen aus.

»Nein«, antwortete Maggie auf seine unausgesprochene Frage, »sie hat nichts von ihm erzählt. Und ich habe nicht gefragt.«

13.

Nach dem Telefonat mit Walt ging Maggie noch einige Zeit am Ufer der Außenalster entlang, dann bestieg sie den nächsten Bus und kehrte zurück ins Präsidium.

Ein Blick auf die Uhr sagte ihr, dass sie knapp dran war für die Besprechung. Sie beschleunigte ihren Schritt, nahm die Treppe zum Haupteingang und war froh, dass der Aufzug bereits auf sie wartete. Auf dem Weg nach oben betrachtete sie ihr Gesicht im Spiegel der Rückwand und war zufrieden mit dem, was sie sah. Nun wirkte sie entspannt und ruhig, nichts anderes.

Als sie das Besprechungszimmer erreichte, war die SOKO MOB fast vollzählig, nur Luise und Rehling fehlten. Sie setzte sich neben Cem, der mit einem breiten Lächeln andeutete, dass er fündig geworden war. Doch bevor er mehr erzählen konnte, betraten Rehling und Luise den langgestreckten Raum. Ein kurzer Blickwechsel verriet, dass sie sich vor der Besprechung abgestimmt hatten.

Entschieden legte Luise ihre Unterlagen ab und ergriff das Wort, noch während sie den Stuhl zu sich heranzog.

»Es gibt neue Erkenntnisse«, sagte sie und gab Rehling mit einem Nicken zu verstehen, dass er berichten solle.

Doch der Fahnder von der Wirtschaftskriminalität ließ sich nicht drängen. In Ruhe packte er seinen Laptop und seine Papiere auf den Tisch, zog eine Sitzgelegenheit zu sich her, setzte sich und rutschte mit lautem Quietschen dichter an die Tischplatte. Räuspernd schob er die Dokumente zurecht und startete seinen Rechner, dann suchte er zwischen den Zetteln, die nun ausgebreitet vor ihm lagen, einen heraus und legte ihn vor sich auf die Tastatur des geöffneten Laptops. Gemächlich strich er sich durch seinen Bart, schließlich sah er auf.

Maggie und alle anderen im Raum beobachteten jede seiner Bewegungen. Einzig Lambrecht verzog das Gesicht, doch sie schien dem alten Haudegen seinen Auftritt zu gönnen.

»Also«, begann Rehling mit einem letzten Räuspern, »die Kollegen vom BKA hatten nichts, was uns weiterbringt. Außerdem habe ich mich umgehört, sowohl bei den Geschäftspartnern seiner legalen als auch seiner illegalen Machenschaften. Die meisten kennen Behnke seit Jahren, zum Teil seit Jahrzehnten, und machen schon ewig Geschäfte mit ihm. Es gab welche, die hatten seit Monaten oder sogar seit ein oder zwei Jahren keinen persönlichen Kontakt mehr, doch die Geschäfte liefen wie gewohnt weiter. Mehrere berichteten allerdings, dass Behnke in den letzten Monaten wunderlich geworden sei, wie sie das nannten. Sie hatten auch schon gehört, dass ein oder zwei von seinen Geschäften geplatzt seien. Zum Teil waren sie von anderen gewarnt worden, mit ihm keine Geschäfte mehr zu machen, weil er nicht mehr vertrauenswürdig sei.«

»Das passt«, sagte Cem mit zufriedener Miene, »das passt.«

Luise warf ihm einen gereizten Blick zu. Doch Rehling winkte Cem, er solle weitersprechen.

»Ich habe mit dem Kellner seines Lieblingsrestaurants gesprochen, dem Kapitän Hansen«, berichtete Cem. »Da ist Behnke seit Jahren Stammgast, isst mindestens ein- oder zweimal pro Woche dort. Er hat ein paar interessante Details erzählt. Behnke wusste manchmal nicht mehr, was er bestellen sollte, hatte ›vergessen‹, was er gerne aß. Dann hat er sich vom Kellner bringen lassen, was er in den letzten Jahren oft hatte. Beim Bezahlen reagierte er manchmal genervt, weil er mit Karte bezahlen wollte und nicht mehr wusste, dass er ein Kundenkonto hatte, auf das seine Rechnung gebucht wurde und monatlich per Lastschrift von seinem privaten Konto ausgeglichen wurde.«

»Was schließen Sie daraus?«, wollte Kubicek wissen und strich sich seine wie geölt wirkenden Locken aus der Stirn.

»Demenz«, erwiderte Cem. »Das könnten typische frühe Anzeichen von Demenz sein. Alzheimer zum Beispiel.«

»Der Schriftsachverständige«, bemerkte Maggie.

Cem nickte erfreut. »Genau. Der hatte auch gesagt, die Auffälligkeiten in seiner Schrift könnten ein Hinweis auf eine neurologische Erkrankung sein.«

»Haben Sie nicht erzählt, dass seine Mutter dement gewesen sei?«, fragte Maggie.

»Richtig«, antwortete Cem. Mit einem kurzen Blick zu Luise wandte er sich nun direkt an Rehling. »Ein verwirrter Geschäftsmann und alleiniger Inhaber einer Firma kann nicht so einfach für geschäftsunfähig erklärt werden. Die sogenannte Entmündigung, wie es früher hieß, wurde vor etlichen Jahren durch das Betreuungsverfahren ersetzt. Doch selbst wenn Angehörige einen Antrag auf rechtliche Betreuung stellen, kann der verwirrte Geschäftsmann lange Zeit einfach weitermachen. Bestellt ein Gericht einen Betreuer, bleibt der Betreute trotzdem geschäftsfähig. Es dauert Jahre, bis die Symptome der Demenz so auffällig sind, dass ein Mensch für geschäftsunfähig erklärt werden kann. Das wird vielen seiner Geschäftspartner nicht gefallen haben.«

»Aber Markus Behnke hätte doch sicher alles getan, um zu verhindern, dass sein Vater einfach so weitermachen kann«, warf Maggie ein und ließ Luise nicht aus den Augen. »Es mag ja sein, dass Julia Behnke sich nicht darum gekümmert hat, aber Markus Behnke hatte garantiert größtes Interesse daran.«

»Dem kann es auch nicht egal gewesen sein, dass der Senior in den letzten Wochen seine Geschäfte in den Sand gesetzt hat«, warf Cem ein.

Wieder strich Rehling durch seinen Bart und sagte: »Richtig.«

»Aber ein Betreuungsverfahren kann lange dauern und findet öffentlich statt«, fuhr Cem fort. »Da Markus Behnke der offizielle Nachfolger ist, würde das Gericht den Fall sehr genau prüfen. So lange hätte Behnke als Firmenchef weitermachen können, und die Partner bei seinen illegalen Geschäften mussten fürchten, dass er Dummheiten macht, wenn er verwirrt ist. Also, wenn das kein Grund ist …«

Rehling beobachtete ihn fasziniert, wie eine Laborratte im Laufrad, schließlich sagte er: »Da könnte was dran sein.«

»Gibt es irgendwelche Beweise?«, fragte Luise und sah zu Kubicek. »Was sagt sein Arzt?«

Eifrig suchte Kubicek in seinen Notizen. »Der Arzt hat bisher nichts davon durchblicken lassen. Laut seiner Auskunft gab es keine Auffälligkeiten in den vergangenen Jahren.« Mit einem enttäuschten Blick blies er seine Backen auf und ließ die Luft wieder entweichen.

»Hat denn die Obduktion nichts ergeben?«, fragte Rehling.

»Im Bericht stand nichts drin«, erwiderte Maggie, »deshalb habe ich den Rechtsmediziner angerufen. Gab angeblich keinen Hinweis auf Demenz.«

»Die biochemischen Veränderungen müssten doch zu finden sein«, warf Cem ein.

»Ist bisher nicht untersucht worden«, sagte Maggie. »Aber ich habe den Rechtsmediziner gebeten, noch einen Test zu machen.«

Luise nickte. »Und sein Anwalt?«, fragte sie mit Blick zu Schröder. »Wie erklärt er sich die Fundstücke aus Behnkes Arbeitszimmer?«

»Hält er für eine Schreibübung, nicht ernst zu nehmen«, antwortete Schröder und zog ein Blatt Papier mit handschriftlichen Notizen aus ihren Unterlagen. »Ich habe heute Morgen mit ihm gesprochen. Behnkes Anwalt hält das mit dem handschriftlichen Testament für Quatsch.« Sie fuhr mit dem Finger die Zeilen entlang und tippte schließlich mehrfach auf eine Stelle. »Er sagte, dafür gab es keinen Grund. Behnke hat schon vor Jahren sein Testament bei ihm aufsetzen lassen, da ist alles wasserdicht. Die Firma geht an seinen Sohn, Markus Behnke wird geschäftsführender Gesellschafter. Er ist schon lange in der Firma und wartet nur darauf, die Stelle seines Vaters einzunehmen. Die Villa geht an seine Tochter und Behnkes Privatvermögen wird unter seinen beiden Kindern aufgeteilt, immerhin drei Millionen. Außerdem wird Julia Behnke der Kredit, den sie für ihre Kanzlei erhalten hat, erlassen, und dann gehen noch 50.000 an die Haushälterin.« Unvermutet sah Schröder auf. »Aber …«, mit zufriedenem Gesicht blickte sie in die Runde, »… wenn Behnke tatsächlich ein handgeschriebenes Testament hinterlassen hätte, sei es auch noch so kurz, und ordentlich mit Datum und Unterschrift versehen hätte, würde er damit sein älteres Testament widerrufen.« Triumphierend lehnte sie sich zurück.

»In dem Fall wäre seine Tochter leer ausgegangen«, sagte Cem.

»Der demente Vater will seine Lieblingstochter enterben«, sinnierte Schröder. »Offenbar ohne Grund …«

»Stimmungsschwankungen«, warf Cem ein, »ganz typisch für Demenzkranke.«

»… wenn das kein Motiv ist«, ergänzte Schröder ungerührt.

Wortlos stand Luise auf und ging zur Tafel. Dort schob sie mehrere Fotos und Notizzettel zur Seite, bis eine größere Fläche entstanden war. Mit einem schwarzen Stift notierte sie *Verdächtige*. Darunter schrieb sie den Namen von Markus Behnke, dann mit Anführungszeichen *Geschäftspartner*.

»Julia Behnke«, sagte Schröder.

Für einen Moment zögerte sie, dann schrieb Luise auch den Namen Julia Behnke unter die Liste der Verdächtigen.

»Hildegard Fromme«, meldete sich nun Thomas Merz zu Wort. Seine Hand hob sich, als wollte er sich über den Kopf fahren, blieb für einen Moment in der Luft stehen, dann ließ er sie wieder auf den Tisch fallen. »Sie will angeblich von den Vorkommnissen bei Maldowski nichts mitbekommen haben. Behnkes Werft sei immer loyal und vertrauenswürdig gewesen, nicht nur damals, als sie noch da gearbeitet hat. Behnke hat bis heute alle seine Schiffe dort warten lassen, weil er und Witte sich seit Jahrzehnten kennen, sagt Fromme.« Merz blickte auf und machte eine Kunstpause. Erst als er sich versichert hatte, dass alle ihm zuhörten, fuhr er fort: »So ganz nebenbei hat sie erzählt, dass sie immer mit einem bestimmten Projektingenieur gesprochen hat, Peter Allgeier. Der war schon bei Maldowski, als Fromme dort noch als Ingenieurin in der Konstruktion gearbeitet hat. Allgeier und Fromme kennen sich seit fast dreißig Jahren, waren wohl auch mal ein Paar, sind heute sehr eng befreundet.«

»Allgeier war zuständig für Behnkes Schiffe und immer auf der Werft, wenn eines von Behnkes Schiffen dran war, richtig?«, warf Rehling ein.

»Richtig. Ein Schelm, wer Böses dabei denkt«, entgegnete Merz und ein schmales Lächeln umspielte seinen Mund.

»Fromme«, wiederholte Luise. »Behnkes rechte Hand. War

täglich in seinem Büro, will von Hotelzimmern in Hamburg nichts gewusst haben, hat engen Kontakt zu dem Ingenieur, der für Behnkes Schiffe zuständig war, kennt die Werft in- und auswendig. Vielleicht weiß sie doch mehr, als sie zugibt.«

»Motiv?«, fragte Rehling knapp.

Luise nickte langsam, wandte sich dann wieder zum Whiteboard und fügte Frommes Namen der Liste der Verdächtigen hinzu.

»Falls sie mit drinhängt, musste sie fürchten, dass sie auffliegen würde, wenn Behnke dement wird und damit immer unzuverlässiger«, meldete sich Cem zu Wort.

»Könnte sein«, bestätigte Luise leise. Sie verschloss den Stift und drehte sich um. Ihr Blick streifte über die Gesichter, alle sahen sie aufmerksam an.

»Wie machen wir weiter?«, fragte sie ruhig.

»Wir befragen Julia und Markus Behnke«, erwiderte Maggie. »Wenn jemand weiß, ob ihr Vater in letzter Zeit seltsam wurde, dann die beiden.«

»Nein«, entgegnete Luise und nicht nur Rehling schaute sie verblüfft an. »Wir sammeln weitere Beweise, bevor wir sie befragen.«

Verärgert verzog Maggie das Gesicht. Noch immer schonte Luise die beiden Hauptverdächtigen, das war einfach unprofessionell. Wusste sie mehr, als sie preisgeben wollte? Gab es doch eine persönliche Beziehung zwischen den beiden?

»Kollege Kubicek«, fuhr Luise unbeeindruckt fort, »du lädst den Arzt vor. Wenn Behnke erste Anzeichen von Alzheimer zeigte, wird er das wissen.«

»Was machen wir, wenn er es weiterhin abstreitet?«, wandte Kubicek ein.

»Ich kann die Haushälterin fragen«, sagte Cem. »Sie hat Behnkes Mutter einige Jahre betreut, als sie schon an Alzheimer litt. Sie müsste es bemerkt haben, wenn er erste Anzeichen der Krankheit zeigte.«

»Machen Sie das«, stimmte Luise zu. Dann an Rehling gewandt: »Wenn einer der Wirtschaftskriminellen dahintersteckte, war es ein Auftragskiller. Hör dich mal um, ob du irgendwelche Hinweise darauf finden kannst.«

»Auftragskiller verschicken keine Drohschreiben«, sagte Rehling.

»Aber Geschäftspartner, die hoffen, dass sie nicht zu den letzten Mitteln greifen müssen«, gab Luise zurück.

Nach kurzem Zögern nickte Rehling. »In Ordnung.«

»Und du sprichst noch mal mit Hildegard Fromme«, warf sie Thomas Merz zu, der eine Zustimmung murmelte. »Versuche herauszufinden, wie viel sie wirklich wusste.«

»Du frag bitte bei dem Schriftsachverständigen nach«, wandte sich Luise schließlich an Maggie. »Ich will mehr darüber wissen, was in Behnkes Schrift auf Alzheimer hindeutet und warum er das in seinem schriftlichen Gutachten nicht erwähnen will.«

14.

Am nächsten Morgen beschloss Maggie, den Vormittag wieder in der Bibliothek des Instituts für Germanistik zu verbringen. Dort konnte sie ruhig und ohne Ablenkung arbeiten, niemand kannte sie und in wenigen Minuten war sie beim Polizeipräsidium.

Im Institut angekommen, startete Maggie ihren Laptop und loggte sich in das Archiv der Fachzeitschrift für Mehrsprachigkeit ein. Von etlichen Artikeln las sie die Kurzzusammenfassung und blieb schließlich an einem Beitrag über Mehrsprachigkeit in der Schule hängen. Darin berichtete die Autorin von der steigenden Zahl der mehrsprachigen Schüler und Schülerinnen und widmete sich den typischen Problemen im Unterricht von Kindern und Jugendlichen, die mit sehr unterschiedlichen Sprachkombinationen zur Schule kamen und über die verschiedenartigsten schriftlichen und mündlichen Fähigkeiten in ihren Sprachen verfügten.

Nachdem sie ihn zu Ende gelesen hatte, sah sie einen Moment lang mit leerem Blick aus dem Fenster, wo eine größere Gruppe Studierender lachend und quatschend das Gebäude verließ, vermutlich war gerade eine Lehrveranstaltung beendet worden. Dann funkte sie Susanne per WhatsApp an: *Könnte es sein, dass der Schreiber oder die Schreiberin des Briefes Deutsch als Erstsprache erlernt hat?*

Kaum hatte sie die Frage rausgeschickt, sah sie auf dem Display ihres stumm gestellten Smartphones bereits Susannes Rückruf. Maggie verließ die Bibliothek, drängte sich durch den unaufhörlichen Strom von Studierenden ins Freie und meldete sich. »Danke«, sagte sie schlicht und ging ein paar Schritte zur Seite, wo es ruhiger war.

Am anderen Ende war leises Lachen zu hören. »Gerne doch. Du weißt, du hast noch was gut bei mir.«

Maggie kicherte. »Das war echt hart damals …«

»Und ob«, antwortete Susanne und seufzte. »Also«, fuhr sie dann fort, »was lässt dich glauben, dass doch Deutsch als Erstsprache dahintersteckt?«

»Der Satzbau ist erstaunlich nahe dran an erstsprachlichen Formulierungen«, erklärte Maggie. »Ich habe heute Morgen ein paar Artikel zum Thema Mehrsprachigkeit in der Schule quergelesen. Viele kämpfen mit dem Satzbau, auch Sprecher und Sprecherinnen des Englischen. Dann musste ich wieder an den Kongruenzfehler *kriminelle Aktivitäten* denken. Kongruenzfehler sind sehr häufig und ganz typisch für Deutsch als Zweitsprache. Dafür kommt es in diesem Brief aber erstaunlich selten vor.«

»Genau das meinte ich bei unserem letzten Gespräch«, erwiderte Susanne. »Auffällig unauffällig. Das passt selbst dann nicht, wenn jemand die Fehler nachahmen wollte.«

»Du sagst es«, bestätigte Maggie. »Dafür ist das Ganze zu regelkonform. Texte mit vorgetäuschten Fehlern sind überladen mit falschen Formulierungen.«

»Sehe ich auch so«, stimmte Susanne zu. »Der Brief fällt irgendwie aus den üblichen Mustern raus, er ist … anders.«

»Aber was sagt uns das?«, erwiderte Maggie und nun war sie es, die einen Seufzer hinterherschickte. »Deutsch als Erstsprache oder als Zweitsprache auf hohem Niveau?«

»Ich weiß es nicht«, erwiderte Susanne und Maggie hörte ihr Bedauern. »Das lässt sich anhand eines so kurzen Schriftstücks vermutlich auch nicht klären.«

Da sie mit dem Drohschreiben wieder in einer Sackgasse angelangt war, beschloss Maggie, sich noch einmal mit Eiriksson zu treffen. Jetzt stand sie vor einem heruntergekommenen Haus im Schanzenviertel und suchte auf den Klingelschildern den Namen des Schriftsachverständigen. Vergeblich.

In ihrer Tasche tastete sie nach dem Smartphone und rief erneut die Nummer von Eiriksson an.

»Ja«, erklang die Stimme des Schriftexperten wie aus der Pistole geschossen.

»Ich stehe vor dem Haus, finde aber Ihren Namen nicht auf den Klingeln«, sagte Maggie.

»Hinterhaus, zweite Klingel von oben«, erwiderte Eiriksson.

Ohne eine Erwiderung beendete Maggie das Telefonat, durchquerte den Durchgang zum Hinterhaus und anschließend den Innenhof. Die Tür auf der gegenüberliegenden Seite hing schief in den Angeln und im unteren Drittel des abblätternden Holzes verrieten verstreute Fußabdrücke, dass schon viele gegen die Tür getreten hatten.

Wie angekündigt stand Eirikssons Name auf der zweiten Klingel von oben. Maggie betätigte den Schalter und wenig später erklang leises Summen, doch die Tür sprang nicht auf.

Schwungvoll warf sich Maggie gegen das marode Türblatt, bis die windschiefe Konstruktion den Weg freigab. Der Hausflur wirkte weitaus komfortabler, als die Tür es vermuten ließ. Hier musste vor nicht allzu langer Zeit renoviert worden sein. Eine breite Treppe führte nach oben, in Höhe des Handlaufs war ein Rollstuhllift montiert, dessen Plattform im ersten Stock wartete. Dort öffnete sich nun eine Wohnungstür.

»Hallo, Kollegin«, begrüßte sie ein junger Mann, »Jens Eiriksson.«

Maggie erwiderte den Gruß und betrat einen langgestreckten Wohnungsflur.

Eiriksson trieb seinen Rollstuhl mit kräftigen Bewegungen an und verschwand nach wenigen Handgriffen in einem der hinteren Räume.

Rasch folgte Maggie ihm und zwang sich, nicht neugierig in jede offenstehende Tür zu schauen. Es schien eine Bürogemeinschaft zu sein, zumindest ließ das Türschild diesen Rückschluss zu.

Der Raum, in den Eiriksson sie führte, war zweckmäßig als Büroraum eingerichtet. Zwei Schreibtische, Computer, Telefone und ein Whiteboard mit flüchtig hingekritzelten Terminen.

Eiriksson winkte sie zu dem hinteren Schreibtisch, auf dem viele Papiere ausgebreitet lagen. Wie es aussah, arbeitete er allein, außer dem zweiten Computer gab es keinen Hinweis, dass noch jemand das Büro mit ihm teilte.

Interessiert trat Maggie näher und sah auf der Schreibtischplatte die ausgedruckten Dokumente liegen, die sie Eiriksson am vorigen Tag gemailt hatte.

Gerade wollte er beginnen, sie auf einzelne Details seiner Analyse hinzuweisen, als sie ihn unterbrach. »Gibt es zu den Erkenntnissen, die Sie mir gestern am Telefon gesagt haben, noch etwas Neues?«

Überrascht hob er den Kopf. »Nein«, sagte er dann, »ich dachte, sie wollten sich die Texte noch einmal genauer ansehen.«

Maggie schüttelte den Kopf. »Die SOKO interessiert sich im Moment nicht für weitere Einzelheiten. Etwas anderes ist viel wichtiger für den Fall.«

Fragend zog Eiriksson die Augenbrauen hoch und sah sie an.

»Alzheimer«, sagte Maggie.

Eiriksson seufzte. »Ich habe es befürchtet«, entgegnete er und hob bedauernd die Hände.

»Es ist immer das, worauf man am wenigsten eine Antwort hat«, stellte Maggie fest.

Mit einem Nicken erwiderte Eiriksson ihr Lächeln. Maggie zog sich einen Stuhl heran und setzte sich ihm gegenüber. Sie wies den Schriftexperten auf seine Schweigepflicht hin und Eiriksson erwiderte nur knapp: »Ist schon klar.«

Dann schilderte sie ihm in groben Zügen den Fall. »Also fragen wir uns«, schloss sie, »ob es sein kann, dass Behnke bereits erste Anzeichen von Demenz zeigte und seine Geschäftspartner ihn deshalb lieber tot sehen wollten, anstatt fürchten zu müssen, dass er sich irgendwann verplappert. Selbst wenn die Rechtsmedizin den Anfangsverdacht bestätigt, können wir nicht sicher sein, dass Behnkes Alltag davon bereits beeinträchtigt wurde.«

Mit besonnener Miene nickte Eiriksson.

»Also interessiert sich die SOKO vor allem für Anzeichen, die vermuten lassen, dass Behnke an Alzheimer erkrankt war und erste kognitive Einschränkungen zeigte«, fuhr Maggie fort.

Erneut hob Eiriksson bedauernd die Hände. »Ich habe Ihnen am Telefon ja schon gesagt …«

»Ich weiß«, unterbrach Maggie ihn. »Sie wollen das in Ihrem Gutachten nicht erwähnen, genau deshalb bin ich hier. Welche Indizien deuten auf Alzheimer hin und warum wollen Sie uns das nicht schriftlich geben?«

Eiriksson schmunzelte. »Mit der Graphologie bewege ich mich ohnehin auf dünnem Eis.«

»Ich habe mich auch schon gefragt, warum Sie sich nicht auf die forensische Handschriftenuntersuchung konzentrieren«, sagte Maggie augenzwinkernd. »Das ist, im Gegensatz zur Graphologie, wissenschaftlich anerkannt.«

»Weil es die Arbeit spannender macht«, erklärte Eiriksson und lachte. »Klar, der reine Vergleich von Handschriften ist wichtig für die Forensik, um die Echtheit von Dokumenten und Unterschriften zu überprüfen.«

»Die Bestimmung der Autorschaft nicht zu vergessen«, warf Maggie ein. »Hat schon viele Täter überführt und ist ein wichtiger Teil der forensischen Linguistik.«

»Genau«, stimmte Eiriksson zu. »Auf wissenschaftlicher Basis, präzise, fundiert.«

»Was man von der Graphologie eben nicht gerade behaupten kann«, wiederholte Maggie.

»Von der Handschrift eines Menschen auf seine Persönlichkeit zu schließen, ist höchst spannend«, erwiderte Eiriksson mit glänzenden Augen.

»Zugleich rein spekulativ«, warf Maggie erneut ein. »Ich finde es berechtigt, dass die Graphologie nicht als Teil der forensischen Linguistik anerkannt wird.«

»Und doch sitzen Sie genau deshalb vor mir«, erwiderte Eiriksson. »Die bekannteste forensische Linguistin des BKA.«

Maggie lachte. »Touché.«

»Aber Sie haben schon Recht«, sprach Eiriksson weiter. »Laut weit verbreiteter Expertenmeinung beruht das Konstrukt der Graphologie auf Hypothesen und Spekulationen. Doch vor ein paar Jahren gab es einen Umschwung, eine Neuorientierung.«

Maggie horchte auf.

»Dazu hat uns die Entwicklung der Gesellschaft gezwungen«, erklärte Eiriksson. »Es gibt immer mehr Menschen, die sehr alt werden und mit zittriger Hand Testamente schreiben. Gleichzeitig erkranken immer mehr Menschen an Alzheimer. So gibt es zunehmend Streitfälle, wie die geistige Verfassung der alten Menschen war, wenn sie ihr Testament geschrieben haben.«

»Ob sie an Alzheimer erkrankt waren oder nicht«, ergänzte Maggie.

»So ist es«, bestätigte Eiriksson. »Wir Schriftsachverständigen sollen also prüfen, ob es sich um normale Alterserscheinungen handelt, die sich in der Schrift zeigen, oder um den Beginn einer neurologischen Erkrankung.«

»Das ist möglich?«, fragte Maggie.

Eiriksson neigte den Kopf und lächelte. »Ja, es scheint so, aber diese Erkenntnis ist noch nicht so alt und wir verfügen im Moment nur über eine dünne Schicht von Indizien. Dennoch legen diese nahe, dass man den Unterschied zwischen gesunder Alterung und neurologischen Alterserkrankungen auch an der Handschrift erkennen kann.«

»Das haben Sie in den schriftlichen Dokumenten von Behnke gesehen«, fügte Maggie hinzu.

»Ganz genau, und ich finde, es ist schon ziemlich deutlich. Aber die wissenschaftlichen Untersuchungen reichen nicht aus, damit es vor Gericht als Beweis durchgeht. Es ist noch zu früh, dafür braucht es ein paar weitere Jahre, vielleicht sogar Jahrzehnte an Forschung und Veröffentlichungen dazu.«

»Verstehe«, sagte Maggie.

»Deshalb macht es keinen Sinn, das im Gutachten festzuhalten. Wissenschaftlich gesehen ist das eine rein spekulative Behauptung.«

»Wie sicher sind Sie, dass Behnke an Alzheimer litt und erste kognitive Einschränkungen bereits spürbar waren?«, hakte Maggie trotzdem nach.

Achselzuckend entgegnete Eiriksson: »So sicher man bei der dünnen Datenlage sein kann.«

»Gut«, erwiderte Maggie. »Dann wissen wir zumindest, wo wir stehen.«

Als sie wieder auf die Straße trat, vermisste sie Karl schmerzlich. Er wäre jetzt genau der Gesprächspartner, mit dem sie die Gemengelage aus nicht beweisbaren, aber spekulativ untermauerten Hypothesen gern diskutiert hätte.

Sie sah auf ihr Smartphone. 13 Uhr, Zeit für ein schnelles Mittagessen. Unentschlossen verharrte ihr Blick eine Weile auf dem Display, dann beschloss sie, dass auch sie Cem jetzt eine Chance geben sollte. Sie klickte sich durch ihre Kontakte, und als das Freizeichen ertönte, hob sie das Handy ans Ohr.

»Cem Bayrak«, meldete sich Karls Praktikant kurz darauf.

»Was halten Sie davon, wenn wir unser Mittagessen diesmal im Sitzen einnehmen?«, fragte Maggie.

»Klingt gut«, erwiderte Cem. »Wo?«

Mit wenigen Worten beschrieb Maggie ihm ein Bistro am Alsterdorfer Damm, das sie am vergangenen Abend im Vorübergehen gesehen hatte.

»Moment«, sagte Cem, ehe er nach einer kurzen Pause fortfuhr: »Laut Google könnte ich in zwanzig Minuten dort sein.«

»In Ordnung«, entgegnete Maggie, »ich brauche etwa dreißig Minuten. Dann sehen wir uns dort.«

Sie schaffte es in weniger als einer halben Stunde und hatte bereits eine Cola Zero vor sich stehen, als Cem die Tür aufstieß und mit einem Schwung kichernder Teenager das Bistro betrat. Mit einem knappen Gruß setzte er sich zu ihr und betrachtete anerkennend die Alster und die angrenzende Grünanlage.

Die Kellnerin, eine mehrfach gepiercte und tätowierte Endfünfzigerin mit strahlendem Lächeln, kam an ihren Tisch und nahm die Bestellung auf. Kurze Zeit später brachte sie Cem eine Flasche Wasser und ein schlankes Glas.

Als er sich einschenkte, hob Maggie ihr Glas, nickte kurz und sagte: »Ich heiße Maggie.«

»Ich weiß«, erwiderte Cem.

Unwillkürlich musste Maggie lachen und Cem hob mit breitem Lächeln sein Glas. »Cem«, sagte er mit einem Augenzwinkern.

Als Maggie das Glas vor sich abstellte, war sie gedanklich wieder bei dem, was der Schriftsachverständige ihr erzählt hatte. Sie berichtete Cem von dem Gespräch, nur unterbrochen von der Kellnerin, die ihnen ein Hühnchen-Sandwich und eine Focaccia servierte.

»Dünne Datenlage«, bemerkte Cem schließlich und wischte sich die Hände an der Serviette ab.

»Jep«, entgegnete Maggie.

»Aber es ist nur ein Puzzlestein in dem Spiel. Seine Handschrift deutet auf Alzheimer, seine Ausfälle in seinem Stammlokal deuten auf Alzheimer, und seine Haushälterin vermutete schon seit einigen Monaten, dass er dieselbe Krankheit haben könnte wie seine Mutter. Da kommt eins zum anderen.«

Interessiert hob Maggie den Kopf. »Hat sie das gesagt?«

Cem nickte. »Ist natürlich alles Spekulation, kein Beweis. Aber es wird immer wahrscheinlicher.«

Still blickten sie hinaus auf die Alster. Die Bäume der angrenzenden Grünanlage reckten ihre Zweige in den grauen Märzhimmel.

»Solange sein Hausarzt mauert, können wir nicht sicher sein«, sagte Maggie nach einer Weile. »Bin gespannt, ob Schröder mehr aus ihm herausholen kann.«

»Behnke und sein Hausarzt waren alte Freunde«, warf Cem ein.

»Woher wissen Sie«, fragte Maggie, hielt inne und korrigierte sich: »… weißt du?«

Nachdenklich nahm Cem den letzten Bissen und wischte sich anschließend über den Mund. »Ich wasch mir mal eben die Hände«, sagte er und verschwand im hinteren Teil des Bistros, wo die Gruppe Teenager sich inzwischen um mehrere Schüsseln versammelt hatte und mit lautem Quieken und Lachen nach Nachos fischte.

Wenig später kam Cem zurück, setzte sich und nahm einen Schluck Wasser. »Hat Thorhoven erzählt«, beantwortete er dann Maggies Frage, als wäre das Gespräch nie unterbrochen worden.

»Die Haushälterin.«

»Unsere zuverlässigste Quelle«, bestätigte Cem. »Übrigens gibt es Neuigkeiten von der Kriminaltechnik.«

»Woher weißt du?«, fragte Maggie. Dass sie die Frage in so kurzer Zeit bereits zum zweiten Mal stellte, hätte sie nicht erwartet.

»Flurfunk«, sagte Cem.

»Und?«

»Die Waffe stammt aus der Asservatenkammer.«

Entgeistert starrte Maggie ihn an. »Nicht dein Ernst.«

Cem freute sich wie ein kleines Kind, dass ihm diese Überraschung gelungen war. »Doch«, bestätigte er grinsend. »Eine Glock 17, ist vor zwei Jahren bei einem Raubüberfall beschlagnahmt worden. Da der Prozess noch bevorsteht, hat bisher niemand die Waffe vermisst. Kein Mensch weiß, wie lange sie schon fehlt.«

»Das engt den Kreis der Verdächtigen ganz entschieden ein«, stellte Maggie fest. »Das wird Engler nicht gefallen. Ganz und gar nicht.«

15.

Maggie war nicht überrascht, als Luise mit Engler im Schlepptau das Besprechungszimmer betrat. Rehling und Dreisam bemerkten ihn als Erste und beendeten mit einem Nicken ihr Gespräch.

Auch die restlichen Gespräche verstummten allmählich, bis nur noch Kubiceks quäkender Alt zu hören war. »Kennst du jemanden von der Staatsanwaltschaft?«, fragte er Lambrecht. Als keine Antwort kam und er ihrem Blick folgte, rückte er hastig seine Unterlagen zurecht.

Die Spannung im Raum war spürbar. Maggie konnte es Engler und den anderen nicht verdenken.

Wie gewohnt begrüßte Luise die Mitglieder der SOKO und übergab dann ihrem Vorgesetzten das Wort.

Bedächtig erhob sich Engler, stellte beide Füße weit auseinander und verschränkte die Arme vor der Brust. Von oben herab blickte er auf ihre Gesichter. »Liebe Kolleginnen und Kollegen«, begann er mit pathetischer Stimme. Die Anspannung verstärkte seine Hamburger Intonation.

»Trägt dick auf«, wisperte Cem.

Verärgert runzelte Engler die Stirn und sein suchender Blick blieb an Cem hängen. Maggie hoffte, dass Engler die Worte nicht verstanden hatte.

»Die Kriminaltechnik konnte gestern die Mordwaffe im Fall Behnke einer alten Spur zuordnen«, sprach Engler mit finsterer Miene weiter. »Einem Raubüberfall vor zwei Jahren. Es handelt sich um eine Glock 17, die damals abgefeuert wurde und den Besitzer einer Tankstelle schwer verletzt hat. Die beiden Tatverdächtigen sind nach wie vor flüchtig.« Erneut räusperte sich der Leiter der Mordkommission und sah nach unten, als wollte er sich vergewissern, dass er auf festem Boden stand, dann fuhr er fort: »Diese Waffe und ihre Spuren sind in unserer Datenbank zu finden – aber nicht mehr in der Asservatenkammer.« Nun sah er anklagend in die Runde und als er weitersprach, hatte seine Stimme einen strafenden Unterton. »Es gibt keinen Hinweis, wer die Waffe aus der Kammer entwendet hat und seit wann sie schon fehlt. So weit die Fakten.« Er atmete aus und fast wirkte es, als wäre er froh, es endlich ausgesprochen zu haben.

Unauffällig betrachtete Maggie die Gesichter der anderen. Die Information schien niemandem neu zu sein, der Flurfunk hatte ganze Arbeit geleistet. Doch allen war die Anspannung anzusehen. Ab jetzt war es persönlich.

»Sie wissen, was das bedeutet«, fuhr Engler entschlossen fort. Der Zusatz war vollkommen überflüssig, Maggie konnte sich nicht vorstellen, dass irgendjemand aus der SOKO nicht wusste, was das hieß. Selbst Cem musste es klar sein, spätestens seit ihrem Gespräch am vorigen Tag. Sie begegnete Englers prüfendem Blick.

Seufzend sah Engler ein weiteres Mal zu Boden, als könnte er dort seine nächsten Worte ablesen. Dann hob er den Kopf und heftete seinen Blick auf Maggie. »Frau Kofler, ich danke ihnen sehr für Ihre Arbeit. Aber nun, da klar ist, dass wir den Täter oder die Täterin in den eigenen Reihen suchen müssen, ist Ihre Arbeit hier beendet. Sie können sich wieder Ihren anderen Projekten widmen.« Sein Blick wanderte weiter, und als er bei Cem angelangt war, trat erneut ein missbilligender Ausdruck in seine Augen. »Und Herr Bayrak auch.«

»Ich …«, begann Maggie, aber noch während sie hastig überlegte, was sie darauf erwidern sollte, erhob sich Luise von ihrem Platz.

Maggie schloss den Mund und verfolgte interessiert die ungewohnt langsamen Bewegungen ihrer Ex. Es war, als wollte sie Zeit schinden, um sich die passenden Worte zurechtzulegen. Schließlich stand sie ihrem Vorgesetzten auf Augenhöhe gegenüber.

»Kriminaloberrat Engler«, begann Luise förmlich, ihr Blick war respektvoll und herausfordernd zugleich.

Jetzt nutzt sie die Gelegenheit, mich loszuwerden, schoss es Maggie durch den Kopf. Obwohl sie so etwas wie Bedauern spürte, war der rationale Teil in ihr froh, Hamburg und Luise endlich wieder hinter sich lassen zu können.

»Wir haben in den vergangenen Tagen gute Fortschritte gemacht, wie Sie ja aus unseren Berichten gesehen haben«, fuhr Luise fort. »Auch die Arbeit von Frau Kofler und Herrn Bayrak hat wertvolle Hinweise geliefert.« Sie nickte in Richtung von Maggie und Cem und richtete anschließend ihre ganze Aufmerksamkeit wieder auf Engler. »Beide folgen im Moment wichtigen Spuren. Ich würde es sehr bedauern, jetzt auf sie verzichten zu müssen. Gerade in dieser schwierigen Situation kann die SOKO MOB jede helfende Hand gebrauchen.«

Maggie horchte auf. Das waren ja ganz neue Töne.

Auch Engler wirkte erstaunt. »Das Drohschreiben ist analysiert«, erwiderte er, »weitere Erkenntnisse sind aus den schriftlichen Dokumenten nicht zu erwarten.«

»Es haben sich neue Erkenntnisse ergeben aus den handschriftlichen Dokumenten, die wir in Behnkes Büro und in seinem privaten Arbeitszimmer gefunden haben«, setzte Luise ihre Rede unbeeindruckt fort. »Frau Kofler und Herr Bayrak gehen diesen Spuren gerade nach. Es könnte sein, dass Herr Behnke in den vergangenen Monaten Symptome einer beginnenden Demenz gezeigt hat. Wir gehen davon aus, dass die Erkrankung in Zusammenhang mit seinem Tod stehen könnte.«

Engler verzog das Gesicht, doch Maggie war sicher, dass ihm diese Information nicht neu war.

»Ich brauche Frau Kofler und ihre wertvolle Expertise auch weiterhin«, beendete Luise ihre Ansprache.

Maggie staunte noch immer. Luise warf sich ungemein für sie ins Zeug. Warum? Inzwischen ruhten die Blicke aller Mitglieder der SOKO MOB gebannt auf Engler. Würde er Luise widersprechen oder mit dieser öffentlichen Niederlage vom Platz gehen?

Das erwartungsvolle Schweigen hing unangenehm im Raum. Schließlich verzog Engler das Gesicht zu einem schmallippigen Lächeln und zerrte an seinem Krawattenknoten, als bekäme er nicht genug Luft. Sollte er lieber lassen, dachte Maggie, lässt ihn schwach aussehen.

»Es ist Ihre SOKO«, sagte er dann und senkte scheinbar demütig den Kopf, »Ihre Entscheidung. Wir werden sehen, ob der Erfolg Ihnen Recht gibt.« Nun hob er den Blick und die Drohung, die aus seinen Worten klang, lag auch in seinen Augen.

»Danke«, erwiderte Luise ungerührt. »Ich weiß Ihr Vertrauen zu schätzen.«

In Englers Augen trat ein gefährliches Glitzern. Es war ihm sichtlich unangenehm, dass ihre Machtprobe so öffentlich stattfand. »Wir werden sehen«, sagte er leise und seine Mundwinkel zogen sich nach unten. Mit säuerlicher Miene nickte er in die Runde, zog seinen Krawattenknoten ein letztes Mal zurecht und verließ den Besprechungsraum ohne ein weiteres Wort.

Kaum hatte sich die Tür hinter ihm geschlossen, erteilte Luise Nicki Lambrecht das Wort und gab ihnen somit keine Gelegenheit, über das kurze Zwischenspiel nachzudenken.

Lambrecht fuhr sich mit flacher Hand über ihren Stoppelhaarschnitt und erläuterte ausführlich, warum die KTA so sicher war, dass es sich bei der Mordwaffe um die entwendete Waffe aus der Asservatenkammer handelte, doch Maggie konnte sich kaum auf ihre Worte konzentrieren. Die Szene mit Engler beschäftigte sie. Warum hatte Luise so dafür gekämpft, dass sie bleiben konnte? Noch vor zwei Tagen hatte sie es sehr eilig gehabt, sie wieder wegzuschicken. Und eine weitere Frage stellte sich. Warum wollte Engler sie auf einmal loswerden? Schließlich hatte er sie angefordert. Jetzt, da er wusste, dass die Spuren ins Präsidium führten, schien für ihn der Ermittlungserfolg nicht mehr an erster Stelle zu stehen. Aber warum hatte er dann nachgegeben?

Die Erkenntnis durchfuhr Maggie unerwartet. Luise war erst vor Kurzem befördert worden und die Leitung der SOKO MOB sollte vermutlich ihr Meisterstück werden, daher war mit dem Erfolg oder Misserfolg der SOKO der weitere Verlauf ihrer Karriere bei der Polizei vorgezeichnet. Mit ihrer Entscheidung für Maggie und Cem hatte Luise die Fallhöhe für den Erfolg der SOKO vergrößert und damit ihren Wetteinsatz auf den Sieg verdoppelt. Engler wiederum hatte durch sein Zugeständnis, das in Wirklichkeit gar keines war, lediglich den Druck erhöht. Angeblich wollte er diesen Fall möglichst schnell geklärt haben, doch viel größeres Interesse schien er daran zu haben, dass Luise eine Bauchlandung machte.

Nach der Besprechung wartete Maggie noch zwei Stunden, bevor sie Luise in ihrem Büro aufsuchte. Als sie vor der halboffenen Tür stand, holte sie Luft und hob schließlich die Rechte, um mit dem Fingerknöchel gegen das Türblatt zu pochen.

»Ja«, erklang Luises Stimme, sie klang geistesabwesend.

Maggie trat ein und drückte die Tür hinter sich ins Schloss.

Luise sah irritiert auf.

»Danke«, sagte Maggie schlicht. »Gerne arbeite ich weiter an diesem Fall.«

»Bitte«, erwiderte Luise.

»Warum ...«, begann Maggie, doch Luise unterbrach sie mit einem Kopfschütteln.

»Ich will diesen Fall aufklären und ich werde dafür nichts unversucht lassen. Deine Arbeit hat uns wertvolle Erkenntnisse gebracht, und ich werde nicht zulassen, dass Engler meine Arbeit unterläuft. Der wartet nur darauf, dass ich einen Fehler mache, damit er mich loswird, aber so einfach werde ich es ihm nicht machen.«

Das war die alte Luise. »Danke«, wiederholte Maggie leise und lächelte. Die Quotenmutter, hallte es in ihr nach, und spontan sagte sie: »Ich würde mich freuen, wenn du mir ein bisschen von Leo erzählst.« Kaum war es heraus, hätte sie sich am liebsten die Zunge abgebissen.

Luises Miene verfinsterte sich. Beinahe drohend erhob sie sich, bis sie in voller Größe hinter ihrem Schreibtisch stand, dann hob sie beide Hände. Wie ein Racheengel sah sie aus. »Wir sollten jetzt weiterarbeiten«, erklärte sie kühl. »Wir brauchen alle Energie für diesen Fall.«

Wortlos sah Maggie sie an. Es gibt keinen Grund, ein schlechtes Gewissen zu haben, sagte sie sich, und doch konnte sie nicht verhindern, dass die dunklen Geister der Vergangenheit mit klammen Fingern nach ihrer Seele griffen. »Du weißt ...«, begann sie, doch der finstere Blick Luises ließ sie schweigen.

Demütig senkte sie den Kopf. »Wie du willst«, entgegnete sie, wandte sich ab und öffnete die Tür.

Hinter ihr erklang Luises Stimme, immer noch mit diesem distanzierten Unterton. »Ich bin dir nichts schuldig.«

Maggie hielt inne. Ohne sich umzuwenden, erwiderte sie: »Ich weiß«, und in ihrem Kopf formulierte sie die Worte, die sie sich verkniff: *Ich dir auch nicht.*

Als sie über den Flur in ihr gläsernes Büro zurückkehrte, spürte sie, wie sie zitterte. Ihre Gedanken waren in Aufruhr. Sie war sehr nahe daran gewesen, etwas über Leo zu erfahren, so hatte es sich zumindest angefühlt, doch dann … Ihre Augen füllten sich mit Tränen.

Maggie schluckte. Entschlossen griff sie nach den Unterlagen, die auf dem Tisch verstreut lagen. Ihre Hände wurden ruhiger, als sie die Kopie des Drohschreibens zu sich herüberzog. Mehr als hundert Mal hatte sie die wenigen Sätze schon gelesen, doch es gelang ihr dadurch auch diesmal, sich wieder auf die Arbeit zu konzentrieren.

Vergnügt betrat Cem das Polizeipräsidium. Er freute sich auf das Gespräch mit Maggie.

Als er durch das Großraumbüro schritt, sah er bereits von Weitem, wie sie konzentriert vor ihrem Monitor saß.

Lächelnd öffnete er die Tür und ließ sich ihr gegenüber auf einen Stuhl fallen. »Hey, Maggie«, sagte er.

Gedankenverloren hob sie den Kopf. »Hey, Cem«, erwiderte sie seinen Gruß mechanisch und ließ sich in ihrem Stuhl zurückfallen. Ihr Blick wirkte verschwommen und er wartete geduldig, bis sie ihn wirklich ansah.

»Irgendwelche neuen Erkenntnisse?«, fragte er gut gelaunt.

Maggie schüttelte den Kopf. »Nichts Neues«, antwortete sie. »Und bei dir?«

»Ich war noch mal draußen bei Behnkes Villa«, begann Cem. »Die Haushälterin ist richtig auskunftsfreudig, sie ist froh, jemanden zum Reden zu haben.«

»Und?«

»Behnke und seine Kinder haben seit Jahren keinen Kontakt zu seiner Ex beziehungsweise zu ihrer Mutter, und Thorhoven hat nicht mitbekommen, dass sich das in letzter Zeit geändert hätte. Außerdem war ihr Deutsch wohl ziemlich schlecht. Sie hat sowohl mit Behnke als auch mit ihren Kindern Englisch gesprochen. Nur mit der Haushälterin hat sie sich auf Deutsch verständigt, weil Thorhoven kein Englisch versteht. Aber es waren wohl nur wenige deutsche Worte, die sie kannte, das meiste ging nonverbal. Sie hat auch keinen Unterricht genommen, da außer Thorhoven alle in ihrer Umgebung Englisch gesprochen haben. Es gab also keinen Grund für sie, besser Deutsch zu lernen. Die Kinder haben zwar mit der Mutter Englisch gesprochen, aber mit allen anderen Deutsch.«

Maggie seufzte. »Die Ex ist also raus und die Kinder sind zweisprachig aufgewachsen. Beide Native Speaker des Englischen, aber auch des Deutschen. Das bringt uns nicht weiter.«

Cem hob bedauernd die Schultern.

»Wir sollten unbedingt mit Julia und Markus Behnke sprechen«, sagte Maggie. »Sie müssen mitbekommen haben, dass ihr Vater Symptome hatte. Das kann ihnen doch nicht egal gewesen sein.«

Ratlos schüttelte Cem den Kopf. »Frau Becker will es nicht, was sollen wir da machen?«

»Ja, was sollen wir da machen«, wiederholte Maggie und zog jedes Wort in die Länge.

Cem lachte. »Besonders wenn die eigene Ex das Sagen hat.«

Diesmal erwiderte Maggie sein Lachen. Es tat gut, dass sie ihm endlich vertraute. Unwillkürlich musste er an Karl denken. Er würde ihn nie ersetzen können, aber er war sicher, dass sie jetzt eine gute Basis für ihre künftige Arbeit hatten.

»Luise hat bestimmt einen Grund, warum sie Julia Behnke schonen will«, sagte Maggie.

»Ich denke auch«, entgegnete Cem leise und sah nach nebenan. Dort waren nur wenige Schreibtische besetzt und die Anwesenden schienen in die Arbeit vertieft zu sein, niemand achtete auf das Gespräch im Nebenraum.

Fragend sah Maggie ihn an.

»Ich könnte versuchen, mehr herauszufinden«, erwiderte Cem leise.

»Wie?«, fragte Maggie überrascht.

»Mit den Leuten reden«, fuhr Cem fort.

Erschrocken warf Maggie einen Blick hinüber in das Großraumbüro und hob abwehrend die Hand.

»Nein«, sagte Cem beschwichtigend. »Nicht die Kolleginnen und Kollegen. Ihr privates Umfeld. Nachbarinnen, der Verkäufer von nebenan.«

Maggie schüttelte den Kopf. »Deine Entscheidung«, sagte sie vorsichtig, »ich halte mich da besser raus.«

Cem blickte sie einen Moment nur an, dann grinste er verschwörerisch und nickte wortlos.

Den Nachmittag verbrachte Maggie in der Bibliothek des Instituts für Germanistik und las weitere Artikel zum Thema Deutsch als Zweitsprache und Mehrsprachigkeit. Ihr wurde immer klarer, dass es entgegen ihrer ersten Hypothese nun zwei Möglichkeiten gab. Entweder war der Drohbrief von einer Person geschrieben worden, die mehrsprachig aufgewachsen war, und dafür, dass sie Deutsch als Erstsprache erlernt hatte, erstaunlich viele Fehler machte. Oder der Brief war von einem Menschen verfasst worden, der Deutsch als Zweitsprache erlernt hatte und sowohl eine gute mündliche Kompetenz als auch eine ziemlich gute schriftliche Kompetenz erworben hatte.

Sie loggte sich aus dem System aus und fuhr ihren Laptop herunter, dann schnappte sie sich ihren Rucksack und machte sich auf den Weg ins Präsidium.

Noch ganz in Gedanken lief sie an den glänzenden Fassaden der Bürokomplexe vorbei, ohne Einzelheiten wahrzunehmen. Ihre letzten Analysen und Recherchen hatten den Kreis der potenziell Verdächtigen nicht enger gefasst, sondern im Gegenteil noch ausgeweitet. Sie seufzte.

Der neugierige Blick eines jungen Mannes streifte sie. Er war Teil einer Gruppe, die ihr mit Taschen und Schlafsäcken bepackt entgegenkam, sie schienen sich fröhlich schwatzend auf einen gemeinsamen Abend zu freuen.

Maggie wandte die Augen ab und versuchte sich wieder auf die Ausgangsfrage zu konzentrieren: Was bedeuteten ihre Erkenntnisse für den Fall Behnke? Julia und Markus Behnke hatten in ihren ersten Lebensjahren mit ihrer Mutter Englisch gesprochen, doch sie waren in einer deutschen Umgebung aufgewachsen und beide hatten studiert. Es war schwer vorstellbar, dass sie einen so fehlerbehafteten Brief produzieren würden.

Ein Geräusch ihres Smartphones riss sie aus ihren Gedanken. Es war eine Nachricht von Cem:

Gibt Neuigkeiten. Wann und wo?

16.

Als Maggie das Bistro am Alsterdorfer Damm erreichte, hatte Cem bereits ein Glas Wasser und eine Schüssel mit Suppe vor sich stehen und löffelte genüsslich.

»Kürbis?«, fragte Maggie und stellte den Rucksack neben sich auf die Bank.

Cem murmelte zustimmend und aß schweigend weiter, bis Maggie eine Cola Zero bei der Bedienung bestellte, einer schläfrig wirkenden Sechzehnjährigen, auf deren T-Shirt Disneys Eiskönigin prangte.

Es fiel Maggie schwer, ruhig zu bleiben, doch Cem sollte ihre Anspannung nicht mitbekommen. Nicht, wenn sie es verhindern konnte. Was vermutlich nicht der Fall war. Scheinbar gelassen sah sie ihm beim Essen zu und konnte es sich dann doch nicht verkneifen: »Und?«

Entschuldigend deutete Cem auf seine Suppe. Maggie nickte.

Wenige Minuten später brachte die junge Frau mit dem Eiskönigin-T-Shirt ein beschlagenes Glas und stellte es vor Maggie ab. Sie hatte ihre Cola schon halb geleert, als Cem schließlich die Schüssel zur Seite schob und den Löffel ablegte.

»Danke«, sagte er schlicht und wischte sich über den Mund.

»Da nich’ für«, gab Maggie zurück. Der norddeutsche Spruch, den sie in den vergangenen Tagen häufig gehört hatte, gefiel ihr. Er war eine schöne Alternative zu dem profanen *Bitte*, wie es früher üblich war, oder dem *gerne*, das sich seit einigen Jahren in der ganzen Republik ausbreitete und allmählich zur Standardantwort wurde.

Mit einem Räuspern griff Cem nach seinem Glas und nahm einen Schluck Wasser.

Maggie sah ihn beunruhigt an. »So schlimm?«

»Weiß nicht«, erwiderte Cem verlegen. Wieder räusperte er sich.

»Du warst nicht lange unterwegs«, begann sie, um Cem zum Sprechen zu bewegen.

Seine Stirn legte sich in sorgenvolle Falten. »Es war nicht schwer«, erwiderte er. »Sie wohnen in einer guten Gegend. Eimsbüttel, Henriettenweg, gegenüber der Einmündung Tornquiststraße. Viele Menschen dort kennen und respektieren die beiden.«

Fragend zog Maggie die Augenbrauen hoch.

»Die Kriminalhauptkommissarin und ihre Frau Katharina Becker. Luise Becker trägt den Nachnamen ihrer Ehefrau.« Er schwieg und musterte sie besorgt.

»Schon gut«, erwiderte Maggie und zwang sich zu einem Lächeln. »Unsere Trennung ist ewig her. Bin drüber weg. Ich will nur wissen, warum sie Julia Behnke schont.«

»Julia Behnke und Katharina Becker haben dieselbe Schule besucht. Eine internationale Schule in Groß Flottbek. Sehr beliebt bei den besser gestellten Familien Hamburgs.«

»Woher …«, fragte Maggie verwundert.

»In den besseren Kreisen«, antwortete er und betonte das Wort »bessere« ganz besonders, »wird die Luft dünn. Da gibt es nicht mehr so viele.«

»Dieselbe Schulklasse?«, wollte Maggie wissen.

Cem schüttelte den Kopf. »Julia Behnke war eine Jahrgangsstufe unter der von Katharina Becker. Aber ich würde vermuten, die beiden kennen sich.«

Nachdenklich nickte Maggie. Als sie Cems forschendem Blick begegnete, sagte sie gedehnt: »Das würde einiges erklären.«

Dann griff sie nach ihrem Rucksack und stand auf. »Das hilft weiter«, erklärte sie betont munter, winkte der Bedienung, die inzwischen am Tresen saß und nur widerwillig ihr Smartphone zur Seite legte, und öffnete ihr Portemonnaie.

Cem nahm ebenfalls seine Tasche, versenkte seinen Arm darin und förderte einen Lederbeutel zutage.

Nachdem sie bezahlt hatten, verließen sie gemeinsam das Lokal.

»Muss noch kurz ins Hotel«, sagte Cem, »hab heute Morgen meinen Laptop vergessen. Zur Besprechung sollte ich es bis ins Präsidium geschafft haben.«

»Hm«, murmelte Maggie und beobachtete stumm, wie er seine Jacke enger zog.

»Bis später«, erklärte er gut gelaunt und wandte sich ab.

Der Blick auf seinen Rücken gab Maggie den Mut, ihre letzte Frage zu stellen. »Wie lange schon?«

Cem verharrte, wandte sich schließlich um und sah sie sorgenvoll an.

»Krieg ich hin«, versuchte es Maggie mit einem Scherz.

»Elf Jahre«, erwiderte Cem zögernd. »Luise und Katharina Becker haben vor elf Jahren geheiratet.«

Im Besprechungsraum war die Luft stickig. Maggie ging zur Fensterfront und öffnete einen der Fensterflügel. Ihr Gesicht, das förmlich zu glühen schien, wurde von einem kühlen Lufthauch gestreift. Noch immer kreiste die Zahl in ihrem Kopf. Elf Jahre, sie waren schon seit elf Jahren verheiratet.

Deprimiert rieb sie sich die Wangen, um das verräterische Rot zu überdecken, und wandte sich um. Der Konferenztisch war nur zur Hälfte besetzt, die SOKO MOB trudelte erst nach und nach ein. Drüben am Whiteboard stand Kubicek, starrte auf die Notizen, nahm Zettel ab, verschob vorhandene und schrieb neue.

Um sich auf andere Gedanken zu bringen, schlenderte Maggie zu ihm hinüber. Gerade entfernte Kubicek eine Linie, die den Namen von Julia Behnke mit dem ihres Vaters verband. Dann löschte er die Worte *Wird sie enterbt?*, nahm sich einen Whiteboardmarker und schrieb an die nun leere Stelle: *Handschriftliche Notizen, kein wirksames Testament.*

Überrascht öffnete Maggie den Mund, doch ein Geräusch verriet, dass die Tür geschlossen wurde. Kubicek fuhr herum, hastete mit gesenktem Kopf zu seinem Platz und legte den Whiteboardmarker geräuschlos vor sich ab.

Am Kopfende des Konferenztisches zog sich Luise einen Stuhl heran und setzte sich. Fast alle Plätze waren inzwischen besetzt, Rehling fummelte an seinem Laptop herum, Dreisam beobachtete Luise interessiert und Schröder blätterte gelangweilt in ihrem Notizbuch.

Auch Maggie setzte sich und lauschte Luises Begrüßungsworten.

Elf Jahre, dachte sie erneut und beobachtete ihre Ex grimmig, du hast es verdammt eilig gehabt, mich durch eine andere zu ersetzen.

Ihr Blick wanderte zum Fenster und heftete sich an die dunkle Wolkenformation am Horizont, dabei wiederholte sie stumm ihr Mantra, das sie nun seit dreizehn Jahren begleitete: Hör auf, über Luise nachzudenken. Hör auf. Sie stellte sich bildlich vor, wie sie alle Gedanken an Luise und ihre neue Frau in den dunkelsten Winkel ihres Gehirns verbannte. Dort, wo sie schon viele andere Gedanken an Luise gebunkert hatte. Leider versagte ihr Mantra diesmal, Bilder blitzten vor ihrem inneren Auge auf und bohrten sich wie vergiftete Pfeile in ihre Seele: Luise, ihre neue Frau Katharina und Leo, wie sie am Frühstückstisch saßen, gemeinsam aßen und gemeinsam lachten, während die Sonne draußen vor dem Haus allmählich höher stieg, um die Familienidylle in gleißendes Licht zu tauchen und in ihre fiktive Netzhaut zu brennen.

»… noch mal mit dem Anwalt telefoniert.« Schröders Stimme sickerte in ihr Bewusstsein.

Mit schlechtem Gewissen wandte Maggie den Kopf und sah zu der jungen Beamtin.

»Ich habe noch einmal nach dem Testament gefragt«, berichtete Schröder. Ihr Blick war auf die Notizen, die vor ihr lagen, gerichtet. Unruhig rieb sie sich die Hände, bevor sie weiterlas. »Als der Anwalt das heute gültige Testament aufgesetzt hat, wollte das Opfer einen Passus darin haben, dass kein späteres Testament das notarielle Testament widerrufen kann.«

»Ist das üblich?«, fragte Luise.

»Habe ich ihn auch gefragt«, entgegnete Schröder, sichtlich stolz darauf, dass sie ein weiteres Indiz ausgegraben hatte. »Der Anwalt meinte, diese Bitte habe er noch nie gehört. Und, noch wichtiger: Das ist rechtlich nicht möglich. Selbst wenn Behnke nur ein einfaches handschriftliches Testament verfasst hätte, würde es das notarielle Testament widerrufen. Vorausgesetzt, das neue Testament entspricht den Vorgaben und ist wirksam.«

»Behnkes handschriftliches Testament hätte also das aktuell gültige Testament ersetzen können?«, vergewisserte sich Luise.

»Nein«, erwiderte Schröder und zwinkerte nervös, »nicht so, wie es uns vorliegt. Ich habe dem Anwalt vor dem Telefonat eine Kopie der Unterlagen zukommen lassen, die wir in Behnkes Büro gefunden haben. Ohne Datum und Unterschrift sind die Entwürfe wertlos, sie können das offizielle Testament nicht ablösen.«

»Habe ich als mögliches Motiv der Tochter bereits gestrichen«, warf Kubicek ein und wies auf das Whiteboard.

»Behnke hatte einen Termin mit seinem Anwalt vereinbart«, gab Maggie zu bedenken. »Das Treffen sollte nur wenige Tage nach seinem Tod stattfinden, da hätte er sein Testament offiziell ändern können. Das Motiv der Tochter ist damit nicht vom Tisch.«

Kritisch musterte Luise die Skizzen auf dem Whiteboard. »Hat der Anwalt was dazu gesagt?«

»Er hat keine Ahnung, was Behnke von ihm wollte«, erwiderte Schröder.

»Also ist die Tochter nicht außen vor«, wiederholte Maggie.

Mit unbewegter Miene drehte Luise den Kopf. Ihre Blicke begegneten sich. Maggie hätte schwören können, dass Luise sich über sie ärgerte.

Scheinbar unbeeindruckt wandte sich ihre Ex an Schröder: »Wir sollten …«

Ihre Worte gingen unter im Geräusch der Türe und den hastigen Schritten von Cem.

»Sorry, Leute«, rief er atemlos. »Unfall auf den Schienen, die S-Bahn kam nicht durch, ich musste laufen.«

»So genau wollten wir es nicht wissen«, grummelte Dreisam und verzog das Gesicht.

Mit weitausholenden Schritten kam Cem nach hinten und ließ sich auf den freien Platz neben Maggie fallen.

»Die Tochter bleibt als Verdächtige auf der Tafel«, fuhr Luise fort, als hätte es keine Unterbrechung gegeben.

Kubicek verzog den Mund, doch er nickte.

»Die Rechtsmedizin hat inzwischen bestätigt, dass Behnke an Alzheimer litt. In seinem Gehirn waren Ablagerungen zu finden, die typisch sind für Alzheimer. Die Kollegen haben sich dann sein Gehirn noch einmal angesehen und erste strukturelle Veränderungen gefunden. Diese seien aber nur minimal gewesen, hieß es, sonst hätten sie das selbstverständlich schon bei der Obduktion gesehen.«

»Faule Ausrede«, knurrte Rehling, auch andere murrten abfällig.

»Wir sollten den Arzt von Behnke zu einer Zeugenvernehmung ins Präsidium laden«, erklärte Luise. »Ich will mehr wissen über die mentalen Ausfälle des Opfers.«

»Was hat denn die Befragung von Behnkes Assistentin gebracht?« Rehling blickte zu Thomas Merz, der sich nun aufrichtete.

»Ich war in der Reederei und habe noch mal mit ihr gesprochen«, begann Merz und blätterte in seinem Notizbuch. »Sie hat nicht abgestritten, dass sie meist die Termine mit der Werft gemacht hat, oft im direkten Kontakt mit Peter Allgeier. Die beiden waren mehr als fünf Jahre zusammen, das war noch zu Zeiten, als Fromme bei der Werft gearbeitet hat, also vor über zwanzig Jahren. Aber sie und Allgeier sind bis heute gut befreundet, hat sie erzählt. Sie will nichts von Behnkes kriminellen Geschäften mitbekommen haben und auch nichts von Unregelmäßigkeiten bei der Wartung der Schiffe.« Dann schlich sich ein zufriedenes Lächeln in seine Augen. »Doch das Beste: Die beiden haben den Tatabend miteinander verbracht. Geben sich also gegenseitig ein Alibi.«

»Was sagt Allgeier?«, warf Luise ein.

Merz schüttelte den Kopf. »Den haben die Kollegen vom BKA befragt, er will nichts davon gewusst haben, dass in der Werft versteckte Hohlräume in Behnkes Schiffe eingebaut wurden.«

»Wir sollten Fromme in die Mangel nehmen«, sagte Rehling. »Bei ihr laufen alle Fäden zusammen. Sie hat guten Kontakt zu dem Mann, der für Behnkes Schiffe zuständig war. Ihre Fingerabdrücke finden sich überall in Behnkes Büro …«

»So wie die Fingerabdrücke von Markus und Julia Behnke«, ergänzte Maggie.

Missbilligend warf Rehling ihr einen Blick zu und fuhr fort: »… und sie hat bei ihrer Befragung gesagt, sie wisse nichts davon, dass Behnke in der Vergangenheit schon mal ein Hotelzimmer in

Hamburg gebucht hätte. Was, wenn sie lügt? Wenn sie von den kriminellen Geschäften von Behnke nicht nur wusste, sondern mit drinsteckt? Wie Kollege Merz gerade berichtet hat, fehlt ihr außerdem ein glaubwürdiges Alibi.«

»Ich bestelle Fromme und den Arzt zur Befragung ins Präsidium«, erklärte Kubicek eifrig.

Luise nickte ihm zu. »In Ordnung«, erwiderte sie. Dann sah sie zu Schröder. »Petra und ich führen die Befragungen durch.«

Kubiceks enttäuschten Blick ignorierend fragte sie: »Hast du schon etwas herausgefunden über die Waffe? Wie sie aus der Asservatenkammer verschwinden konnte?«

Widerwillig schüttelte Kubicek den Kopf. »Ich bin alles durchgegangen«, antwortete er zögernd und wich Luises Blick aus. »Bisher keine Anhaltspunkte, wie das passieren konnte. Aber Julia Behnke hatte vor …«, er zog seine Unterlagen zu sich, fuhr über die Zeilen, dann blieb sein Finger hängen, »… drei Wochen einen Termin bei den Kollegen von der Wirtschaftskriminalität. Ein Mandant von ihr sollte befragt werden.«

»Und?«, fragte Luise stirnrunzelnd.

»Vielleicht hat sie die Gelegenheit genutzt, in der Asservatenkammer vorbeizuschauen«, erwiderte er.

»Können die Kollegen von der Asservatenkammer das bestätigen?«, wollte Luise wissen.

Kubicek presse die Lippen zusammen und schüttelte den Kopf. Mit einem Seufzen blickte Luise in die Runde. »War es das für heute?«

Maggie hob die Hand. »Ich habe das Drohschreiben weiter untersucht. Kann sein, dass ich meine erste Analyse revidieren muss.«

»Heißt?«, fragte Rehling und sah sie ungläubig an.

»Vielleicht stammt das Drohschreiben doch nicht von einer Person, deren Erstsprache Englisch ist. Es könnte auch zu jemandem passen, der oder die mehrsprachig aufgewachsen ist. Wie die beiden Behnke-Kinder. Julia und Markus Behnke haben in ihren ersten Lebensjahren mit der Mutter Englisch gesprochen. Allerdings sind sie in einer deutschen Umgebung aufgewachsen, das erklärt die Fehler im Drohschreiben nicht.«

Ein lautes Stöhnen war zu hören.

»Vielleicht hat Julia Behnke die Notizen im Arbeitszimmer ihres Vaters entdeckt und dachte, er ist kurz davor, sie zu enterben«, fuhr Maggie fort. »Das ist ein handfestes Motiv.«

»Sie ist Anwältin«, warf Rehling ein und strich sich durch seinen Bart, der heute noch verwahrloster wirkte als sonst. »Ihr muss klar gewesen sein, dass die Entwürfe ihres Vaters ohne Unterschrift und ohne Datum nicht greifen.«

»Der Termin beim Anwalt«, wandte Dreisam ein. »Wenn sie mitbekommen hat, dass ihr Vater mit seinem Anwalt sprechen will, musste sie mit ihrer Enterbung rechnen.«

Rehling verzog das Gesicht, als hätte er in einen sauren Apfel gebissen.

»Gleich zwei Gründe, noch einmal mit der Tochter zu reden«, bekräftigte Maggie.

»Wir haben sie bereits zweimal befragt«, erwiderte Luise kalt. »Ich erwarte von einer weiteren Befragung im Moment keine neuen Erkenntnisse.«

»Beide Kinder wussten nichts von dem anstehenden Termin ihres Vaters bei seinem Anwalt«, warf Schröder ein und suchte hektisch in ihren Notizen. »Hat der Anwalt gesagt. Behnke hatte ihm mitgeteilt, dass er nicht will, dass seine Kinder davon erfahren.«

»Also lassen wir beide außen vor«, entgegnete Luise.

Verständnislos schüttelte Maggie den Kopf. »Könnte es sein, dass du einen Interessenkonflikt hast?«, sagte sie.

Um sie herum verstummten die Gespräche, neugierige Blicke wanderten vom einen Ende des Tisches zum anderen.

»Was meinst du?«, fragte Luise und ihre Stimme war gefährlich leise.

»Julia Behnke und Katharina kennen sich«, erwiderte Maggie.

Das Dröhnen eines herannahenden Hubschraubers schwoll an und erstickte jedes andere Geräusch.

Noch immer hielt Luise ihren Blick fest, doch sie zeigte keine Regung.

Das Dröhnen des Rotors ebbte ab.

Für eine Millisekunde schwankte Luise leicht nach rechts, dann kniff sie die Augen zusammen. »Julia Behnke ist mir persönlich nicht bekannt«, sagte sie mit drohendem Unterton. »Es gibt keinen Interessenkonflikt.«

»Was spricht denn gegen eine neuerliche Befragung?«, fragte Cem unschuldig.

Ruhig hob Luise den Kopf und sah in die Runde, als bemerkte sie erst jetzt, dass sie die volle Aufmerksamkeit aller hatte.

Eine Sekunde zerrann, niemand rührte sich.

»Ich sehe im Moment keinen Bedarf, Julia oder Markus Behnke erneut zu befragen«, entgegnete Luise und nickte Cem zu. »Das sollte reichen.«

Mit einem weiteren Nicken erhob sie sich, griff nach ihren Unterlagen und verließ mit gemächlichen Schritten den Besprechungsraum.

17.

In der Nacht wälzte sich Maggie unruhig von einer Seite zur anderen und war froh, als endlich der Wecker klingelte. Auf dem Weg zum Präsidium machte sie bei der kleinen Bäckerei Halt, um sich ein Rundstück zu holen. Zurück auf der Straße stopfte sie beide Hände in die Jackentaschen, zog den Kopf zwischen die Schultern und stemmte sich gegen den Wind. Sprühregen benetzte ihr Gesicht und vertrieb die Müdigkeit.

Als sich wenig später die Eingangstüren des Polizeipräsidiums hinter ihr schlossen, atmete sie auf. Drinnen roch es nach feuchter Kleidung und nassen Haaren.

Im Großraumbüro war es noch ruhig, eine Tastatur klapperte leise und drüben am Fenster stöhnte einer der Mitarbeiter über einer langen Liste und griff schließlich zum Telefon.

Maggie holte sich aus der kleinen Küche einen Kaffee und verzog sich in ihr improvisiertes Büro. Durch die geschlossene Tür waren die Geräusche von nebenan kaum noch zu hören. Sie nahm einen Bissen von ihrem Brötchen, fuhr ihren Laptop hoch und startete ihr Mailprogramm. Verdutzt hielt sie inne, als sie eine Mail von Luise vorfand. Sie war knapp gehalten, keine große Vorrede.

Hallo Maggie, die Befragung von Behnkes Hausarzt findet heute Vormittag um 10 Uhr statt. Du kannst der Befragung am Monitor in Raum 37 folgen. Hildegard Fromme befragen wir dann gleich im Anschluss, vermutlich gegen 11 Uhr. Gruß, Luise.

Grübelnd betrachtete Maggie den Zeitstempel. 8.10 Uhr an diesem Morgen, Luise hatte die Mail gerade erst abgeschickt.

Die Tür zum Besprechungsraum öffnete sich und Cem trat ein.

»Gibt's was Neues?«, fragte er, dabei balancierte er einen Becher in der Linken, seine Tasche hatte er unter den rechten Arm geklemmt. Er strahlte, als freute er sich auf den neuen Tag. Was wahrscheinlich zutraf.

»Die Befragung von Behnkes Hausarzt soll gleich stattfinden«, erwiderte Maggie. »In einer guten Stunde. Danach ist Behnkes Assistentin dran.«

»Können wir dabei sein?«, wollte Cem wissen, stellte seine Tasche und den Becher gegenüber von Maggie ab, dann zog er sich einen Stuhl heran und packte seinen Laptop auf den Tisch.

Maggie las noch einmal Luises Mail und sagte schließlich: »Ja, können wir.«

»Cool.« Mit einem zufriedenen Nicken vertiefte sich Cem in seinen Rechner.

Zu dritt saßen sie vor dem Flachbildschirm in einem der kleinen Besprechungsräume. Kubicek hatte ihre Frage nach Raum 37 dazu genutzt, sich ihnen anzuschließen.

Den Mann drüben im Vernehmungsraum schätzte Maggie weit über siebzig. Sein weißes Haar war akkurat gescheitelt und nach hinten gekämmt, der dunkle Anzug passte tadellos und war von neuestem Schnitt. Aufrecht saß er vor Luise und Petra Schröder, seine tiefliegenden Augen unter weißen, sorgfältig gestutzten Augenbrauen blickten ernst.

Zu Beginn fragte Schröder seine Personalien ab: Kurt Osthoff, Allgemeinmediziner, 74 Jahre alt, wohnhaft in Hamburg Finkenwerder.

»Sie praktizieren noch«, eröffnete Luise die Befragung.

»Für meine langjährigen Patienten, ja«, erwiderte Osthoff in steifer Hamburger Oberschichtsprache. »Neue Patienten nehme ich nicht mehr und so verringert sich die Zahl allmählich.«

»Sie sterben aus«, bemerkte Schröder.

Der alte Mediziner quittierte den Kommentar mit einem missbilligenden Blick.

»Wie lange war Anton Behnke Patient bei Ihnen?«, wollte Luise wissen.

»Hat Ihr Kollege schon gefragt«, entgegnete Osthoff verärgert. »Etwa vierzig Jahre.«

»Sie kennen ihn also sehr lange«, sagte Luise und lächelte freundlich.

Seit jeher hatte Maggie Luise für ihre Gelassenheit bewundert. Auch wenn die Befragten ärgerlich oder aggressiv reagierten, schaffte sie es, ruhig zu bleiben.

Osthoff runzelte die Stirn.

»Nicht sehr gesprächig, der alte Mann«, sagte Cem leise, als könne ihn Osthoff drüben im Vernehmungszimmer hören.

»Kannten Sie auch seine Mutter?«, setzte Luise die Befragung fort.

»Ja«, erwiderte der alte Mann knapp. Als er Luises aufmunterndem Blick begegnete, lehnte er sich zurück und verschränkte beide Arme vor der Brust.

»Wie lange?«, setzte Luise nach.

Kalt blickte Osthoff sein Gegenüber an. »Etwa zehn Jahre. Nachdem ihr alter Hausarzt gestorben war, hat Anton Behnke sie zu mir geschickt.«

»Sie hatte Alzheimer?«

Osthoff schwieg.

Konzentriert zog Schröder ihre Unterlagen näher zu sich heran und machte sich einige Notizen. Geduldig sah Luise Osthoff an und wartete.

»Ja«, bequemte er sich schließlich zu einer Antwort. »Soweit man das sagen kann. Sie war dement, vermutlich Alzheimer. Eine weitergehende Diagnostik, um die Art der Demenz genauer eingrenzen zu können, wurde nie gewünscht.«

Luise nickte. »Und Anton Behnke?«

Osthoff erstarrte.

Neugierig beobachtete Petra Schröder den alten Mann und rieb sich die Hände.

»Es ist auch im Interesse Ihres verstorbenen Patienten, dass Sie zur Aufklärung des Falls beitragen«, fuhr Luise fort und lächelte. »Sie wissen ja, es handelt sich um Mord.«

Der Mediziner senkte den Blick.

»Macht sie gut«, kommentierte Cem. »Das gefällt dem alten Hanseaten ganz und gar nicht.«

Schließlich richtete Osthoff sich auf und sagte: »Er kam vor etwa einem Jahr zu mir, weil er in den Monaten zuvor ein paarmal Dinge …« Der Mediziner zögerte. Dann atmete er schwer und fuhr entschlossen fort: »… vergessen hatte. Ich wollte ihn zu einem Spezialisten schicken, aber dazu war er nicht bereit. Auf sein Drängen hin habe ich ein paar Tests durchgeführt.«

Osthoff schwieg.

»Und?«, fragte Luise sanft.

»Der lässt sich wirklich alles aus der Nase ziehen«, brummte Kubicek vernehmlich und rutschte unruhig auf seinem Stuhl hin und her.

Maggie ließ Osthoff nicht aus den Augen, der alte Mann konnte seine Gefühle gut verbergen.

»Ich bin kein Spezialist«, erwiderte Osthoff schroff.

»Aber?«

»Die Ergebnisse ließen vermuten, dass seine Gedächtnisleistung nachgelassen hatte.«

»Alzheimer?«, fragte Luise.

Osthoff musterte sie schweigend, dann erklärte er: »Ich sagte ja schon, um Alzheimer diagnostizieren zu können, braucht es umfassende Untersuchungen.«

»Demenz?«, setzte Luise nach.

Osthoff schwieg lange.

Kubicek atmete vernehmlich, seine Anspannung war deutlich zu spüren.

Keine gute Voraussetzung, um eines Tages selbst Vernehmungen durchzuführen, dachte Maggie. Kein Wunder, dass Luise die Kollegin vorzog.

Schließlich bequemte sich Osthoff doch noch zu einer Antwort. »Vermutlich beginnende Demenz.«

Hörbar atmete Kubicek aus.

»Das haben Sie ihm gesagt?« Luise blickte für einen Moment in die Kamera, als würde ihr auf einmal bewusst, dass Maggie sie beobachtete. Dann richtete sie ihre Augen wieder auf Osthoff.

»Ja«, erwiderte der alte Mediziner und seine Schultern sanken nach vorn. Seine Stimme wurde merklich leiser und aus seinen Worten klang Bedauern. »Das habe ich ihm gesagt.«

»Ein Geschäftsmann und Waffenhändler, der allmählich dement wird, ist ein starkes Motiv«, erklärte Cem. »Bleibt die Frage, wer alles davon wusste.«

Er stand zusammen mit Maggie in der Teeküche und wartete darauf, dass es mit der Befragung von Behnkes Assistentin weiterging.

»So wie du Behnkes Verhalten in seinem Stammrestaurant geschildert hast, müssen es noch mehr gewusst haben«, erwiderte sie.

»Nicht unbedingt«, entgegnete Cem. »Am Anfang gehen die Fehlleistungen als normale Vergesslichkeit durch, die im Alter eben zunimmt. Wer schon mal einen dementen Menschen erlebt hat, ist vielleicht hellhöriger. Ansonsten dauert es lange, bis das Verhalten der Betroffenen so auffällig wird, dass man nicht mehr darüber hinwegsehen kann.«

Wortlos nickte Maggie.

Cem griff nach seinem Wasserglas und trank in großen Schlucken. Er freute sich auf die Befragung und spürte, dass er diese Arbeit wirklich schätzte. Hoffentlich durfte er an Karls Seite auch weiterhin das Pilotprojekt begleiten.

Schnelle Schritte waren draußen auf dem Gang zu hören, dann streckte Kubicek den Kopf herein.

»Fromme«, sagte er hastig. »Sitzt schon im Vernehmungszimmer.«

»Na dann«, sagte Cem, füllte erneut sein Glas und blieb stehen, bis Maggie einen Schuss Milch in ihren Kaffee gegeben hatte. Gemeinsam gingen sie hinüber und gesellten sich zu Kubicek, dessen Blick auf dem Bildschirm klebte.

Luise saß Hildegard Fromme gegenüber und blickte zu Petra Schröder, die auf ihrem Laptop tippte. Auch heute trug Behnkes Assistentin Jeans und T-Shirt, darüber eine blaue Filzjacke. Sie wirkte entspannt und wartete in Ruhe, bis Schröder so weit war.

»Aufnahme der Personalien«, ergänzte Kubicek, ohne den Kopf zu wenden.

Also hatten sie noch nichts verpasst. Cem zog sich einen Stuhl heran und stellte sein Glas geräuschlos vor sich ab.

»Frau Fromme«, erklang nun Luises Stimme blechern aus dem

Lautsprecher, »Sie arbeiten schon mehr als zwanzig Jahre für Anton Behnke.«

»Neunzehn Jahre und sieben Monate«, korrigierte Fromme sie mit einem freundlichen Lächeln. »Ich habe gestern Abend extra noch mal nachgesehen.«

»Davor waren Sie bei der Maldowski Schiffbaugesellschaft leitende Ingenieurin in der Konstruktion«, fuhr Luise mit einem Blick in ihre Unterlagen fort.

Während Luise die bereits bekannten Fakten abfragte, betrachtete Cem Frommes Gesicht und fragte sich, ob sie wirklich von Behnkes kriminellen Geschäften gewusst hatte. Sie wirkte sehr offen, ihre braunen Augen strahlten eine Zuverlässigkeit aus, mit der sie sicher viele Menschen für sich einnehmen konnte. Wäre nicht die Erste, die ihre Umwelt durch ihr scheinbar ehrliches Auftreten täuscht, dachte er.

»Sie wussten nicht, dass Behnke sich an dem Morgen ein Zimmer im Holiday Inn am Berliner Tor gebucht hat?« Luises Stimme war leiser geworden, sie klang fast verschwörerisch.

Nun konzentrierte sich Cem auf Frommes Gesichtsausdruck, doch noch immer wirkte sie offen und auf eine sympathische Art ehrlich. »Hat Ihr Kollege schon gefragt«, erwiderte sie mit einem Kopfschütteln. »Ich habe keine Ahnung, was er dort wollte. Es ist bis dahin nie vorgekommen, dass er in Hamburg ein Hotelzimmer wollte.« Sie krauste die Stirn. »Zumindest nicht«, schränkte sie ein, »dass ich davon wüsste.«

Bedächtig nickte Luise, als hätte sie keinen Zweifel an Frommes Worten. »Hat Ihr Chef in letzter Zeit häufiger merkwürdige Dinge gemacht?«

Fragend heftete Fromme ihren Blick auf Luise, dann sah sie zu Petra Schröder. Sie schien ernsthaft nachzudenken, schließlich schüttelte sie den Kopf. »Nein«, antwortete sie schlicht.

»Anton Behnke«, fuhr Luise fort und blätterte in den Notizen, die vor ihr lagen, »hat vor einem Jahr von seinem Hausarzt erfahren, dass er erste Symptome einer Demenz zeigt.«

Nun wirkte Fromme ehrlich überrascht. Sie öffnete den Mund, schloss ihn wieder, schien in sich hineinzuhorchen. Dann schüttelte sie den Kopf. »Kann ich mir nicht vorstellen«, stieß sie hervor und fast wirkte sie empört über die ungeheuerliche Unterstellung. »Behnke war klar im Kopf, bis zuletzt.«

»Nein«, erwiderte Luise leise, »war er nicht. Wir haben etliche Hinweise darauf gefunden und es gab eine Untersuchung von seinem Hausarzt, die bereits ein Jahr zurückliegt. Er hat eine beginnende Demenz diagnostiziert.«

»Glaube ich nicht«, beharrte Fromme. »Davon weiß ich nichts.«

»Beginnende Demenz können die Betroffenen oft lange Zeit verbergen«, warf Schröder ein. »Mit Alltagsroutinen, Floskeln und individuellen Redewendungen überdecken sie ihre wachsenden kognitiven Einschränkungen.«

Verblüfft warf Luise ihr einen Blick zu. Dann fuhr sie mit leiser Stimme fort: »Wir wissen außerdem«, sie blätterte erneut in ihren Notizen, »dass Behnke in illegale Waffengeschäfte verwickelt war.«

Fromme zog die Augenbrauen hoch.

»Waffenschmuggel«, präzisierte Luise.

Nachdenklich sah Fromme auf die Unterlagen, die vor Luise lagen. Diesmal wirkte sie weit weniger empört, es schien eher, als versuchte sie zu ergründen, ob das zu dem Bild passte, das sie von ihrem Chef hatte.

»Die Kollegen vom BKA haben in der Reederei Dokumente gefunden, die vermuten lassen, dass auf Behnkes Schiffen Waffen aus Polen in die demokratische Republik Kongo und nach Birma geschmuggelt wurden. Unter anderem haben sie eine Befrachtungsskizze mit Militärgütern gefunden und die Packliste eines Schiffes.«

»Tatsächlich«, entfuhr es Maggie.

»Haben vor einer Stunde die Kollegen von der Organisierten Kriminalität durchgegeben, die sich in der Reederei umsehen«, sagte Kubicek leise, ohne seinen Blick vom Bildschirm zu wenden. »Aber sie glauben nicht, dass Behnke selber mit Waffen gehandelt hat, vermutlich hat er nur seine Schiffe zur Verfügung gestellt.«

Fromme sah auf, sie blickte Luise geradeheraus an. »Davon weiß ich nichts«, entgegnete sie und ihrer Stimme war kein Zweifel anzuhören.

»Klingt ehrlich«, sagte Cem.

»Die kann das einfach gut«, stieß Kubicek hervor und schüttelte den Kopf.

»Entweder ist sie tatsächlich unschuldig«, ergänzte Cem, »oder eine herausragende Schauspielerin.«

»Hm«, murmelte Maggie.

»Außerdem hat Herr Witte auf dem Containerschiff Dragonfly einen Hohlraum gefunden«, drang Luises Stimme durch den Lautsprecher. »Vermutlich für kriminelle Zwecke nachträglich eingebaut.«

»Was?«, entfuhr es Fromme. Im nächsten Moment schien sie ihre Reaktion bereits zu bedauern.

»Herr Witte hat Anton Behnke einen Brief geschrieben, in dem er höchstpersönlich davon berichtet«, fuhr Luise fort und beobachtete Frommes Reaktion interessiert. »Landeten die Briefe an Behnke nicht bei Ihnen auf dem Schreibtisch?«

»Der nicht«, erwiderte Fromme. Zum ersten Mal wirkte sie nervös. »Er war an Behnke persönlich adressiert und ging ungeöffnet an ihn.«

»Wir wissen auch …«, setzte Luise nach und heftete ihren Blick wieder auf die Unterlagen, dabei folgte ihr Frommes Blick, als fragte sie sich, was Luise noch alles wusste, »… dass Sie sehr gut befreundet sind mit Peter Allgeier, Ihrem Ansprechpartner in der Werft.«

Ein missbilligender Zug umspielte Frommes Mund. »Sie glauben nicht wirklich, dass ich da mit drinhänge.« Ihre Stimme klang distanziert.

»Haben Sie mit Herrn Allgeier Absprachen getroffen über illegal eingebaute Räumlichkeiten auf Behnkes Schiffen?«, fragte Luise und sah Fromme streng an.

Hörbar sog diese die Luft ein. »Nein«, erwiderte sie dann langsam, »habe ich nicht.«

»Schlechte Lügnerin«, konstatierte Cem.

Maggie gab einen Laut der Zustimmung von sich.

Verwundert stellte Cem fest, dass Luise nicht nachsetzte, sondern weitere Fragen zur Zusammenarbeit zwischen Behnkes Werft und der Reederei stellte, als interessierte sie Frommes Beteiligung an irgendwelchen illegalen Aktivitäten nicht mehr. Erst fünf Minuten später kehrte Luise zu dem heiklen Thema zurück.

Interessanter Schachzug, dachte er, wiegt sie in Sicherheit, bevor sie wieder auf das Relevante zu sprechen kommt.

»Sie und Herr Allgeier sind gut befreundet«, sagte Luise lächelnd.

»Sind wir«, erwiderte Fromme, die sich während des allgemeinen Geplänkels sichtlich entspannt hatte, und nun erneut wirkte, als könnten ihr die nächsten Fragen gefährlich werden.

»Hat er Ihnen von dem Hohlraum berichtet, den Herr Witte auf der Dragonfly gefunden hat?«

Fromme schüttelte den Kopf. »Ich glaube nicht, dass er davon weiß.«

»Warum nicht?«, setzte Luise nach.

»Dann hätte er mir bestimmt davon erzählt«, erwiderte Fromme trotzig und zum ersten Mal wirkte sie verunsichert.

»Weil Sie sich so gut kennen, dass Sie über diese Dinge sprechen würden?«, fuhr Luise fort.

Fromme kniff die Augen zusammen. Vielleicht vermutete sie hinter Luises Worten eine Falle, oder sie fand, dass Luises Unterstellung keine Antwort wert war, jedenfalls schwieg sie.

Die Stille lastete schwer im Raum.

Schließlich ließ Luise sie ziehen. Mit einem kurzen Gruß verabschiedete sich Fromme und zog geräuschlos die Tür des Vernehmungszimmers hinter sich zu.

Auch Cem und Maggie erhoben sich und folgten Kubicek, der ohne Gruß vorauseilte.

»Sie verschweigt etwas«, erklärte Cem beim Verlassen des Raumes, »aber es ist nicht gesagt, dass es mit Behnkes Tod zu tun hat.«

18.

Gedankenverloren ruhte Maggies Blick wieder einmal auf der Kopie des Drohschreibens, als es klopfte. Sie hob den Kopf und begegnete Luises Blick. Fragend hob sie die Augenbrauen, was Luise offensichtlich als Aufforderung interpretierte. Sie stieß die Tür auf, trat in Maggies provisorisches Büro und ließ die Tür hinter sich offen stehen. Von draußen drang das Geklapper von Tastaturen und hastig geleerten Kaffeetassen herein.

Luise hatte einen guten Moment erwischt. Vor zehn Minuten hatte Cem seinen Laptop heruntergefahren und war mit einigen von der SOKO MOB zum Mittagessen gegangen. Maggie hatte es vorgezogen, sich einen Salat aus der Kantine zu holen und vor dem Rechner zu essen.

»Markus Behnke ist um 15 Uhr zur Befragung hier. Anschließend ist seine Schwester dran. Ich und KK Schröder führen die Befragungen. Du kannst die Vernehmungen wieder am Bildschirm verfolgen«, meldete Luise.

Maggie machte ein erstauntes Gesicht. »Wieso ...?«

»Es gibt neue Erkenntnisse«, erwiderte Luise kalt. »Wir wollen wissen, ob Behnkes Kinder von der Krankheit ihres Vaters wussten.«

»Danke«, sagte Maggie und griff nach einem Blatt Papier, um den Termin zu notieren. »Die Befragung von Behnkes Hausarzt war zumindest vielsagend.«

»Keine weiteren Vorwürfe wegen eines Interessenkonflikts«, fuhr Luise fort, »haben wir uns verstanden?«

Maggie schnaubte und wollte protestieren, doch ein eisiger Blick Luises brachte sie zum Schweigen.

Dann wandte sich ihre Ex ab und war schon fast an der Tür, als sie stoppte. Halb drehte sie sich um und fragte scheinbar beiläufig: »Woher weißt du eigentlich von Katharina?«

Maggie verschränkte die Arme vor der Brust und betrachtete sie stumm.

»Dachte ich mir«, sagte Luise leise, zögerte erneut und trat dann wieder einen Schritt näher. Sie drückte die Tür ins Schloss, worauf die Geräusche von draußen zu einem leisen Hintergrundrauschen herabsanken. Luise musterte Maggie streng. »Cem, stimmt's?«

Regungslos erwiderte Maggie ihren Blick.

Luise nickte anerkennend. »Er ist gut.«

»Deine Frau will ihre Freundin da raushalten«, sagte Maggie ungerührt. Es fühlte sich fremd an, Luise gegenüber von »deiner Frau« zu sprechen.

Mit starrer Miene verschränkte Luise ebenfalls die Arme. »Ich kenne Julia Behnke nicht persönlich.«

»Aber deine Frau kennt sie.«

Finster blickte Luise Maggie an, dann seufzte sie unvermutet. »Ja, Katharina war mit ihr befreundet«, entgegnete sie und ihre Stimme hatte einen genervten Unterton. »Aber die beiden haben sich nach der Schule aus den Augen verloren. Ich habe sie nie kennengelernt und Katharina hat sie seit Jahren nicht gesprochen.«

»Warum jetzt?«

Unwillig schüttelte Luise den Kopf. »Ich bin Julia Behnke nie begegnet. Katharinas Mutter kannte den alten Behnke gut. Sie hat Katharina gebeten, sie auf dem Laufenden zu halten.«

»Und du hast Katharina mit Infos versorgt«, erwiderte Maggie, »deshalb die Telefonate.«

»Selbstverständlich würde ich nie laufende Ermittlungsergebnisse rausgeben«, entgegnete Luise kühl. »Ebenso wenig wie ich Einfluss auf die Ermittlungen nehmen würde, das weißt du.«

Zweifelnd verzog Maggie den Mund. »Also hast du keinen Grund, Julia Behnke zu schonen?«, fragte sie.

»15 Uhr«, erwiderte Luise abweisend, »in Raum 37 steht der Monitor, du weißt ja inzwischen, wo das ist.« Sie öffnete die Tür und verabschiedete sich mit einem Nicken.

Nachdem Maggie sich in der Küche einen Kaffee geholt hatte, setzte sie sich in den kleinen Besprechungsraum vor den Bildschirm und betrachtete Luise, die wenige Meter entfernt im Vernehmungsraum saß und auf Markus Behnke wartete. Sie blätterte in den Unterlagen vor ihr auf dem Tisch, ihr Blick war konzentriert, ihr Gesichtsausdruck abwesend. Als würde sie die Papiere nicht wahrnehmen.

Wer bist du, fragte Maggie stumm, *warum hast du so schnell geheiratet? War dir so egal, was du verloren hast? Was wir hatten?* Nein, war es nicht, beantwortete sich Maggie ihre Frage selbst. Und doch hatte sie das nicht erwartet.

Sie zuckte zusammen, als unvermittelt die Tür hinter ihr aufgerissen wurde.

»Geht's schon los?«, fragte Cem und ließ sich neben Maggie auf den Stuhl fallen.

»Gleich«, gab Maggie undeutlich zurück und griff hastig nach dem Notizblock, den sie sich zurechtgelegt hatte, um sich das Datum und den Namen des Befragten zu notieren. Als sie aufblickte, begegnete sie seinem amüsierten Blick.

»Was?«, fragte sie ungeduldig und konnte sich ein Schmunzeln doch nicht verkneifen.

Ein Geräusch aus dem Lautsprecher lenkte ihre Aufmerksamkeit wieder auf den Monitor.

Dankbar griff Maggie zu ihrem Stift und beobachtete, wie Petra Schröder den Vernehmungsraum betrat. Hinter ihr folgte der Mann, den sie vor Kurzem bei Behnkes Assistentin gesehen hatte. Er trug einen dunkelgrauen, schimmernden Anzug mit doppelter Knopfleiste. Das weiße Button-down-Hemd mit gestärktem Kragen lag eng um seinen Hals, der sorgfältig gebundene Knoten seiner schwarzen Krawatte war dicht unter den Hemdkragen geschoben.

Behnke wirkte ungehalten, er setzte sich nur zögernd auf den ihm angebotenen Stuhl und stellte seine schwarze Aktentasche zwischen sich und Luise auf den Tisch. Erst auf ihre Bitte, die Tasche zur Seite zu stellen, nahm er sie widerstrebend an sich und platzierte sie auf das leere Sitzmöbel neben sich.

Rindsleder, stellte Maggie fest, von Dior, ein kostspieliges Stück. Überhaupt wirkte sein Outfit diesmal teurer und formeller als neulich im Büro. Es entsprach vermutlich seiner Vorstellung von einem Firmenchef, sein Gesicht stand allerdings in krassem Widerspruch zu seinem sorgfältig gestylten Outfit. Sein dünnes Haar, durch das seine Haut rosig schimmerte, strebte in alle Richtungen. Seitlich der Wangen wechselte seine Hautfarbe zu einem hellen Grau, darin fanden sich mehrere blutige Schnitte, als hätte er sich beim Rasieren geschnitten, seine Augen blickten müde. Schien ihm nicht besonders gut zu bekommen, seine neue Position.

Stoisch ließ Behnke die Anfangsprozedur über sich ergehen, nannte Namen, Adresse und Alter.

»Sie sind der neue Geschäftsführer der Reederei?«, begann Luise die Befragung.

»Das bin ich«, erwiderte Behnke schleppend. Auch seine Stimme klang müde. »Geschäftsführender Gesellschafter der Reederei«, fügte er hinzu.

»Ihr Vater hat seine Nachfolge schon vor einigen Jahren geregelt. Er hat ein Testament aufgesetzt, das Sie zum alleinigen Gesellschafter und Geschäftsführer der Reederei macht. Die Villa geht an Ihre Schwester. Das Privatvermögen Ihres Vaters, rund drei Millionen, geht je zur Hälfte an Sie und Ihre Schwester. Außerdem muss Ihre Schwester den Kredit nicht zurückbezahlen, den sie für die Einrichtung der Kanzlei bekommen hat. Richtig?«

Stumm nickte Behnke.

»Bitte antworten Sie deutlich vernehmbar für die Aufnahme«, sagte Luise und deutete auf die Kamera.

Sichtlich genervt erwiderte Behnke: »So ist es.«

»Sie haben vom Tod Ihres Vaters profitiert«, stellte Luise freundlich fest.

»Das hätte ich auch in drei oder fünf oder zehn Jahren. Für mich spielte der Zeitpunkt seines Todes keine Rolle«, brauste er auf. Schweißperlen glitzerten auf seiner Stirn.

»Dünnes Nervenkostüm, der neue Firmenchef«, stellte Cem fest.

Sie hörten, wie sich hinter ihnen die Tür öffnete und wieder schloss. Aus den Augenwinkeln sah Maggie, wie Kubicek sich auf einen der Stühle setzte.

»Bis zum Tod Ihres Vaters waren Sie lediglich Leiter der Abteilung

Chartering«, sagte Luise. »Nun sind Sie Geschäftsführer und können selbst entscheiden. Das wäre durchaus ein Motiv.«

»Für mich war der Zeitpunkt egal«, beharrte Behnke. Dann schwieg er und wartete mit störrischem Gesichtsausdruck auf die nächste Frage. An seiner Schläfe glänzten Schweißtropfen, die Behnke nicht zu bemerken schien oder ignorierte.

»Zwei Tage vor seinem Tod hat Ihr Vater einen Brief von Herrn Witte bekommen, dem Geschäftsführer der Maldowski Schiffbaugesellschaft, Ihrer Werft«, sagte Luise in freundlichem Plauderton. »Darin hat Herr Witte berichtet, dass vermutlich auf seiner Werft hinter seinem Rücken ein geheimes Versteck in die Dragonfly eingebaut wurde.«

Behnke presste die Lippen zusammen. Als Luise nicht weitersprach, bequemte er sich zu einer Antwort. »Ihr Kollege hat davon gesprochen.«

Luise nickte. »Was kann man mit so einem geheimen Hohlraum anfangen?«

»Damit habe ich nichts zu tun!«, rief Behnke und rieb nervös seine schweißglänzende Stirn. »Mein Vater wusste auch nichts davon.«

»Habe ich nicht behauptet«, erwiderte Luise geduldig. »Mich würde im Moment vor allem interessieren, wofür so ein Hohlraum verwendet werden könnte.«

Behnke betrachtete sie abschätzend, als wollte er herausfinden, ob Luise ihm eine Falle stellte. Schließlich richtete er sich auf und sagte: »Drogen.« Er schien beschlossen zu haben, dass ihr zu trauen war. »Bisher werden die meisten Drogen in Containern versteckt, hinter einer scheinbar harmlosen Ladung. Wenn der Container gut gepackt ist, müsste der Zoll ihn komplett ausräumen, um die Drogen zu finden. Das dauert zu lange. Und die Drogenspürhunde können keine Witterung aufnehmen, da die Drogen hinter dem ganzen anderen Kram lagern. Bisher funktioniert das international sehr gut, es kommen deutlich mehr Drogen an ihrem Ziel an, als der Zoll aufspüren kann.«

Luise hörte ihm aufmerksam zu und ermunterte ihn mit einem Lächeln zum Weitersprechen.

Behnke richtete sich auf und zum ersten Mal war hinter der ängstlichen Fassade der kluge Geist zu spüren, der künftige Geschäftsführer und Inhaber einer Reederei. »Aber es gibt ein neues Verfahren, um Drogen in See-Containern aufzuspüren«, fuhr er mit ruhiger Stimme fort. »Mithilfe von Schläuchen wird die Luft aus Container-Innenräumen gesaugt. Dann prüfen die Spürhunde gleich im Hafen die abgesaugte Luft auf Drogen, so können die Fahnder sehr schnell und einfach illegale Rauschmittel aufspüren. Das mischt die Schmuggler im Moment ganz schön auf. Ein versteckter Hohlraum im Inneren eines Schiffes könnte die Zukunft des Drogenschmuggels sein.«

»Damit hat er wohl nichts zu tun«, kommentierte Cem leise vor dem Monitor. Maggie stimmte ihm mit einem leisen Brummen zu.

»Wer in Ihrem Unternehmen könnte davon gewusst haben?«, fragte Luise.

»Niemand«, antwortete Behnke prompt. »Das hat sich jemand von der Werft ausgedacht.«

»Aber derjenige braucht Beziehungen zur Reederei, damit er das Versteck an Drogenschmuggler verkaufen kann.«

»Nicht unbedingt«, erwiderte Behnke kühl. »Ein Kontaktmann auf der Dragonfly reicht. Irgendein Offizier, vielleicht auch nur ein Seemann, der im Maschinenraum arbeitet.«

»Ihr Vater hatte geheime Konten im Ausland«, setzte Luise nach. »Die Kontobewegungen lassen den Schluss zu, dass Ihr Vater Geschäfte machte, die nicht legal waren.«

»Davon wusste ich nichts«, erwiderte Behnke mürrisch und ließ die Schultern hängen. »Das habe ich Ihrem Kollegen schon gesagt.«

Luise nickte freundlich und blätterte in ihren Papieren, als ob sie in seiner ersten Aussage nachläse, doch Maggie wusste, dass Luise nur die schriftlichen Aufstellungen der Kontobewegungen vor sich hatte. Was Behnke nicht sehen konnte.

Dieser blickte nervös auf die Unterlagen, beobachtete jede Bewegung Luises.

»Wir wissen von den Waffenschiebereien Ihres Vaters«, sagte Luise hart. »Und wir wissen, dass Sie das wissen.«

Behnke zuckte zusammen.

Erneut bewunderte Maggie Luises Pokerface.

»Ernsthaft?« Kubicek klang empört, dass ihm so ein wichtiges Ermittlungsergebnis vorenthalten worden war.

»Sie blufft nur«, erwiderte Cem.

»Davon weiß ich nichts«, rief Behnke empört.

»Sie hat ihn«, sagte Cem und aus seiner Stimme klang echte Bewunderung.

»Wieso?«, fragte Kubicek verblüfft.

Luise ignorierte Behnkes Antwort. »Seit wann wussten Sie davon?«

»Eine Präsupposition«, sagte Cem leise »oft sehr nützlich.«

»Eine was?«, fuhr Kubicek dazwischen, sichtlich unruhig, dass ihm so wichtige Dinge entgingen.

»Präsupposition«, wiederholte Maggie abwesend, ohne ihren Blick von Behnkes Gesicht abzuwenden. Der hilflose Ausdruck seiner Augen verriet, dass es nur noch eine Frage von Sekunden war, bis er alles zugab. »Die Frage beinhaltet die Behauptung, dass er davon wusste.«

Mit ausdrucksloser Miene beobachtete Luise ihr Gegenüber. Nervös rutschte Behnke auf seinem Stuhl herum, kramte in seiner Aktentasche und zerrte schließlich ein Taschentuch heraus, wischte sich über den Mund, über die Stirn, über die Augen. Fieberhaft schien er darüber nachzudenken, wie er auf diese Unterstellung reagieren sollte.

»Nicht der Typ, es weiterhin abzustreiten«, bemerkte Cem. »Ganz schlechte Voraussetzungen für geschäftliche Verhandlungen.«

»Er könnte pokern lernen«, erwiderte Maggie trocken. »Das übt ganz ungemein.«

Cem gluckste leise.

»Die Kollegen haben in Ihrem Unternehmen Dokumente entdeckt, die keinen anderen Schluss zulassen«, schob Luise nach. Sie kreuzte die Arme und lehnte sich zurück, dabei ließ sie Behnke nicht aus den Augen.

»Vor einem Jahr hat mich ein Geschäftspartner darauf

angesprochen«, gab Behnke schließlich zu und stopfte sein Taschentuch in die Aktentasche. »Hat mir berichtet, dass mein Vater sich irgendwas geleistet haben soll, was dem Ruf der Reederei schadet. Hat mich gewarnt vor den kriminellen Machenschaften meines Vaters.«

»Haben Sie mit ihm darüber gesprochen?«, fragte Luise.

»Natürlich habe ich ihn darauf angesprochen«, rief Behnke und ruderte aufgebracht mit den Händen. »Uns sind genau in der Zeit gleich zwei wichtige Stammkunden weggebrochen. Die haben nichts gesagt, aber der zeitliche Zusammenhang ist doch klar!«

Schwer atmend angelte er nach seinem Taschentuch, um sich die Stirn zu wischen, und steckte es wieder ein. Sein Stirnhaar stand steil nach oben.

»Was hat Ihr Vater dazu gesagt?«, fragte Luise.

Behnke schnaubte. »Er hat natürlich nichts zugegeben. Das würde ich mir einbilden, hat er gesagt. Sei einfach nur ein dummer Zufall.« Mit einem Ruck setzte er sich aufrecht hin, schob seinen Krawattenknoten noch dichter unter seinen Kragen, legte beide Hände auf den Tisch und fuhr dann mit leiser Stimme fort, die nun klarer und bedrohlicher klang. »Ich soll eines Tages deine Nachfolge antreten, habe ich zu ihm gesagt, und ich will nicht, dass du vorher das Geschäft zugrunde richtest. Der Umsatz sinkt, weil du unbedingt illegal Reibach machen willst. Das ist es nicht wert. Hör gefälligst auf damit, bevor noch weitere Kunden davon Wind bekommen und eine andere Reederei beauftragen.« Schwer ließ er sich auf seinem Stuhl zurückfallen und starrte auf seine Hände, die nun auf seinen Knien ruhten. In Gedanken schien er noch bei dem Gespräch mit seinem Vater zu sein.

»Was hat Ihr Vater dazu gesagt?« Luise sprach leiser als zuvor, ihre Stimme klang verschwörerisch, als würde sie ihm ein geheimes Abkommen unterbreiten.

»Dass ich mich da raushalten soll«, erwiderte Behnke quengelig wie ein gekränktes Kind. »Dass er schon Geschäfte gemacht hätte, als ich noch Windeln trug, und dass ich froh sein könnte, dass er so ein guter Geschäftsmann sei und mir eines Tages ein richtig gut laufendes Unternehmen hinterlassen würde.«

Luise beobachtete ihn still. Sie schien zu spüren, dass Behnke nun bereit war, alles zu erzählen, es gab keinen Grund, seinen Redefluss mit Fragen zu unterbrechen.

»Ich habe ihm gesagt, dass über ihn geredet wird. Dass er in den vergangenen Monaten dumme Entscheidungen getroffen haben soll und kein zuverlässiger Geschäftspartner mehr ist. Dass es an der Zeit wäre, die illegalen Geschäfte einzustellen, bevor es der Reederei ernsthaft schadet.« Wieder sprach er mit leiser Stimme und bedrohlichem Unterton. »Dass er nicht nur der Reederei schadet, sondern auch mir, seinem Nachfolger. Dass ich am Ende vor einem Trümmerhaufen stehen werde.« Seine Augen glitzerten vor Wut, seine Hände waren zu Fäusten geballt. »Dass er sein eigenes Lebenswerk zerstört.«

Behnke begegnete Luises Blick. Rasch lockerte er seine Finger und atmete tief durch. »Das habe ich ihm erzählt«, fuhr er nun in gemäßigtem Tonfall fort, sichtlich darum bemüht, einen besseren Eindruck zu machen.

»Was hat Ihr Vater dazu gesagt?«, fragte Luise und lächelte schmal.

Achselzuckend erwiderte Behnke: »Er wurde immer wütender. Ich solle mich da raushalten, hat er geschrien, und mich anschließend aus seinem Büro geworfen.« Entrüstet schnaubte er und warf sich nach hinten. Sein Oberkörper wippte mit der Stuhllehne.

»Sie haben gesagt …«, begann Luise und blätterte in den Unterlagen, als suchte sie nach einer bestimmten Stelle. Schließlich fuhr sie fort, den Blick fest auf die Papiere geheftet, als hätte sie die passende Stelle gefunden: »… Ihr Vater hätte in letzter Zeit dumme Entscheidungen getroffen.« Erst jetzt sah sie auf und fixierte ihn mit ihrem Blick. »Was meinen Sie damit?«

»Ja, was weiß denn ich«, kreischte er nun, beide Hände hoch erhoben mit hilflos rudernden Bewegungen, »das hat mir ja nur der Kunde gesagt. Dumme Entscheidungen, das hat er gesagt, ich weiß nicht, was genau er damit gemeint hat.«

Speicheltröpfchen stoben aus seinem Mund und hinterließen feuchte Spuren auf dem Tisch. Behnke wischte sich mit einer Faust die Mundwinkel, mühsam um Fassung ringend. Schließlich schob er mit dünner Stimme nach: »Der Kunde hat mir nicht gesagt, was er mit dummen Entscheidungen meinte.«

»Wussten Sie, dass Ihr Vater krank war?«, fragte Luise.

Behnke richtete sich auf, sichtlich erleichtert, dass Luise das Thema wechselte. »Was meinen Sie?« Er zuckte die Achseln, blickte sich um, als könnte er seine Antwort an den Wänden ablesen. »Sein Blutdruck war ein bisschen zu hoch, sein Cholesterinspiegel auch. Nichts Besorgniserregendes, hat der Hausarzt gesagt.«

»Beginnende Demenz«, erwiderte Luise. »Ihr Vater wusste davon seit einem Jahr.«

Behnke heftete seinen Blick auf Luise, öffnete den Mund, als wollte er etwas sagen, und schloss ihn wieder. Wie ein Karpfen, der an Land geworfen worden war, dachte Maggie.

»Das stimmt nicht«, sagte er schließlich mit erstaunlich klarer Stimme. »Das ist Blödsinn.«

»Er war alleiniger Geschäftsführer der Reederei, die Sie einmal erben sollten, und er hat dumme Entscheidungen getroffen, das hat Ihnen ein Kunde bestätigt. Es hätte noch eine ganze Weile so weitergehen können mit den dummen Entscheidungen. Es hätte einige Zeit gedauert, bis Sie wegen Demenz die Feststellung der Geschäftsunfähigkeit Ihres Vaters hätten beantragen können.« Luises Stimme hatte nun einen harten Klang.

Behnke sah sie weiter unverwandt an.

»Das kann Ihnen doch nicht egal gewesen sein«, fuhr Luise fort. »Es muss eine Erleichterung gewesen sein, als Sie gehört haben, dass Ihr Vater tot ist und keine krummen Geschäfte mehr machen kann.« Sie hielt inne und sprach erst weiter, als Behnke keine Anstalten machte, ihr zu widersprechen. »Dass er keine dummen Entscheidungen mehr treffen kann, die zu weiteren Umsatzeinbußen führen könnten.«

»Ich …« Behnke ließ sie nicht aus den Augen, Schweiß rann an seiner Schläfe entlang, tropfte auf seinen weißen Kragen. »Ich … weiß nicht …«

»Wo waren Sie an dem Abend seines Todes?«, fragte Luise.

»Das ist jetzt nicht Ihr Ernst«, flüsterte er mit starrem Blick.

»Die Frage stellen wir allen Beteiligten«, erwiderte Luise und lächelte sanft.

Mit zitternder Hand schob Behnke junior sich die dünnen Haare aus der Stirn. »Das habe ich bereits Ihrer Kollegin gesagt«, entgegnete er unwillig, »ich war an dem Tag nicht im Büro. Ich hatte einen Termin mit einer Schiffsmaklerin. Abends war ich zwei Stunden Walken, anschließend zu Hause.«

»Kann das jemand bestätigen«, fragte Schröder, »dass Sie abends zu Hause waren?«

Entsetzt sah Behnke sie an.

»Sie hatten ein Motiv, Herr Behnke«, sagte Luise mit ruhiger Stimme. »Der Tod Ihres Vaters kam für Sie genau zum richtigen Zeitpunkt.«

»Das war ich nicht«, rief Behnke, erhob sich ruckartig und griff nach seiner Aktentasche.

Wortlos beobachtete Luise seinen Abgang.

»Ich möchte mich mit einem Anwalt besprechen, bevor ich weitere Fragen beantworte«, sagte er keuchend, wischte sich mit dem Handrücken die Stirn und verließ mit schnellen Schritten den Vernehmungsraum.

Maggie betrachtete Luise. Ihr Blick ruhte auf der Tür, die sich gerade hinter Behnke schloss. Dann lehnte sie sich mit einem zufriedenen Lächeln zurück und schaltete mit einem Klicken die Kamera aus. Der Monitor wurde schwarz.

Tief durchatmend merkte Maggie erst jetzt, dass sie vor Aufregung die Luft angehalten hatte.

»Er war's nicht«, sagte Cem bedauernd.

»Wieso?« Kubicek fuhr herum, er musterte ihn wütend. »Er hat doch zugegeben, dass er von den illegalen Aktivitäten seines Vaters wusste. Es ist nur eine Frage der Zeit, bis er den Mord gesteht.«

»Behnke ist ein lausiger Lügner«, sagte Cem. »Als er abstritt, von den illegalen Geschäften seines Vaters gewusst zu haben, stand ihm die Lüge ins Gesicht geschrieben. Aber das mit der Demenz war vollkommen neu für ihn. Er wusste nichts davon, das war keine

Lüge. Und auch als er über den Mord sprach, hat er die reine Wahrheit gesagt.«

19.

Julia Behnke trug eine helle Bluse und ein blaues Jackett über einer dunkelblauen Chino-Hose. Sie sah besser aus als bei ihrer letzten Begegnung, fand Luise. Die dunklen Ringe unter ihren Augen hatte sie sorgfältig überschminkt und ihr Gesicht wirkte weniger starr.

Geduldig wartete Luise, bis Petra Schröder die persönlichen Daten aufgenommen hatte. Ihr Tippen auf dem Laptop war das einzige Geräusch im Zimmer und zugleich war sich Luise bewusst, dass Maggie und die anderen drüben im Besprechungszimmer jeden Anschlag auf der Tastatur mithören konnten. Endlich war Schröder fertig und hob den Kopf.

»Warum hier?«, eröffnete Julia Behnke das Gespräch und blickte ihr Gegenüber fragend an.

Luise blätterte in ihren Unterlagen, ohne Behnkes Frage zu beantworten. »Sie waren an dem Abend, als ihr Vater starb, zu Hause und haben sich auf einen Gerichtstermin vorbereitet?«, fragte sie, schob die Papiere zur Seite und blickte Julia Behnke an.

Ausdruckslos nickte die Anwältin. »Genau«, bestätigte sie, »kommt gelegentlich vor.«

»Kann das jemand bezeugen?«, wollte Schröder wissen.

Mit einem Lächeln erwiderte Behnke: »Keine Kameras im Gebäude, keine elektronischen Systeme.«

»Ihr Bruder hat uns erzählt, dass er von den illegalen Aktivitäten Ihres Vaters wusste«, begann Luise, ohne auf Behnkes Antwort einzugehen. Sie ließ das Gesicht der Anwältin nicht aus den Augen, doch Julia Behnke verzog keine Miene. Kein Vergleich zu ihrem Bruder.

»Ich wusste davon nichts«, entgegnete sie bestimmt, »das hatte ich Ihnen schon gesagt.«

»Hat Ihr Bruder Ihnen nie etwas in der Richtung erzählt?«

Eine winzige Regung war um Behnkes Mund zu sehen, nur den Bruchteil einer Sekunde, dann wirkte ihr Gesichtsausdruck wieder vollkommen neutral.

Verachtung, vermutete Luise, sie verachtet ihren Bruder. Nicht selten unter Geschwistern.

»Wir reden nicht über das Geschäft«, antwortete Julia Behnke kühl, »und wir sehen uns auch nicht sehr oft.«

»Telefonieren Sie gelegentlich?«, fragte Luise. »Oder schreiben Sie sich Mails?«

Kaum merklich schüttelte die Anwältin den Kopf. »Wir haben wenig Kontakt«, sagte sie, »in den letzten Jahren haben wir uns vor allem auf den Geburtstagen unseres Vaters gesehen und bei gelegentlichen Mittagessen zu dritt.«

»Gab es ein Zerwürfnis zwischen Ihnen und Ihrem Bruder?« Luise bemühte sich um eine gleichmütige Ausdrucksweise. Noch war nicht die Zeit für Emotionen.

Julia Behnke fixierte ihr Gegenüber, ohne zu antworten.

Stille breitete sich im Raum aus.

Schließlich öffnete Behnke den Mund und sagte schleppend: »Nein, gab es nicht.«

»Die illegalen Geschäfte Ihres Vaters haben die Reederei in Verruf gebracht«, erklärte Luise. »Ihr Bruder bekam bereits die ersten Umsatzeinbußen zu spüren.«

Julia Behnke zeigte keine Regung.

Mit einem grimmigen Blick quittierte Luise ihr Schweigen und sah dann auf ihre Unterlagen, als könnte sie dort die nächste Frage ablesen, was nicht der Fall war. Luise nutzte diese Fragetechnik schon seit Jahren, um kurze Pausen einzulegen. Sie nahmen der Befragung das Tempo und gaben ihr Zeit, nachzudenken.

»Ihr Vater wollte, dass die Reederei künftig nur Ihrem Bruder gehört. Hat Sie das nicht geärgert?«, setzte Luise die Befragung fort.

Um Behnkes Lippen tanzte ein Lächeln. »Mein Vater hat meinem Bruder nichts zugetraut, deshalb sollte Markus erst nach seinem Tod Geschäftsführer werden. Er wollte mir die Aufregung eines Unternehmens im freien Fall ersparen.«

»Und Sie?«, fragte Luise.

Fragend krauste Behnke die Stirn.

»Trauen Sie Ihrem Bruder auch nichts zu?« Luise fixierte ihr Gegenüber.

Behnke erwiderte ihren Blick ohne Regung. »Ich war froh, da raus zu sein. Ich konzentriere mich lieber auf meine Kanzlei, meine eigene Arbeit. Das ist mir viel wichtiger als die Firma meines Vaters. Mit dem Geld aus seinem privaten Nachlass bin ich sehr zufrieden.«

»Wir haben im Arbeitszimmer Ihres Vaters in der Villa in Blankenese den handschriftlichen Entwurf eines neuen Testaments gefunden. Er hatte die Absicht, Sie zu enterben.«

Julia Behnke runzelte die Stirn. Das war die erste deutlich sichtbare Reaktion auf Luises Fragen.

»Wussten Sie davon?«, setzte Luise nach.

»Wovon?«, fragte die Anwältin unbeeindruckt zurück.

»Dass Ihr Vater Sie enterben wollte?«

»Nein«, erwiderte Behnke. »Das wusste ich nicht.«

»Der Anwalt Ihres Vaters sagte uns, dass Ihr Vater ursprünglich in seinem notariellen Testament eine Klausel verzeichnet haben wollte, damit er diese Fassung mit einem späteren Testament nicht mehr aushebeln könnte.«

»Das ist rechtlich nicht möglich«, entgegnete Julia Behnke gelassen.

Mit einem Ausdruck von Zufriedenheit nickte Luise. »Die handschriftlichen Entwürfe Ihres Vaters waren nicht unterschrieben, sie sind nicht wirksam.«

Julia Behnke zog die Augenbrauen hoch. »Er hat mich also nicht enterbt«, stellte sie fest.

»Sein Tod hat das vermutlich verhindert«, antwortete Luise.

Stumm sah Behnke sie an.

»Ihr Vater hatte für kommende Woche einen Termin mit seinem Anwalt vereinbart«, fuhr Luise fort, ohne Julia Behnke aus den Augen zu lassen. »Könnte sein, dass er da sein hinterlegtes Testament offiziell ändern wollte.«

»Das ist nur eine Vermutung«, erwiderte Behnke und nun klang ihre Stimme eine Spur genervt. »Außerdem können Eltern ihre Kinder nicht vollständig von der Beteiligung am Nachlass ausschließen.«

Eltern können ihre Kinder zwar enterben, aber sie haben immer einen Pflichtteilsanspruch, wenn sie nicht notariell verzichten«, leierte Behnke herunter als befände sie sich in einem Lehrsaal der Uni.

Luise nickte freundlich. »Ihr Vater hat Ihnen Geld vorgeschossen, damit Sie Ihre Kanzlei einrichten können«, sagte sie. »Das meiste Geld Ihres Vaters steckt in der Reederei, die an Ihren Bruder fällt. Wenn Ihr Pflichtteil mit Ihren Schulden an Ihren Vater verrechnet werden würde, wäre das deutlich weniger, als im notariellen Testament für Sie vorgesehen ist.«

Behnkes Lippen kräuselten sich, doch auch diese kaum wahrnehmbare Regung war nach einem Sekundenbruchteil wieder verschwunden. »Mein Vater hatte nicht vor, sein Testament zu ändern«, gab sie zurück. »Sein Anwalt hat Ihnen ja erzählt, dass er am liebsten sein notarielles Testament so festgeschrieben hätte, dass er es später nicht mehr widerrufen kann. Wäre das rechtlich möglich gewesen, hätte er es damals so gemacht.«

Luise neigte den Kopf und lächelte. Jetzt hatte sie die Anwältin genau dort, wo sie sie haben wollte. Die Schonzeit war vorbei.

»Warum?«, fragte sie und ließ Julia Behnke nicht aus den Augen. »Warum wollte Ihr Vater verhindern, dass er sein eigenes Testament ändern kann?«

Julia Behnkes Gesicht blieb ausdruckslos. Diesmal verriet keine Muskelzuckung, was in ihr vorging. Doch wie schon bei der Befragung in Behnkes Kanzlei zeigte eine pochende Ader an ihrer Schläfe die Anspannung der Anwältin.

»Das müssten Sie meinen Vater fragen«, erwiderte sie schließlich. Sie schien zu spüren, wie schwach ihre Antwort war.

»Warum?«, wiederholte Luise.

Wortlos zuckte die Anwältin mit den Schultern.

Luise wartete. Als Behnke keine Anstalten machte, zu antworten, zog sie ihre Unterlagen heran, als könnte sie dort die nächste Frage ablesen. Dann hob sie den Kopf und sah ihrem Gegenüber direkt in die Augen. »Ihr Vater hatte Demenz im Anfangsstadium. Wussten Sie davon?«

Behnke schwieg noch immer, doch sie wich Luises Blick nicht aus.

»Wussten Sie davon?«, fragte Luise eindringlich.

Der Brustkorb von Julia Behnke hob und senkte sich. Nach einer Weile nickte sie und antwortete: »Ja, ich wusste davon.«

»Woher?«, setzte Luise nach.

»Mein Vater hat mir davon erzählt. Sein Hausarzt hatte wohl ein paar Tests mit ihm gemacht.« Behnke ließ sich nach hinten fallen. Ein erstes Signal, wie sehr ihr die Befragung zusetzte.

»Und Ihr Bruder?«, fragte Luise weiter.

»Was ist mit meinem Bruder?«, fragte die Anwältin scharf.

»Wusste er von der Demenz Ihres Vaters?«

»Beginnende Demenz«, korrigierte Julia Behnke.

»Wusste Ihr Bruder von der beginnenden Demenz Ihres Vaters?«

»Da müssen Sie meinen Bruder fragen«, erwiderte sie knapp.

Luise nickte, irgendwie hatte sie diese Antwort erwartet. Wieder blätterte sie in ihren Unterlagen. Es war ein Signal für ihr Gegenüber, dass sie, egal welche Antworten sie bekäme, ihren Fragenkatalog unerbittlich abarbeiten würde.

»Margitta Thorhoven, die Haushälterin Ihres Vaters, hat uns berichtet, dass Sie in den vergangenen Wochen zweimal sehr spät abends zu Ihrem Vater kamen«, sagte Luise.

Die Nasenflügel der Anwältin blähten sich, doch sie schwieg.

»Überraschend, wie sie sagte. Sonst wusste Frau Thorhoven immer vorher Bescheid, wenn Sie in die Villa kommen wollten«, schob Luise nach.

Julia Behnke wartete mit ausdruckslosem Gesicht auf die Fragen.

»Wie kam es dazu?«

Erneut kräuselten sich ihre Lippen. »Er war mein Vater«, antwortete sie. »Ich habe ihn besucht.«

»Worum ging es?«

Julia Behnke seufzte. »Das habe ich Ihnen bereits gesagt.« Genervt lehnte sie sich nach vorn und stützte sich mit beiden Unterarmen auf den Tisch. »Ich hatte einen Mandanten, dessen Schiff in Brasilien festgehalten wurde. Ich wollte die Meinung meines Vaters dazu hören.«

»Warum so spät abends? Warum nicht am Telefon?«

Wieder ließ sich Behnke nach hinten fallen, prüfte nun Luise mit einem abschätzigen Blick. »Er war mein Vater«, wiederholte sie. »Die Uhrzeit spielte keine Rolle.«

»So kurzfristig?«, fragte Luise.

»So kurzfristig«, entgegnete Behnke hart.

Wieder kramte Luise in den Unterlagen, diesmal zog sie ein Blatt aus dem Labor hervor und las davon ab. »Wir konnten inzwischen die Waffe identifizieren, mit der Ihr Vater erschossen wurde. Es handelt sich um eine Glock 17, die vor zwei Jahren bei einem Raubüberfall beschlagnahmt wurde.«

Regungslos blickte Julia Behnke sie an, doch ihre Augen verrieten die Überraschung.

»Die Waffe, mit der Ihr Vater erschossen wurde, stammt aus der Asservatenkammer des Polizeipräsidiums. Ihr Verschwinden wurde erst bemerkt, als die Schusswaffe, die den Tod Ihres Vaters verursacht hat, anhand der Munition identifiziert werden konnte.«

Julia Behnkes Gesicht wurde wieder ausdruckslos, sie schien sich gefangen zu haben.

»Wie konnte Ihr Vater in den Besitz dieser Waffe kommen?«, fragte Luise.

Mit einem Hochziehen der rechten Augenbraue wartete Julia Behnke auf die nächste Frage.

»Sie waren vor drei Wochen im Präsidium, LKA 5, Wirtschaftskriminalität«, fuhr Luise fort. »Vielleicht haben Sie die Gelegenheit genutzt, um der Asservatenkammer einen Besuch abzustatten.«

Behnke starrte Luise ungläubig an. »Gibt es irgendein Indiz, das mich mit dem Verschwinden dieser Waffe in Verbindung bringt?«

Luise schwieg.

»Gibt es ein Indiz?«, fragte Julia Behnke erneut.

Schließlich schüttelte Luise den Kopf. »Nein«, erwiderte sie widerstrebend.

Entschieden griff Julia Behnke nach ihrer Tasche, die sie neben ihrem Stuhl auf den Boden gestellt hatte, und erhob sich.

»Haben Sie noch weitere Fragen an mich?«, fragte sie kühl.

»Das war es«, erwiderte Luise mit einem Lächeln. »Bis auf Weiteres.«

Julia Behnke wandte sich grußlos ab und zog die Tür mit einem dumpfen Geräusch hinter sich ins Schloss.

Noch am selben Abend hatte Luise ihr Team zu einer Lagebesprechung zusammengetrommelt, um über die Befragungen zu berichten.

»Sie lügt«, sagte Cem, nachdem sie mit der Zusammenfassung des Gesprächs mit Julia Behnke geendet hatte.

Luise musterte ihn nachdenklich. »Das denke ich auch«, stimmte sie ihm zu.

»Aber nicht bei der Sache mit der Asservatenkammer«, fuhr Cem fort und angelte nach einer Flasche Wasser, die in der Mitte des Tisches stand. »Da war sie ehrlich überrascht.« Er zog die Flasche zu sich heran und schenkte sich ein.

»Hm«, murmelte Luise und betrachtete ihn grübelnd. Maggie kannte sie gut genug, um zu wissen, dass ihre Ex Cem insgeheim recht gab.

»Julia Behnke hat ein Motiv«, sagte Petra Schröder langsam und ihr Blick wanderte über das Whiteboard. »Ihr Vater wollte sie enterben.«

»Sie wusste nichts davon«, warf Kubicek ein. »Das behauptet sie zumindest.« Er sah zu Cem. »Aber Sie sagen ja, sie lügt.«

»An der Stelle nicht«, widersprach Cem. »Da fand ich sie glaubhaft.«

»Ich auch«, antwortete Luise.

»Womit hat sie denn nun gelogen?« Kubicek wirkte sichtlich genervt.

»Die Besuche bei ihrem Vater abends«, erwiderte Luise. Nun war es Cem, der ihr mit einem Kopfnicken zustimmte. »Der Grund, den sie uns genannt hat, war vorgeschoben. Sie hat ihren Vater angeblich um Rat bitten wollen wegen eines Mandanten. Das war gelogen.«

»Was hat das mit unserem Fall zu tun?«, fragte Kubicek ungeduldig.

Luises Lächeln war kaum wahrnehmbar. Sie schätzt Kubicek, dachte Maggie, er ist hartnäckig, genau an den richtigen Stellen, auch wenn er nervt.

»Das wissen wir noch nicht«, entgegnete Luise geduldig und das Wort »noch« hatte eine sanfte Betonung.

Man sah Kubicek an, dass ihn die Antwort nicht befriedigte, doch er schwieg.

»Damit haben wir als Verdächtige die Tochter des Ermordeten«, fasste Thomas Merz zusammen, »diese hatte *vielleicht*«, er zog das Wort in die Länge und sein Gesichtsausdruck verriet Unzufriedenheit, »Zugang zur Waffe. Vermutlich hatte sie die Gelegenheit, und *vielleicht*«, erneut betonte er das Wort mit einem missmutigen Gesicht, »ein Motiv. Dann haben wir den Sohn des Ermordeten. Der hatte keinen Zugang zur Waffe, aber vermutlich ebenfalls die Gelegenheit, und er hatte ein Motiv. Außerdem haben wir Behnkes Assistentin. Auch sie hatte die Gelegenheit, aber keinen Zugang zur Waffe und *vielleicht*«, wieder verzog er das Gesicht, »ein Motiv. Nicht zu vergessen eine unbekannte Anzahl von Geschäftspartnern, die an Behnkes illegalen Aktivitäten beteiligt waren und denen es nicht entgangen sein konnte, dass der alte Mann allmählich unzuverlässig wurde. Sie mussten fürchten, dass Behnke senior zu einer echten Gefahr für sie werden könnte.«

Einträchtig sahen nun alle auf das Whiteboard, wo unter dem Stichwort *Verdächtige* die Namen von Julia Behnke, Markus Behnke und Hildegard Fromme zu lesen waren, darunter: *Geschäftspartner*.

»Es gibt übrigens neue Erkenntnisse«, meldete sich nun Nicki Lambrecht zu Wort.

Alle Köpfe wandten sich ihr zu.

Sie fuhr sich über die schwarzen Stoppeln auf ihrem Kopf, die heute noch kürzer wirkten als die Tage zuvor. Sie lächelte triumphierend und zupfte an ihrem Rollkragen. »Die Kriminaltechnik hat den Ausdruck des Drohschreibens mit den Druckern in Behnkes Büro verglichen. Der Brief wurde auf dem Drucker der Assistentin ausgedruckt.«

»Hildegard Fromme«, entfuhr es Kubicek.

211

»Überraschung, Überraschung«, bemerkte Cem.

»Also doch Fromme«, sagte Udo Rehling leise.

»Ich habe bereits heute Vormittag davon erfahren«, meldete sich nun Dreisam zu Wort. »Bei meinem ersten Check habe ich mir nur Behnkes Rechner genauer angesehen. Der wurde ja am Nachmittag seines Todestages kurz vor 15.30 Uhr heruntergefahren und später nicht mehr angeworfen. Das passt zu den Zeiten, als Behnke nachmittags ganz offiziell sein Büro verließ.«

Nun hatte sie die volle Aufmerksamkeit aller.

»Da der Brief auf Frommes Drucker ausgedruckt wurde, war ich in der Reederei und habe mir Zugang zum Netzwerk der Firma geben lassen. Damit konnte ich auch auf Frommes Computer zugreifen. Dort habe ich nichts Ungewöhnliches gefunden, keine Datei, die dem Drohschreiben entspricht, keinen entsprechenden Druckauftrag. Außerdem hat sie wie meist ihren Computer gegen 16.30 Uhr heruntergefahren und an diesem Tag auch nicht mehr hochgefahren. Doch an Behnkes Todestag hat sich um 20.17 Uhr ein fremder Computer zum ersten Mal ins Netz eingeklinkt, vermutlich ein Laptop. Die Verbindung war getunnelt, also nicht zurückzuverfolgen, wem das Gerät gehört. Von diesem Laptop aus wurde genau ein Druckauftrag auf Frommes Drucker gesendet, Umfang etwa eine Seite Text.«

»Frommes privater Laptop«, sagte Rehling. »Sie wird ja nicht so blöd gewesen sein, auf ihrem Firmenrechner solche Briefe zu schreiben.«

»Ihr Motiv?«, setzte Luise nach.

Dreisam zuckte mit den Achseln. »Ablenkungsmanöver. Ein Drohschreiben, das kurz vor dem Mord auftaucht, ist ohnehin Quatsch.«

»Panik«, meldete sich nun Rehling erneut zu Wort. »Sie hat mitbekommen, dass Behnkes Geschäftspartner ihm nicht mehr trauen. Sie wollte verhindern, dass Behnke sie mit reinreitet, wenn durch seine fortschreitende Demenz die Waffengeschäfte auffliegen.«

»Wissen wir mehr über Frommes finanziellen Verhältnisse?«, fragte Luise.

»Unauffällig«, erwiderte Schröder mit unzufriedener Miene. »Mietwohnung in Finkenwerder, kleiner Wagen, Italien-Urlaube. Zugang zu ihren Konten haben wir nicht, zumindest noch nicht.«

»Könnt ihr herausfinden, ob es sich bei dem unbekannten Gerät um Frommes Laptop handelt?«, wandte sich Luise an Dreisam.

»Wie gesagt«, gab Dreisam knapp zurück, »die Verbindung war getunnelt, eine sogenannte VPN-Verbindung. Alles wird verschlüsselt, auch IP-Adresse und Standort sind nicht sichtbar. Aber wir werden das noch genauer überprüfen.«

Luise nickte zufrieden. »Genug für heute«, sagte sie und zum ersten Mal war die Müdigkeit aus ihrer Stimme herauszuhören. »Bis morgen. 11 Uhr Besprechung in großer Runde, dann werden wir sehen, was ihr bis dahin herausgefunden habt.«

20.

Als Maggie aufwachte, brauchte sie einen Moment, um sich zu orientieren. Sie war in einem Hotelzimmer in Hamburg. Verschlafen warf sie einen Blick auf ihr Handy und stöhnte. Vier Uhr, kein Wunder, dass durch die Vorhänge kein Lichtstrahl nach innen drang.

Sie wälzte sich auf die andere Seite und versuchte, nicht über das Drohschreiben nachzudenken. Doch dann tauchte Luise in ihren Gedankenspiralen auf. Warum hatte sie so schnell geheiratet? Woher kannte sie überhaupt Katharina Becker? Wie ging es Leo mit ihr? Ob er wusste, dass sie nicht seine leibliche Mutter war? Und auch Luise nicht?

Mühsam versuchte Maggie den Gedankenkreisel zu durchbrechen, um noch etwas Schlaf zu bekommen. Doch längst hatte die Müdigkeit einer Anspannung Platz gemacht, die durch den Schlafmangel nur verstärkt wurde.

Genervt warf sie die Decke zur Seite und setzte sich auf die Bettkante. Sie stützte ihren Kopf auf beide Hände und spürte die Schwere. Am liebsten hätte sie sich wieder ins Bett fallen lassen, doch sie wusste, dass dort kein Schlaf auf sie wartete, sondern nur weitere quälende Gedanken, die sie nicht zur Ruhe kommen lassen würden. Der Fall war vermutlich bald aufgeklärt, damit war sie befreit, konnte zurückfahren, nach Hause. Alles hinter sich lassen. Auch Leo.

Ob der Schmerz jemals nachlassen würde? Vor ihrem Besuch in Hamburg war er dumpf gewesen, immer da, aber erträglich. Nun brannte er wieder wie Feuer, wie damals, vor dreizehn Jahren.

Seufzend stand sie auf, ging ins Bad und machte sich fertig. Als sie die Hotellobby betrat, war die Rezeption noch verlassen. Ein Mann eilte mit hochgeschlagenem Mantelkragen und einem Koffer, den er auf quietschenden Rollen hinter sich her zerrte, an ihr vorbei.

Es war gegen sechs Uhr morgens, als Maggie auf der Suche nach einer offenen Bäckerei schließlich im U-Bahnhof landete. Ihre Googlesuche zeigte ihr nicht nur die Adresse der Bäckerei an, sondern auch die Straße, die Cem ihr genannt hatte. Die Straße, in der Luise mit ihrer Familie wohnte.

Als Maggie mit einem Pappbecher voll Kaffee und einer Tüte mit einem Rundstück die U-Bahn in Richtung Gänsemarkt nahm, um von dort weiter nach Eimsbüttel zu fahren, wusste sie, dass es ein Fehler war.

Die Straßen hatten sich allmählich gefüllt. In der U-Bahn saßen zahlreiche Menschen mit mürrischen Gesichtern, vermutlich auf dem Weg zur Arbeit. Ein Mann stolperte an ihr vorbei, der streng nach Alkohol roch.

Ihr Kaffee war bereits kalt, als die Bahn die Haltestelle Christuskirche erreichte. Maggies Hand schloss sich immer enger um die Tüte mit dem Brötchen, als sie ausstieg und gemeinsam mit einer Mutter, ihrem schlafenden Säugling und einem stoppelbärtigen Alten den U-Bahnhof verließ.

Ihr Schritt wurde langsamer, als sie durch die dunklen Straßen ging und sich Luises Wohnhaus näherte. Eine alte Frau mit einer Dogge kam ihr entgegen, und ein neugieriger Blick streifte sie. Nervös betrachtete Maggie die umliegenden Häuser und entdeckte auf der gegenüberliegenden Straßenseite ein altes Gebäude, das liebevoll in zwei Farben restauriert worden war. Vier Stockwerke hatte das Haus, in zweien davon brannte bereits Licht, die übrigen Etagen waren dunkel. Kühle Morgenluft strich über ihre heiß gewordenen Wangen und brachte einen Schwall Sprühregen mit.

»Was jetzt?«, knurrte ein Mann ungehalten, der Maggie fast anrempelte, weil diese stehen geblieben war. Schließlich drängte er sich mit einem Wortschwall an ihr vorbei. Ein Stoß traf sie im Rücken und ihr restlicher Kaffee ergoss sich auf ihre Schuhe.

Suchend glitt ihr Blick die Fassade nach oben. In welchem Stockwerk mochte Luise wohnen? Ein paar Autos fuhren vorüber, zwei Passanten gingen an ihr vorbei, einer trug einen Schirm, der andere hatte den Mantelkragen hochgeschlagen.

Maggie atmete aufgeregt durch den Mund. Natürlich wusste sie, dass es ein Fehler war. Schon jetzt konnte sie die Stimme von Walt hören, der ihr den Kopf wusch. Doch der Gedanke, dass Leo nur wenige hundert Meter von ihr entfernt in einem Bad stand, sich vielleicht die Zähne putzte und dann aus der Haustür auf die Straße treten würde, ging ihr nicht aus dem Kopf.

Sie setzte einen Fuß vor, dann noch einen. Klammerte sich an den leeren Pappbecher und zerdrückte mit der anderen Hand das Brötchen. Die Hauswand wuchs vor ihr in die Höhe. Angespannt ging sie zwei Schritte nach vorn, blieb am Bordstein stehen, bereit, die Straßenseite zu wechseln, um sich Luises Haus noch weiter zu nähern.

Was machst du hier, hämmerte es in ihrem Kopf, du hast hier nichts zu suchen. Maggie atmete schwer und trat schließlich zwei Schritte zurück, um die Haustür besser sehen zu können.

Immer weiter ging sie rückwärts, bis sie das Gebäude hinter sich fühlte, wie es sich kalt und hart an ihren Rücken schmiegte. Noch immer war es dunkel, nur der helle Streifen weit über den Häuserdächern verriet, dass die Sonne bald aufgehen würde.

Maggie wusste nicht, wie lange sie dort schon stand. Ihren Blick konnte sie nicht von der Tür lassen, spürte, wie der Regen durch ihre Hose drang und aus dem nassen Haar in ihren Kragen rann.

Autos fuhren vorüber und ein Kleinlaster hielt unmittelbar vor Maggie, sodass sie fürchten musste, den Moment zu verpassen, wenn Luise und Leo aus dem Haus traten. Fast hoffte sie, dass es so sein würde, dann hätte das Schicksal für sie entschieden, dann war es besser so.

Mehrere Menschen waren bereits drüben aus dem Haus gekommen und davongeeilt, ohne auf Maggie zu achten, die bei jedem Öffnen der Tür den Kopf einzog, als könnte sie sich im Schutz der Hausfassade unsichtbar machen, ohne sich von der Stelle zu rühren.

Wieder öffnete sich die Haustür. Wieder zog Maggie den Kopf ein.

Eine hoch gewachsene Frau trat nach draußen, Mitte dreißig, mit einem dunklen Mantel, unter dem eine helle Hose zu sehen war, darüber halb hohe Stiefel.

Hinter ihr folgte ein Mädchen, acht bis neun Jahre alt, dann ein Teenager, der etwa Leos Alter haben konnte.

Aufgeregt hielt Maggie den Atem an, als Luise nach draußen trat, mit einem Lächeln auf dem Gesicht.

»Beeilt euch, wir wollen die Bahn erwischen, ich …«, sie stutzte.

Obwohl Maggie sicher war, dass Luise sie entdeckt hatte, konnte sie den Blick nicht von dem Jungen abwenden. Leo, der an seinem Rucksack zog und dem Mädchen etwas ins Ohr flüsterte. Er war groß für sein Alter, bestimmt über einen Meter sechzig, schätzte Maggie. Sein Haar war ungewöhnlich lang, es bedeckte beide Ohren und war dunkelbraun wie das von Walt, der Haarschnitt endete über der Stirn mit einem Pony. Seine Nase war gerade, seine Lippen geschwungen.

Jetzt begegnete Maggie dem entsetzten Blick von Luise, die rasch zu ihrer Frau sah, doch diese schien nichts bemerkt zu haben. Fragend sah Katharina zu Luise, und noch bevor sie erkennen konnte, wohin Luise mit diesem erstarrten Gesichtsausdruck blickte, fuhr ein Lastwagen vorüber, bremste und blieb schließlich stehen, sodass er die Sicht auf die andere Straßenseite versperrte.

Hastig senkte Maggie den Kopf, stopfte beide Hände in die Taschen ihres durchnässten Mantels und huschte am Haus entlang in die nächste Seitengasse. Von Weitem hörte sie, wie das Motorgeräusch anschwoll und der Lastwagen sich in Bewegung setzte.

Ihren Kopf zwischen die Schultern gezogen eilte Maggie davon, hinter ihrem Rücken das Geräusch des fahrenden LKWs. Sie schämte sich für diese Aktion und war dennoch so glücklich wie lange nicht mehr. Sie wusste nun, wie er aussah. Dass es ihm gut ging. Bei Luise. Und ihrer neuen Frau.

Nervös hielt Maggie den Blick gesenkt, als Luise eine Minute nach 11 Uhr den Besprechungsraum betrat, in dem schon alle versammelt waren.

»Guten Morgen«, hörte sie Luise sagen, die nur eine Spur anders klang als sonst. Man musste sie gut kennen, um den unterdrückten Ärger zu bemerken.

Die übliche Begrüßungsrunde begann. Rehling hatte mit einem ehemaligen Geschäftspartner gesprochen, der die Gerüchte um Behnke senior bestätigte. Doch mehr hatte er nicht sagen können oder wollen.

Erst jetzt hob Maggie ihren Kopf und blickte in die belustigten Augen von Cem.

Maggie konnte sich ein Lächeln nicht verkneifen. Doch dann begegnete sie Luises Blick, die grimmig zu ihr schaute. Rasch wandte sich Maggie Rehling zu, der gerade seinen Bericht beendete.

»Das war's«, sagte Rehling. »Bringt uns nicht wirklich weiter.«

»Aber wir sind weitergekommen«, meldete sich Merz zu Wort. Mit einem zufriedenen Lächeln blickte er sich um und wartete, bis alle ihn ansahen. »Die Kollegen vom BKA haben bei dem Hohlraum in der Dragonfly Fingerabdrücke gefunden. Auf der Rückseite der Tastatur für den Zugangscode.«

»Haben sie das ganze Ding auseinandergenommen?«, entfuhr es Schröder.

Merz rieb sich mit einem breiten Grinsen die Glatze. »Haben sie.«

»Jetzt spann uns nicht auf die Folter«, grummelte Rehling. »Wer steckt dahinter?«

Merz zog die Schultern hoch und ließ sie wieder fallen. »Die Kollegen sind gerade dran, die Fingerabdrücke der Werftmitarbeiter einzusammeln. Könnte noch etwas dauern.«

Rehling stöhnte vernehmlich.

»Ich habe leider schlechte Nachrichten«, war nun die entschiedene Stimme von Iris Dreisam zu hören. »Was den Druckauftrag mit dem Drohschreiben betrifft – wir konnten nicht herausfinden, von welchem Gerät er kam. Lediglich die Uhrzeit, 20.17 Uhr, und dass es sich um ein fremdes Gerät handelte. Zumindest konnten wir in der Vergangenheit keine anderen getunnelten Verbindungen im Netzwerk finden.«

»Warum glaubst du, dass es genau dieser Auftrag war, mit dem das Drohschreiben auf den Drucker gesendet wurde?«, fragte Luise, ihre Stimme klang noch immer angespannt, doch nun war sie ganz auf den Fall konzentriert.

»Ich habe mir die Druckaufträge durchgesehen, die Fromme in den vergangenen Tagen und Wochen geschickt hat. Alles mehrseitige Dokumente, nur ein Schreiben, das ein einzelnes Blatt umfasste. Doch das war ein Foto, also eine umfangreiche Datei. Nichts von Frommes Computer kam nur annähernd dem geringen Datendurchsatz nahe, die dieser Brief umfasst. Der hatte nur ein paar Zeilen, schwarz-weiß. Also wenig Daten, eine kleine Datei. Der einzige Druckauftrag mit diesem geringen Umfang kam an dem Abend von dem unbekannten Computer auf den Drucker von Fromme.«

»Also kein Hinweis auf Julia oder Markus Behnke oder auf Fromme«, bemerkte Thomas Merz unzufrieden und zerrte an seinem Pullover, heute in leuchtendem Pink.

»Kannst du den Brief denn auf einen der drei zurückführen? Auf ihre Sprache?«, fragte Luise in Maggies Richtung und bemühte sich um einen neutralen Ton.

Maggie machte eine unschlüssige Miene.

»Irgendwas?«, setzte Luise nach.

»Ich bin dran«, antwortete Maggie emotionslos. »Aber wenn ich Fromme als Verfasserin ausschließen soll, muss ich mehr von ihr erfahren.«

»In Ordnung«, erwiderte Luise, »sie soll für eine weitere Befragung vorbeikommen. Sonst noch was Neues?«, fragte sie in die Runde.

Nachdem niemand antwortete, verabschiedete sich Luise mit einem Nicken in Richtung von Iris Dreisam. »Danke für Ihre Arbeit, auch wenn es nichts gebracht hat.«

Zurück in ihrem provisorischen Büro widmete sich Maggie wieder einmal dem Drohschreiben, bis ein Geräusch sie aus ihren Gedanken riss. Sie erstarrte, als sie in Luises Augen blickte. Ihre Ex schloss sorgsam die Tür hinter sich.

»Wie konntest du es wagen?«, zischte sie dann und ihre Gesichtszüge waren verzerrt vor Wut. »Meine Familie ist tabu für dich!«

Maggie atmete tief durch und lehnte sich in ihrem Schreibtischstuhl weit zurück. Seit ihrer Begegnung an diesem Morgen waren ein paar Stunden vergangen, sie hatte also genug Zeit gehabt, sich auf dieses Gespräch vorzubereiten.

»Es tut mir leid«, sagte Maggie aufrichtig. »Aber er ist auch mein Sohn. Meine Familie.«

»Den du nicht sehen wolltest! Du hast dich gegen den Kontakt entschieden!« Ihre Stimme klang gepresst.

Aufgewühlt schloss Maggie die Augen. Luises Worte erinnerten sie an eine der dunkelsten Stunden ihres Lebens. »Lass uns nicht davon sprechen«, erwiderte sie, hob den Blick und bemühte sich um einen ruhigen Tonfall. »Lassen wir die Vergangenheit ruhen. Bitte. Lass uns von der Zukunft sprechen. Von Leos Zukunft. Von unserer Zukunft.«

»Es gibt kein ›unser‹ mehr. Nie mehr. Nie wieder!« Bei den letzten Worten war sie laut geworden. Aus den Augenwinkeln sah Maggie, wie einige die Köpfe hoben und erstaunt zu ihnen sahen.

Auch Luise war das nicht entgangen. Sie stopfte die Hände in die hinteren Taschen ihrer Jeans und versuchte, ihre Atmung zu kontrollieren.

Stille kehrte ein. Das Schweigen erinnerte Maggie an damals, als sie keine Worte mehr gefunden hatten nach all den Tränen.

Ihre Kehle schnürte sich zu und sie spürte, wie ihre Augen feucht wurden. Nicht jetzt, ermahnte sie sich, nicht jetzt. Jetzt gibt es Wichtigeres als die Trauer.

»Ich meinte nicht dich und mich. Ich meinte Leo und mich. Unsere Zukunft«, erwiderte Maggie und kämpfte gegen den Schmerz, der in ihr wühlte und ihr die Tränen in die Augen trieb. »Er sollte seine leibliche Mutter kennenlernen, findest du nicht?«

Sprachlos sah Luise sie an. Sie öffnete den Mund – und schloss ihn wieder. Rasch hob und senkte sich ihr Brustkorb, hinter ihrer Stirn schien es zu arbeiten.

In den vergangenen Stunden hatte Maggie darüber nachgedacht, was ihr wirklich wichtig war. Die Vergangenheit war vorbei, genau wie Luise es gesagt hatte. Es tat noch immer weh, mehr, als sie es Luise je zeigen würde, aber wichtig war die Zukunft. Als sie das realisiert hatte, war ihr endlich klar geworden, was sie in Wahrheit von Luise wollte: ihren Sohn kennenlernen.

Ein dunkler Schatten tauchte vor der Tür auf, verharrte für einen Moment und wandte sich wieder ab.

Hastig legte Luise ihre Hand auf den Griff und zog die Tür auf. »Herr Bayrak, gut dass Sie kommen, ich wollte Sie noch kurz sprechen.«

Cem, der sich bereits umgedreht hatte, kehrte zur Tür zurück und betrat den Raum.

Mit einem Kopfnicken trat Luise zur Seite, sie schien froh zu sein über Cems Anwesenheit.

»Schließen Sie bitte die Tür?«, sagte sie mit einem strafenden Blick nach draußen, wo neugierige Augenpaare auf sie gerichtet waren.

»Gern«, entgegnete Cem freundlich und nicht im Mindesten beeindruckt.

»Sie haben in meiner Nachbarschaft Nachforschungen angestellt«, begann Luise mit kühler Stimme, kaum hatte sich die Tür hinter Cem geschlossen. »Sie haben nach meiner Familie gefragt. Das ist ungeheuerlich und steht Ihnen nicht zu.«

Cem nickte. »Da haben Sie vollkommen Recht«, erwiderte er zerknirscht und seine Reue schien ehrlich zu sein. »Das ist mir dann auch klar geworden, aber da war es zu spät. Wird nie wieder vorkommen.« Demütig senkte er den Kopf und seine Körperhaltung trug dazu bei, dass diese winzige Geste fast wie eine Verbeugung wirkte.

Verblüfft starrte Luise ihn an und sah dann zu Maggie. Als ihre Blicke sich begegneten, schien sich Luise zu erinnern, was Maggie kurz vor Cems Eintreffen gesagt hatte, und ihre Miene verhärtete sich.

Offensichtlich hatte Cem die winzige Szene beobachtet, denn rasch sagte er: »Das war allein meine Idee. Maggie Kofler hat nichts damit zu tun.«

Luise musterte ihn zweifelnd. Entschuldigend hob Cem die Hände und lächelte bedauernd.

»In Ordnung«, erwiderte sie kühl und nickte Cem zu. »Entschuldigung angenommen.«

Ohne einen weiteren Blick auf Maggie verließ sie den Raum und nahm Kurs auf ihr Büro.

Cem setzte sich Maggie gegenüber. Schweigend sahen sie sich an, Cem noch immer lächelnd.

»Was?«, fragte er leichthin, als Maggie stumm blieb. Wieder hob er beide Hände, die Handflächen nach oben. »Wenn ich einen Fehler mache, gebe ich ihn zu. Ehrensache.«

Noch immer blickte Maggie ihn nur an. Ihr fiel ein, dass Cem nach seinem Besuch in Luises Nachbarschaft davon erzählt hatte, was er in Erfahrung gebracht hatte. Luises Frau Katharina und Julia Behnke kannten sich von der internationalen Gesamtschule.

Fragend hob er die Augenbrauen.

»Die internationale Gesamtschule«, begann sie zögernd. »Julia Behnke hat die internationale Gesamtschule besucht.«

Cem sah sie fragend an, dann nickte er. »Ja, hat sie. Hat Margitta Thorhoven bestätigt. Als ihre Eltern sich trennten und ihre Mutter nach Großbritannien zurückkehrte, war sie sieben Jahre alt. Behnke senior hatte damals beschlossen, dass ihr Englisch gut genug wäre, um die Gesamtschule zu besuchen. Also wurde sie dort eingeschult und blieb bis zum Abitur.«

»Und ihr Bruder?«, fragte Maggie.

Cem schüttelte den Kopf. »Der nicht. Markus Behnke wurde eingeschult, als die Mutter noch mit der Familie zusammenlebte. Er hat zunächst die Grundschule zwei Straßen weiter besucht, dann das Gymnasium, nur fünf Minuten entfernt.«

Regungslos ließ Maggie ihren Blick auf seinem Gesicht ruhen, schließlich zog sie ihren Computer näher und tippte »internationale Gesamtschule« in das Suchfenster. Sie landete bei dem einzigen Treffer für Hamburg. Wortlos klickte sie sich durch die Internetseiten der Schule, dann zog sie die Kopie des Drohschreibens neben den Laptop und las noch einmal den Text. »Das könnte passen«, murmelte sie nach einer Weile und ihr Blick glitt über die Zeilen.

»Was?«, fragte Cem, der sie nicht aus den Augen gelassen hatte.

»Im Brief finden sich Fehler, die ganz typisch sind für Deutsch als Zweitsprache und Englisch als Erstsprache. Aber es sind erstaunlich wenig Fehler«, erwiderte sie.

»Das hattest du mal ganz am Anfang gesagt. Was bedeutet das für dich?«, fragte Cem, der seine Rolle als teilnehmender Beobachter zu genießen schien.

»Was?« Maggie hob den Kopf. Eigentlich hatte sie nur mit sich gesprochen.

»Was bedeutet das für dich?«, wiederholte er geduldig. »Welche Fehler genau deuten auf Deutsch als Zweitsprache und Englisch als Erstsprache hin?«

»Kongruenz«, antwortete Maggie. »Das bedeutet, dass Satzteile in bestimmten grammatischen Merkmalen übereinstimmen, zum Beispiel Adjektiv und Substantiv. Es heißt: *Ich sehe grüne Inseln* und nicht: *Ich sehe grüner Inseln*. Gibt es im Englischen deutlich weniger ausgeprägt als im Deutschen, deshalb machen die meisten das noch Jahre nach dem Fremdspracherwerb falsch, sowohl mündlich als auch schriftlich. Im Drohschreiben steht: *Stoppen Sie Ihre kriminelle Aktivitäten,* statt: *Stoppen Sie Ihre kriminellen Aktivitäten*. Der Fehler kommt aber nur ein einziges Mal vor, das ist erstaunlich selten. Außerdem ist in diesem Fall weit und breit niemand zu sehen, der oder die Deutsch als Zweitsprache spricht.«

Cem nickte ihr aufmunternd zu, fortzufahren.

»Vielleicht macht diese Person die Fehler ja nur schriftlich.«

»Was?«, fragte er verblüfft dazwischen.

»Vielleicht macht die Person diese Fehler nur schriftlich und nicht mündlich«, wiederholte Maggie.

Unsicher blickte Cem sie an.

»Es könnte jemand sein, der bilingual ist«, erläuterte sie, »so wie Julia Behnke. Das Drohschreiben könnte von Julia Behnke stammen. In der internationalen Gesamtschule wird auf Englisch unterrichtet und alle Tests finden auf Englisch statt, die gesamte Schulumgebung ist mündlich wie schriftlich das Englische. Es gibt zwar Deutsch als Unterrichtsfach, aber das beschränkt sich auf einige Stunden in der Woche. Das heißt, die schriftliche Kompetenz des Deutschen, ihrer Erstsprache, ist bei ihr nur wenig ausgebildet, denn die schriftliche Sozialisierung fand überwiegend in der zweiten Sprache statt, also auf Englisch. Ihrer mündlichen Kompetenz des Deutschen ist das nicht anzuhören, aber die schriftliche Kompetenz ist ähnlich wie die einer Person, die Deutsch als Zweitsprache über etliche Jahre regelkonform erlernt hat.«

Cem nickte langsam. »Könnte sein. So wie bei mir. Ich bin zweisprachig aufgewachsen, Deutsch und Türkisch, aber ich bin auf eine deutsche Schule gegangen. Alle Diktate, Aufsätze und Tests waren auf Deutsch. Wenn ich Türkisch spreche, klingt es nach Muttersprache. Ist auch Muttersprache. Aber wenn ich was auf Türkisch schreiben soll …«, er grinste und schüttelte den Kopf.

»… dann machst du Fehler«, setzte Maggie seine Überlegungen fort, »aber nicht die typischen Fehler von Menschen, die Türkisch als Zweitsprache gelernt haben. Hast du ja nicht, da du bilingual bist, aber da du nicht systematisch gelernt hast, auf Türkisch zu schreiben, machst du Fehler.«

»Genau«, erwiderte Cem.

Ein Lächeln umspielte Maggies Gesicht. »Das könnte es sein«, sagte sie triumphierend. »Ich recherchiere das noch, aber das könnte es wirklich sein.«

21.

»Warum«, fragte Kubicek eindringlich, »warum sollte Julia Behnke ihren Vater töten? Sie hat doch überhaupt keinen Grund!«

Die Besprechung war turbulent verlaufen, nachdem Maggie an diesem Abend ihre neuesten Erkenntnisse vorgetragen hatte. Doch es passte alles zusammen: Julia Behnke war bilingual aufgewachsen, hatte eine englischsprachige Schule besucht, könnte das fehlerhafte Drohschreiben verfasst und dann auf Frommes Drucker ausgedruckt haben.

Am Ende hatte Kubicek ausgesprochen, was allen ins Gesicht geschrieben stand: Die Ermordung des eigenen Vaters war eine massive Handlung. Dafür war man entweder sehr kaputt oder hatte einen wirklich guten Grund, doch für Julia Behnke schien weder das eine noch das andere zuzutreffen.

»Klar hat sie ein Motiv«, widersprach Iris Dreisam entschieden. Sie wirkte empört, dass die SOKO diese Beweiskette so leichtfertig abhaken wollte. »Ihr Vater wollte sie enterben.«

Ein Blick in die Gesichter der anderen zeigte Maggie, dass die Mehrheit geneigt war, das als nachvollziehbares Motiv gelten zu lassen. Viele Verbrechen dienten der persönlichen Bereicherung. Auch für diesen Mord könnte Geld das Motiv geliefert haben.

»Nein«, meldete sich nun Petra Schröder zu Wort. »Sie hat kein Motiv.«

Luise runzelte die Stirn, Kubicek schien geschmeichelt. Wenigstens einer gab ihm Recht.

»Und warum?«, fragte Luise.

»Ich habe heute Morgen nochmals mit dem Anwalt telefoniert, ihr wisst schon, der Anwalt des Opfers.« Sie sah sich um und holte sich das Nicken der anderen ab. »Er hat eine ganze Weile rumgedruckst, doch schließlich hat er mir erzählt, dass er von Julia Behnke wusste, dass ihr Vater vermutlich Demenz im Frühstadium hatte. Deshalb hat er entschieden davon abgeraten, dass der Alte sein notariell beurkundetes Testament ändert. Jedenfalls nicht ohne fachärztliches Gutachten, das Anton Behnke trotz beginnender Demenz Testierfähigkeit bescheinigt.«

Verlegen rieb sich Schröder die Hände und hob bedauernd die Achseln, als wollte sie den Anwalt in Schutz nehmen. Die anderen wirkten ebenso überrascht wie Maggie, Rehling schmiss seinen Stift auf den Tisch und warf sich mit einem ärgerlichen Laut nach hinten gegen seine Stuhllehne.

»Was?«, rief Kubicek über den Tisch. »Ich sag doch, sie hat kein Motiv!«

Rehling ignorierte ihn und wandte sich an Schröder. »Warum rückt der Anwalt erst jetzt damit raus?«

»Der Alte hat bis zum Schluss alle Geschäfte der Reederei geführt. Wenn vor seinem Tod bekannt geworden wäre oder es jetzt öffentlich bekannt werden würde, dass er an beginnender Demenz litt, dann könnten so manche Geschäftspartner Behnkes Entscheidungen infrage stellen und die Verträge anfechten. Das könnte die Reederei in den Ruin treiben.«

»So schnell gehen die schon nicht pleite«, konstatierte Rehling, doch sein Gesichtsausdruck zeigte, dass er dem Anwalt zustimmte.

»Also, es bleibt dabei«, meldete sich nun Luise mit kühler Stimme zu Wort. »Es gibt keinerlei Spuren, die auf eine fremde Person hindeuten. Sein Sohn Markus Behnke hat ein starkes Motiv, aber es gibt keinerlei Verbindung zwischen ihm und der Tat. Alle Spuren führen zu Julia Behnke. Sie könnte den Brief verfasst und ihn an dem Abend im Büro ihres Vaters ausgedruckt haben. Auch wenn sie kein Motiv zu haben scheint.«

»Liebe«, sagte Cem. Alle Augenpaare richteten sich neugierig auf ihn. Er lächelte freundlich. »Viele Morde sind Beziehungstaten, bei denen starke Emotionen eine große Rolle spielen. Liebe ist eine davon. Vielleicht ist Liebe ein Motiv.«

Genervt verdrehte Kubicek die Augen. »Und wer soll hier wen lieben? Vielleicht Fromme den alten Knacker?«

Leises Kichern war zu hören.

Kubicek sah Cem unzufrieden an. »Echt jetzt?«

»Mit Liebe als Mordmotiv meine ich nicht die Assistentin des Opfers«, fuhr Cem gleichbleibend freundlich fort, als wäre er nicht unterbrochen worden. »Ich meine Julia Behnke und Markus Behnke.«

»Nicht dein Ernst«, entgegnete Maggie trocken.

»Sie sind Geschwister, wer weiß denn, was in den beiden vorgeht?«, sagte Cem und hob beide Hände. »Vielleicht hat sie es für ihren Bruder getan.«

»Die beiden hatten in den vergangenen Jahren kaum Kontakt«, warf Luise ein. »Außerdem bekommt er das Unternehmen.«

»Sie hatten Funkstille, weil sie es so wollte«, erwiderte Cem.

Maggie blickte in die nachdenklichen Gesichter der anderen und fragte sich, ob sie das Verhältnis der Geschwister vielleicht falsch eingeschätzt hatten.

»Warum klammert ihr eigentlich die Fromme so hartnäckig aus?«, warf Merz verärgert ein. »Sie hatte ein Motiv und die Gelegenheit, schon vergessen? Ihr Ex-Freund hat auf der Dragonfly einen versteckten Hohlraum eingebaut, und gerade als das nette Pärchen endlich damit Kohle machen will, erfährt Behnke davon. Womöglich hatte er sofort Fromme und ihren Ex-Freund im Verdacht und hat ihr das auf den Kopf zugesagt! Wir müssen nur noch herausfinden, wie sie an die Waffe kam.«

»In Ordnung«, sagte Luise, schob ihre Unterlagen zusammen, erhob sich und klemmte sich ihren Laptop und einen Packen Papiere unter den Arm. »Mangels Alternativen nehmen wir uns alle drei noch mal vor. Die beiden Behnkes und auch Fromme. Einer von den dreien muss es gewesen sein.«

Drei Stunden später hatte sich Markus Behnke erneut im Präsidium eingefunden. Sein Gesicht sprach Bände, als er das Vernehmungszimmer betrat, in dem Luise und Petra Schröder bereits auf ihn warteten.

»Ich habe Ihnen alles gesagt, was ich wusste«, rief er.

Wie schon beim letzten Mal eine Spur zu laut, um glaubwürdig zu sein, dachte Luise und erwiderte: »Setzen Sie sich bitte.«

Behnke ließ sich auf den Sitz fallen und hob den Arm, um seine Tasche auf den Tisch zu stellen. Als er Luises Blick begegnete, zuckte seine Hand zurück. Verärgert schob er seine Tasche auf die Sitzgelegenheit neben sich.

Erneut gab es einen kurzen Vorlauf mit den Personalien, dann kehrte Ruhe ein. Schweigend betrachtete Luise den Sohn des Reeders. Er hatte bei seiner letzten Vernehmung nicht die Wahrheit gesagt, da waren sich alle sicher. Doch was von dem, was er sagte, war glaubwürdig und was war schlicht gelogen?

»Herr Behnke«, begann Luise schleppend und ließ sich Zeit, um in ihren Unterlagen zu kramen.

Ein flüchtiger Blick auf ihr Gegenüber bestätigte ihre Annahme: Die Wartezeit zeigte bald ihre Wirkung. Nervös rutschte Behnke auf seinem Stuhl zur Seite und wischte sich mit zitternder Hand die Schweißperlen von der Stirn.

»Sie haben beim letzten Mal ausgesagt, dass Sie nicht wussten, dass Ihr Vater dement ist«, sagte Luise und versuchte, Blickkontakt herzustellen. Doch Behnke wich ihr aus. Trotzdem war sie sich nicht sicher, was sie von dem jungen Firmenchef halten sollte. War er so nervös, weil er mit drinhing, oder brachte ihn allein die Vernehmungssituation ins Schwitzen?

»Beginnende Demenz«, antwortete er und seine Stimme überschlug sich fast. »Ich wusste bis vor Kurzem nichts davon, habe ich doch schon gesagt, aber der Anwalt hat mir gerade erst bestätigt, dass er mit beginnender Demenz noch geschäftsfähig war.« Sein Blick wanderte zu seiner Tasche, als wollte er sich daran festhalten.

»Also haben die Verträge Bestand, die Ihr Vater in den vergangenen Monaten abgeschlossen hat«, warf Schröder ein.

»Ja, haben sie«, erwiderte Behnke trotzig und schlug seine Hände mit gekreuzten Armen unter die Achseln. »Sie können nicht angefochten werden. Da war unser Firmenanwalt ganz sicher.«

»Trotzdem fürchteten Sie schon länger um die Reederei, weil es Gerüchte um Ihren Vater gab. Sie mussten bereits Umsatzeinbußen hinnehmen, das haben Sie beim letzten Mal gesagt.«

Behnke leckte sich die Lippen, sein Blick huschte erneut über die

Wände und kehrte zurück zur Tischplatte. »Ja«, sagte er und drückte die Hände noch tiefer in die Achselhöhlen.

Luise konnte gut verstehen, dass der alte Behnke seinen Sohn zunächst nicht in der Geschäftsführung haben wollte. Doch nun war Behnke junior der Geschäftsführer, ohne Einarbeitung, ohne Anlaufzeit.

»Was haben Sie dagegen unternommen?«, fragte sie sanft.

Wieder irrlichterte Behnkes Blick durch den Raum, ehe er auf die Tischplatte zurückkehrte. Er öffnete den Mund, nuschelte ein paar Worte und schloss anschließend die Lippen.

»Ich habe Sie nicht verstanden«, sagte Luise freundlich. »Könnten Sie das bitte noch einmal wiederholen? Etwas lauter?«

Hektisch riss Behnke die Hände nach oben, strich die spärlichen Haare zur Seite und rieb sich die Stirn. »Ich habe Julia gebeten«, sagte er schließlich. Er atmete tief ein und aus, als wäre es nun raus, und wurde schlagartig ruhiger.

»Worum haben Sie Ihre Schwester gebeten?«, fragte Luise und versuchte erneut, Blickkontakt zu Behnke herzustellen, doch sein Blick huschte zunächst wieder über die Wände, kehrte zurück zur Tischplatte, dann hob er den Kopf. Zum ersten Mal sah er Luise direkt an. Er schien eine Entscheidung getroffen zu haben. »Ich habe meine Schwester gebeten, mir zu helfen. Ich wollte, dass sie mit unserem Vater spricht, damit er mir die Geschäftsführung übergibt.« Mit zittrigen Fingern wischte er sich einen Speicheltropfen vom Mund. »So schnell wie möglich.«

»Warum haben Sie nicht selbst mit ihm gesprochen?«, wollte Schröder wissen.

Behnke quittierte die Frage mit einem verärgerten Gesichtsausdruck, sah kurz zu ihr und wieder zurück zu Luise.

»Das habe ich. Mehrfach«, sagte er trotzig zu Luise und schob erneut die Hände unter die Achseln, seine Schultern hoben sich bis dicht unter seine Ohren. »Aber der Alte hat ja nicht auf mich gehört.« Er schnaubte, riss seine Hände hoch und ließ sie auf die Tischplatte fallen.

»Er dachte immer, ich bin nicht gut genug als sein Nachfolger, er hat mich nur genommen, weil er niemanden sonst hatte.« Unruhig fuhr er mit beiden Händen über den Tisch und hinterließ einen feucht glänzenden Schweißfilm. »Er wollte nicht erleben, dass ich schon zu seinen Lebzeiten die Reederei zugrunde richte.« Wieder schnaubte er, seine Wangen hatten sich rot verfärbt, sein Blick glitt suchend über die Wände, als könnte er dort Halt finden. »Das käme nach seinem Tod noch früh genug, hat er zu mir gesagt.« Seine Schultern fielen nach vorn und er krümmte den Rücken, als wollte er sich vor Schlägen schützen.

»Und Ihre Schwester?«, fragte Luise.

»Was?«, er schreckte hoch, als wäre er mit seinen Gedanken weit weg gewesen.

»Sie sagten, Sie hätten mit Ihrer Schwester gesprochen, damit sie mit Ihrem Vater redet«, erklärte Luise.

Behnke schnaubte. »Die beiden halten doch seit jeher zusammen, das haben sie immer getan. Julia war nicht so dumm, in die Fuß-stapfen des Alten zu treten, sie hat gewusst, dass wir es ihm nie recht machen würden. Sie war so schlau, ihren eigenen Laden auf-zumachen, so konnte sie Papas Liebling bleiben und er hat ihr nicht reingeredet. Er war sogar stolz auf sie und hat ihr gern Geld gegeben für ihre Kanzlei.« Verächtlich verzog er das Gesicht, dann hob er geistesabwesend die Hände und rieb sie an seiner Hose trocken.

»Was hat Ihre Schwester gesagt?«, wiederholte Luise geduldig.

»Was?«, wieder fuhr sein Kopf hoch, er blickte Luise ungehalten an, griff nach seiner Tasche und hob sie sich auf den Schoß.

»Ihre Schwester? Was hat sie gesagt, als Sie um ihre Hilfe gebeten haben?«

»Ich soll selber mit ihm reden, hat sie gesagt.« Er schnaubte und ließ sich nach hinten fallen, krallte beide Hände in das Leder seiner Tasche. »Sie wollte mir nicht helfen.«

Luise setzte noch ein paar Mal nach, doch Behnke schien das Ma-ximum an Nervosität erreicht zu haben. Er antwortete nur noch ein-silbig und hielt sich an seiner Tasche fest. Schließlich verabschiedete sie ihn mit einem Nicken.

Als er die Tür hinter sich schloss, sah Luise direkt in die Kamera.

»Hildegard Fromme sitzt bereits draußen«, sagte sie zu ihren Teammitgliedern, von denen sie wusste, dass sie im Raum 37 vor dem Bildschirm saßen. »Ich würde sagen, fünf Minuten Pause, dann machen wir weiter.«

Ohne auf eine Reaktion zu warten, erhob sie sich, schnappte sich ihren Kaffeebecher und verließ mit großen Schritten den Raum.

22.

Maggie saß mit Cem und Kubicek bereits vor dem Bildschirm, als Luise in den Vernehmungsraum zurückkehrte. Auch Hildegard Fromme war bereit für das Gespräch, Schröder hatte sie vor wenigen Minuten hereingeführt. Behnkes Assistentin wirkte entspannt und sah Luise lächelnd entgegen.

»Entschuldigen Sie bitte, dass ich Sie so lange warten ließ, die Kollegen vom BKA hatten noch Gesprächsbedarf«, sagte Luise, setzte sich ihr gegenüber und stellte ihre Tasse ohne ein Geräusch auf dem Tisch ab.

Fromme wartete ruhig lächelnd, bis Luise die Unterlagen vor sich ausgebreitet hatte.

»Wo kommen Sie eigentlich her?«, fragte Luise im Plauderton.

Verwundert sah Fromme sie an. »Rostock. Dort geboren und aufgewachsen. Seit meiner Studienzeit lebe ich in Hamburg.«

»Ihre Eltern?«

»Meine Mutter kommt aus Nienhagen, mein Vater stammt aus Bielefeld«, erwiderte Fromme.

»Sprechen beide Deutsch als Muttersprache?«, fragte Luise mit einem freundlichen Lächeln.

»Ja«, antwortete Fromme und zog das Wort fragend in die Länge, sie wirkte zum ersten Mal irritiert.

»Wie ist es mit Englisch?«

»Warum …«, begann Fromme, doch Luise unterbrach sie.

»Reine Routinefragen, hat nichts weiter zu bedeuten.«

»Meine Eltern können beide kein Englisch, ich habe es in der Schule gelernt und in der Reederei oft gebraucht.« Achselzuckend ergänzte sie: »Mittleres Niveau.«

Mit einem kurzen Blick in die Kamera, als könnte sie Maggie drüben sitzen sehen, erwiderte Luise: »Danke.«

Dann, nach einer kleinen Pause, sagte sie: »Der Hohlraum in der

Dragonfly.« Sie unterbrach sich, trank einen Schluck Kaffee und setzte die Tasse zurück.

Auch Fromme griff nach ihrer Tasse und nahm einen Schluck. Das Lächeln war aus ihrem Gesicht gewichen, nun wirkte sie besorgt.

»Gehört zu denen, die ihre Gefühle nicht verbergen können«, sagte Cem und kassierte dafür einen strafenden Blick von Kubicek.

»Wir haben einen Fingerabdruck gefunden«, fuhr Luise fort. »Die Kollegen haben mir gerade Bescheid gegeben, dass sie ihn zuordnen können. Er stammt von Peter Allgeier, Ihrem Ex-Freund.«

Fromme blickte Luise an, dann schloss sie die Augen und senkte den Kopf.

»Sie wussten davon«, meldete sich Schröder zu Wort.

Luise warf ihr einen strafenden Blick zu. Schröder machte eine entschuldigende Miene. Dann sahen sie beide zu Fromme.

Diese hob den Kopf, rieb sich das Gesicht und öffnete die Augen. »Ich habe ihm gleich gesagt, das ist blödsinnig.«

»Als Behnke davon erfuhr, hat er Ihnen mit Strafverfolgung gedroht«, sagte Luise.

Über Frommes Gesicht huschte ein Grinsen. »Nein«, erwiderte sie gelassen. »Das hat er nicht.«

»Sondern?«

Bedauernd hob sie beide Hände. »Er hat nicht mit mir gesprochen. Ich wusste nichts von dem Brief.«

»Sie müssen doch gesehen haben, dass Witte ein persönliches Schreiben an Ihren Chef geschickt hat.«

»Das stimmt«, erwiderte Fromme und nickte. »Den Brief habe ich gesehen, aber ich wusste nicht, was darin stand. Witte hat im Unternehmen nichts davon gesagt, Peter wusste nicht, dass er aufgeflogen ist. Deshalb habe ich mir keine Gedanken über den Brief gemacht.«

»Sie mussten fürchten, dass Behnke Ihnen beiden auf die Schliche kommt.«

»Das ist doch Quatsch«, erwiderte Fromme und schüttelte den

Kopf. »Mit Behnkes Tod habe ich nichts zu tun und Peter auch nicht. Wir haben ein Alibi.«

»Das Sie sich gegenseitig geben«, entgegnete Luise. »Beweist also nichts.«

Fromme grinste. »Doof, aber wer kann schon ahnen, dass Behnke genau an dem Abend stirbt, an dem wir uns getroffen haben. Wenn ich das gewusst hätte, dann hätte ich natürlich für ein besseres Alibi gesorgt.«

Schweigen breitete sich im Raum aus. Als Schröder den Mund öffnen wollte, zog Luise warnend die Augenbrauen hoch, worauf Schröder missmutig die Lippen zusammenpresste und Fromme mit finsterem Blick beobachtete.

Seufzend richtete sich Fromme auf und zog die Schultern nach hinten. »Also gut«, begann sie, »ich will mich nicht noch tiefer reinreiten, als ich ohnehin schon drinstecke. Ich erzähle Ihnen, was Sie wissen wollen.«

»Schön«, erwiderte Luise und lächelte.

»Vor einigen Wochen ist Behnke ein großes Geschäft geplatzt. Ich habe keine Ahnung, was genau es war, aber ich war ziemlich sicher, dass es etwas Kriminelles sein musste. Ich habe Peter davon erzählt, und der meinte, dass Drogenschmuggler sich künftig warm anziehen müssten. Es gebe ein neues Verfahren, damit kann der Zoll an der Luft, die sie aus einem Container saugen, feststellen, ob Drogen darin versteckt sind.«

Luise nickte. »Herr Behnke junior hat davon berichtet. Aber Behnke senior war nicht im Drogengeschäft aktiv, er hat Waffen geschmuggelt.«

Kopfschüttelnd sprach Fromme weiter: »Wusste ich nicht. Da in der Presse nichts von einem aufgedeckten Waffenschmuggel zu lesen war, dachte ich, dass Behnke wegen des neuen Verfahrens für die Drogenfahndung einen Rückzieher machen musste.«

»Behnkes beginnende Demenz hat dafür gesorgt«, warf Schröder ein.

Achselzuckend erwiderte Fromme: »Wusste ich auch nicht. Aber ich habe Peter von dem geplatzten Deal erzählt und das hat ihn auf diese dämliche Idee gebracht. Konnte ich ihm nicht ausreden, obwohl ich es wirklich versucht habe.« Sie nahm einen Schluck aus ihrer Tasse und stellte sie mit einem hörbaren Klacken zurück auf den Tisch. »Peter hat diesen Hohlraum eingebaut, ich wusste davon. Das war's.«

»Sie haben sich durch Ihr Wissen strafbar gemacht«, sagte Schröder kalt.

Fromme nickte und antwortete mit einem bedauernden Lächeln: »Ich weiß.«

Nach der Mittagspause versammelten sich Maggie, Cem und Kubicek erneut in Raum 37 vor dem Monitor. Drüben im Vernehmungszimmer hatten sich Luise und Schröder ebenfalls eingefunden.

Julia Behnke wirkte gefasst und doch höchst angespannt. Maggie bemerkte, wie Luise sie besorgt ansah.

Wieder eröffnete Julia Behnke das Gespräch. »Sie haben meinen Bruder ein zweites Mal befragt«, begann sie.

»Ja, das haben wir«, bestätigte Petra Schröder und übernahm wie schon bei den Vernehmungen zuvor das obligatorische Abfragen aller Personalien.

»Gibt es etwas Neues?«, fragte Julia Behnke im Anschluss. Ihre Worte hatten etwas Aggressives und doch sah sie müde aus. Unter ihren Augen lag ein dunkler Schatten, den auch der dezent aufgetragene Puder nicht überdecken konnte.

»Ihr Bruder hat uns berichtet, dass er Sie gebeten hat, mit Ihrem Vater zu reden, damit er zurücktritt und den Stuhl des Geschäftsführers für Ihren Bruder freigibt. Um weiteren Schaden vom Unternehmen abzuwenden«, sagte Luise und ließ Julia Behnke nicht aus den Augen. »Ihr Bruder ist der Meinung, dass die Geschäftspraktiken Ihres Vaters in den vergangenen Monaten dazu beigetragen haben, den Ruf des Unternehmens zu schädigen. Es gab bereits Umsatzeinbußen.«

»Markus wusste nichts von der beginnenden Demenz«, erwiderte Julia. »Mein Vater wollte auf keinen Fall, dass er davon erfährt.«

»Warum?«, fragte Luise.

Julia Behnke schnaubte. »Markus hätte einen Gutachter beauftragt und seine Geschäftsunfähigkeit feststellen lassen, um so früh wie möglich auf den Chefsessel zu kommen. Das wollte mein Vater verhindern. ›Nicht, solange ich lebe‹, hat er immer gesagt.«

»Haben Sie mit Ihrem Vater darüber gesprochen?«, fragte Luise. »Was Ihr Bruder von Ihnen verlangt hat? Dass es Gerüchte gab? Und Umsatzeinbußen? Die Ihr Bruder auf das Verhalten Ihres Vaters zurückgeführt hat?«

Julia Behnke erwiderte Luises Blick. Dann senkte sie den Kopf und blieb regungslos sitzen.

»Jetzt kommt's«, jubelte Kubicek. »Das Geständnis.«

Strafend sah Merz ihn an.

»Freuen Sie sich nicht zu früh«, sagte Cem und grinste. »Bisher hat sie nur zugegeben, was wir schon wissen.«

Noch immer saß Julia Behnke ohne eine Regung im Vernehmungszimmer. Luise und Petra Schröder ließen sie nicht aus den Augen, warteten. Schließlich straffte Behnke die Schultern, hob den Kopf und sagte: »Ich bin zu meinem Vater gefahren. Abends. Der späte Besuch, Sie wissen schon.«

Luise nickte zurückhaltend.

»Wie ich schon bei der letzten Vernehmung zu Protokoll gegeben habe«, sie blickte in die Kamera und fuhr dann fort, »habe ich mit ihm über einen Mandanten gesprochen, dessen Schiff in Brasilien festgehalten wird. Kann ich nachweisen, dass es diesen Mandanten gibt.«

Vernehmlich ließ Kubicek die Luft aus seinen Lungen entweichen. »Ist das alles?«, sagte er und schob enttäuscht die Unterlippe vor. »Deshalb macht sie so einen Zirkus?«

Amüsiert wechselten Maggie und Cem einen Blick. Es war nicht zu übersehen, welches Vergnügen Cem das Verhalten von Kubicek bereitete.

»Aber das war nicht alles«, drang die Stimme von Julia Behnke aus dem Lautsprecher. »Ich habe mit ihm auch darüber gesprochen, was mein Bruder gesagt hat. Dass es Gerüchte gibt, er würde sich merkwürdig verhalten, wäre kein zuverlässiger Geschäftspartner mehr. Dass Markus glaubt, die Umsatzeinbußen im vergangenen Jahr sind ihm zu verdanken, also meinem Vater.« Sie richtete sich auf und heftete ihren Blick auf Luise. »Ich habe ihm den Wunsch von Markus mitgeteilt.«

»Wie hat Ihr Vater reagiert?«, fragte Schröder, rieb sich die Hände und ließ sie anschließend fallen, um sie unter den Tisch zu schieben.

Verwirrt drehte Julia Behnke den Kopf, fast schien es, als hätte sie vergessen, dass zwei Beamtinnen im Raum waren. Dann wandte sie sich wieder an Luise und sprach zu ihr, als gäbe es nur sie. »Hat er natürlich abgelehnt. Alles andere hätte mich auch gewundert. Es war immer klar, dass mein Vater nicht dabei sein wollte, wenn Markus Chef der Reederei wird. ›Nach meinem Tod ist es noch früh genug‹, war immer seine Standardantwort, wenn Markus ihn mal wieder darauf angesprochen hat.«

»Warum?«, fragte Schröder erneut.

Julia Behnke senkte den Blick, sah auf ihre Hände, die gefaltet auf dem Tisch ruhten.

Interessiert beobachtete Maggie, wie die Muskelanspannung für einen Moment nachließ und Behnkes Finger sich entkrampften.

»Habe ich bereits zu Protokoll gegeben«, entgegnete sie knapp, »er hat es ihm nicht zugetraut.« Sie griff nach dem Glas Wasser, das Schröder ihr zurechtgestellt hatte, leerte es zur Hälfte und stellte es mit einem lauten Klacken zurück auf den Tisch.

»Warum hat er Ihren Bruder überhaupt zu seinem Nachfolger ernannt?«, fragte Luise und ergänzte: »Nach seinem Tod.«

»Mein Vater war immer eine starke Führungskraft«, erwiderte Julia Behnke. »Denen, die es mit ihm ausgehalten haben, traute er nichts zu. Alle anderen sind gegangen, weil mein Vater keine starke Persönlichkeit neben sich geduldet hat. Am Ende blieb nur mein Bruder als möglicher Nachfolger.«

»Aber Ihr Vater musste doch fürchten, dass sein Verhalten dem Unternehmen weiter schadet«, entgegnete Luise. »Dass die Gerüchte weitergehen. Es wäre doch besser gewesen, seinen Sohn zu Lebzeiten zu seinem Nachfolger zu ernennen, als selber weiterzumachen.«

Resigniert schloss Julia Behnke die Augen, verschränkte die Arme vor der Brust und senkte den Kopf. »Er wollte es nicht«, sagte sie dann leise und ihre Stimme zitterte. »Er wollte nicht öffentlich zugeben, dass er nicht mehr konnte. Körperlich war er ja noch fit. Ein Herzinfarkt oder ein Schlaganfall, damit hätte er leben können. Dann hätte er den Chefsessel öffentlich abtreten können. Aber Demenz?«

»Wovor hat er sich gefürchtet?«, fragte Luise ruhig.

Julia Behnke hob unsicher die Handflächen. »Häme? Spott?«, antwortete sie leise. »Oder noch schlimmer: Mitleid.«

Luise nickte.

»Er wusste ja von seiner eigenen Mutter, wie lange es dauern würde. Man wird nicht eben mal dement und stirbt dann ein halbes Jahr später und alles ist vorbei«, sagte Julia Behnke bitter und ihr Gesichtsausdruck ließ vermuten, dass sie an ihre Großmutter dachte. »Das zieht sich. Ist ein langer Prozess. Ein jahrelanger Prozess, das kann bis zu zwanzig Jahre dauern, mit guten und schlechten Tagen. Trotz Demenz hätte er mitansehen müssen, wie mein Bruder die Reederei zugrunde richtet.« Genau wie ihr Vater schien Julia Behnke überzeugt zu sein, dass ihr Bruder niemals einen guten Geschäftsführer abgeben würde.

»Und wenn er es besser macht, als alle denken?«, protestierte Kubicek mit halblauter Stimme.

Amüsiert warf Lambrecht ihm einen Blick zu.

»Was denn«, rief Kubicek und warf die Hände nach oben. »Man muss Leuten auch etwas zutrauen, damit sie wachsen können.«

»Stand das heute Morgen in Ihrem Sprüchekalender?«, erwiderte Maggie trocken.

Drüben war Stille eingetreten und ein Rascheln verriet, dass Luise wieder in ihren Unterlagen blätterte. Sie nimmt sich einen Moment Zeit, um zu überlegen, wie es jetzt weitergeht, dachte Maggie.

Doch zu ihrer Überraschung suchte Luise tatsächlich etwas in den Unterlagen, denn nun zog sie ein Blatt Papier hervor und legte es vor Julia Behnke auf den Tisch.

»Diesen Drohbrief haben wir neben der Leiche Ihres Vaters auf dem Schreibtisch gefunden«, sagte sie und schob das Schreiben weiter hinüber, bis es unmittelbar vor Julia Behnke lag.

Diese war bei dem Wort »Leiche« zusammengezuckt.

»Wie wenig einfühlsam«, entrüstete sich Kubicek.

»Sie ist vermutlich die Mörderin«, gab Cem zu bedenken.

Kubicek murmelte etwas Unverständliches.

»Der Brief wurde auf dem Drucker von Hildegard Fromme ausgedruckt, der Assistentin Ihres Vaters. Wir konnten den Druckauftrag eingrenzen, auf einen bestimmten Tag und eine bestimmte Uhrzeit«, sagte Luise. Sie blickte Julia Behnke unverwandt an, doch diese musterte den Brief nur stumm und hielt die Augen gesenkt.

»Wir vermuten, dass er von Ihrem Laptop kam«, fügte Luise hinzu.

Als Behnke nichts erwiderte, fuhr Luise fort: »In diesem Brief sind einige Fehler enthalten. Fehler, die zum einen typisch sind für Deutsch als Zweitsprache, und Fehler, die sehr untypisch sind für Deutsch als Zweitsprache. Unsere forensische Linguistin geht davon aus, dass der Schreiber oder die Schreiberin dieses Briefes bilingual aufgewachsen ist, Deutsch und Englisch. Vermutlich war Englisch die Sprache der Schule, die diese Person besucht hat.«

Behnke rührte sich nicht, sie starrte auf den Brief. Angestrengt beobachtete Schröder sie, ihre unermüdlich arbeitenden Hände verrieten ihre Nervosität.

»Die Person, die dieses Schreiben verfasst hat«, fuhr Luise fort, »hat vermutlich eine muttersprachliche Kompetenz des gesprochenen Deutsch, aber keine muttersprachliche Kompetenz des geschriebenen Deutsch.«

Noch immer starrte Julia Behnke die Kopie des Drohschreibens an. Schließlich richtete sie sich auf. »Ich brauche eine Pause«, sagte sie knapp. »Geben Sie mir zehn Minuten.«

Luise zögerte kurz, dann nickte sie.

Ohne ein weiteres Wort packte Julia Behnke ihre Tasche und verließ fluchtartig das Vernehmungszimmer.

»Sie weiß, dass es vorbei ist«, sagte Cem. »Deshalb braucht sie jetzt eine neue Strategie.«

Kubicek quittierte die Bemerkung mit einem Schnauben, schnappte sich seine Tasse und ging, Merz folgte ihm kurz darauf.

Mit einem vernehmlichen Seufzer erhob sich Cem und schlenderte hinüber zum Fenster. Ohne auf ihn zu achten, zog Lambrecht ihre Unterlagen näher und überflog ihre Notizen. Schweigen senkte sich über den Raum.

Maggie griff nach ihrem Smartphone und rief ihre Mails ab.

»Da ist sie«, sagte Cem leise.

Überrascht hob Maggie den Kopf. Cem stand dicht am Fenster und blickte nach unten. Gemächlich erhob sie sich, trat neben ihn und sah hinunter auf die Treppe, die zum Haupteingang führte. Julia Behnke schien es eilig zu haben, das Präsidium hinter sich zu lassen.

»Woher wusstest du …«, fragte Maggie verblüfft.

Er hob die Schultern. »Sie überlegt«, sagte er dann.

Einträchtig beobachteten sie Behnke, die ein paar Schritte nach links lief, dort kurz verharrte, um schließlich nach rechts zu gehen. Mit hastigen Bewegungen kramte sie in ihrer Aktentasche, förderte ihr Smartphone zutage, tippte einige Male und führte es dann zum Ohr. Behnke schien zu telefonieren, doch ihre Miene blieb ausdruckslos. Zwei Minuten später beendete sie das Gespräch und schob das Handy zurück in die Tasche. Dann drehte sie sich nach Norden, reckte ihren Kopf und ließ sich die Haare vom Wind nach hinten peitschen.

Maggie konnte es nicht erkennen, doch sie vermutete, dass Julia Behnke die Augen geschlossen hielt. Sie wirkte wie eine Frau, die Kraft sammelte.

Schließlich senkte Behnke den Kopf, strich sich die Haare aus dem Gesicht und machte sich auf den Weg zurück ins Präsidium.

»Es geht weiter«, meldete Maggie.

Cem gab einen zustimmenden Laut von sich.

Wenige Minuten später saß Behnke auf ihrem Platz im Vernehmungsraum, ihr gegenüber Luise und Petra Schröder. Auch Maggie und Cem hatten sich zusammen mit den anderen in Raum 37 vor dem Monitor versammelt.

»Den Brief habe ich geschrieben«, begann Julia Behnke.

»Übernimmt wieder sofort die Führung«, sagte Cem leise.

»Ich habe mit meinem Vater Deutsch gesprochen und mit meiner Mutter Englisch«, erzählte sie.

»Klassische Aufteilung für eine bilinguale Erziehung«, bemerkte Maggie.

»Schschschsch«, machte Kubicek und deutete mit dem Kinn auf den Bildschirm.

»… bin dann auf eine internationale Gesamtschule gegangen. Die Unterrichtssprache war Englisch«, fuhr Julia Behnke fort. »Ihre forensische Linguistin liegt also richtig.« Sie blickte in die Kamera und lächelte schwach, als ahnte sie, dass Maggie der Vernehmung folgte.

»Die charakteristischen Fehler im Brief deuten auf Sie hin«, sagte Luise. »Vielleicht hatten Sie sogar die Möglichkeit, die Waffe aus der Asservatenkammer zu entwenden. Alle Spuren führen wie eine hell erleuchtete Flugzeuglandebahn direkt zu Ihnen. Von einer Anwältin hätte ich mehr erwartet.«

Sprachlos sah Behnke Luise an. Dann verzog sie das Gesicht und begann zu lachen.

Hell tönte das Lachen aus den Lautsprechern und erfüllte das kleine Besprechungszimmer. Kubicek gab einen erstickten Laut von sich.

»Anspannung«, kommentierte Cem.

Das Lachen ging über in leises Kichern und verebbte. Julia Behnke nahm sich ein Tuch aus dem Spender, wischte sich über die Augen, dann über den Mund. Ihr Gesichtsausdruck wirkte entschieden und der strenge Zug um ihren Mund verriet ihren inneren Druck.

»Ich habe in der kurzen Pause mit meinem Strafverteidiger gesprochen«, erklärte sie. »Er sitzt noch am Flughafen in Barcelona, er kann erst morgen hier sein.« Sie schüttelte den Kopf, dann entspannten sich ihre Gesichtszüge. »Nie sind sie da, die Freunde, wenn man sie braucht.« Mit einem leisen Seufzen strich sich Behnke über das Gesicht und streckte sich. »Ich hätte nicht gedacht, dass in dem Brief so viele Fehler stecken.« Sie lächelte schwach. »Klar, ich weiß, wenn ich etwas auf Deutsch schreibe, ist es nicht immer fehlerfrei, aber dass es so deutlich erkennbar ist, hätte ich nicht gedacht.« Sie hielt einen Moment inne. Dann verschatteten sich ihre Augen. »Ich habe den Brief meinem Vater gezeigt, ihn gefragt, ob da noch Fehler drin sind. Hat sonst immer gut funktioniert, meine deutschen Texte hat er früher regelmäßig Korrektur gelesen.«

»Der Brief ist okay, hat er gesagt, alles richtig.« Langsam schüttelte sie den Kopf. »Hat er wohl nicht mehr gesehen, meine Fehler«, flüsterte sie und kämpfte mit den Tränen.

Schließlich presste Behnke die Lippen zusammen, dann räusperte sie sich. »Heute liest natürlich mein Sekretär meine deutschen Briefe Korrektur«, sagte sie und lächelte erneut. »Aber ich konnte ihm ja schlecht einen falschen Drohbrief vorlegen.«

»Sie hätten es mit einem Textverarbeitungsprogramm prüfen lassen können«, warf Schröder ein.

»Das macht nur Sinn, wenn man das Ergebnis einschätzen kann«, erwiderte Behnke. »Wenn man beurteilen kann, ob das Programm zu Recht eine Stelle als fehlerhaft markiert oder zu Unrecht.« Sie verzog bedauernd das Gesicht.

Stille kehrte ein. Mit ausdruckslosem Gesicht machte sich Petra Schröder Notizen, das Kratzen ihres Stifts auf dem Papier war deutlich zu hören.

»Warum eine Woche?«, fragte Luise.

Irritiert hob Behnke den Kopf.

»Wozu einen Drohbrief schreiben mit einer Woche Frist? Sie hatten doch keineswegs vor, noch eine Woche zu warten.«

»Alles andere hätte ja keinen Sinn gemacht«, erwiderte Behnke, »ich kann doch keinen Brief schreiben ohne Frist.« Ihre Stimme klang empört.

»Da schlägt die Anwältin durch«, sagte Cem leise.

»War ja ohnehin nur ein Ablenkungsmanöver. Was soll's«, sagte Behnke wie zu sich selbst. Dann richtete sie sich auf und wieder war dieser entschlossene Zug um ihren Mund zu sehen. »Das mit der Asservatenkammer ist natürlich Blödsinn, ebenso wie die These, dass der Brief von meinem Laptop kam. Die IT kann erkennen, dass ich einen Druckauftrag gesendet habe. Mehr nicht. Es bleibt eine Vermutung, dass es sich bei dem Druckauftrag um den Brief gehandelt hat. Und dass ich es war, die ihn ausgedruckt hat.«

Behnke lehnte sich zurück und griff nach ihrem Wasserglas, trank wie eine Verdurstende. Als sie das Glas absetzte, holte sie vernehmlich Luft.

Wortlos schob Schröder ihr die Flasche Wasser zu. Julia Behnke quittierte es mit einem Nicken.

»Warum sollten wir Ihnen nicht nachweisen können, dass der Brief von Ihrem Laptop kam?«, fragte Luise. »Wenn man lange genug auf einem Computer sucht, finden sich immer Spuren.«

Mit einem vernehmlichen Atemzug neigte Julia Behnke den Kopf, fast schien es, als wollte sie Luise zustimmen. So verharrte sie für ein oder zwei Sekunden, dann hob sie die Augen und sah Luise an. »Es wird immer etwas hängenbleiben«, sagte sie, nun klang ihre Stimme distanziert und kühl. »Die Indizien weisen zu mir, aber bis jetzt haben Sie keinen eindeutigen Beweis und es fehlt ein Motiv.«

Luise erwiderte ihren Blick ohne eine Regung.

»Aber es wird immer etwas hängenbleiben«, wiederholte Julia Behnke und nickte, als wollte sie die Zustimmung, die Luise ihr verweigerte, sich selbst geben. »Es wird immer etwas hängenbleiben«, sagte sie leise.

Schweigend sah sie Luise an. Dann öffnete sie den Mund. »Ja, Sie haben Recht«, sagte sie langsam, mit ruhiger, überlegter Stimme. »Ich habe meinen Vater erschossen.«

Verblüfft zog Luise die Augenbrauen hoch.

»Ach nee«, entfuhr es Cem.

»Sag ich doch«, jubelte Kubicek.

Julia Behnke nickte bekräftigend. »Ich habe meinen Vater erschossen«, wiederholte sie dann, als wollte sie keinen Zweifel daran lassen. »Aber ich habe ihn nicht ermordet.«

Vernehmlich holte Schröder Luft. Luise sah sie abwartend an.

Noch immer hielt Julia Behnke Luises Blick stand, sah sie herausfordernd an, als wollte sie sie zu weiteren Fragen ermuntern.

Luise schwieg, doch als Behnke nicht weitersprach, tat sie ihr den Gefallen. »Das heißt?«

»Beihilfe zur Selbsttötung«, erwiderte Julia Behnke.

Luise stutzte. »Das ist nicht Ihr Ernst«, sagte sie ungläubig. »Beihilfe hätte bedeutet, dass Sie die Waffe besorgen und er selber abdrückt. Doch seine Hände waren gefesselt.«

»An den fehlenden Schmauchspuren hätten Sie es ohnehin gemerkt.« Julia Behnke zuckte mit den Achseln. »Deshalb sollten die Schnur und der Drohbrief Sie ablenken. Hat leider nicht funktioniert.« Sie schnaubte und rieb sich die Stirn. »Jetzt muss ich es ausbaden.« Ihre Stimme klang bitter.

»Was ist passiert?«, fragte Luise.

Ruhig griff Julia Behnke nach ihrer Aktentasche und zog eine Kunststoffmappe hervor. Daraus holte sie einen Brief und legte ihn vor Luise auf den Tisch.

Zu gern hätte Maggie gesehen, was Luise gerade las. Sie konnte nur vermuten, dass es sich um ein handschriftliches Dokument handelte, mehr war nicht zu erkennen.

Ohne Eile ging Luise das Schreiben durch. Dann nahm sie ein Tuch aus der Box, ließ sich von Schröder eine Klarsichthülle geben und schob den Brief hinein. »Die Mappe hätten wir auch gern«, sagte sie und deutete auf den Tisch, wo Behnke die Kunststoffmappe abgelegt hatte. Diese schob die Mappe über den Tisch, Petra Schröder entgegen.

Mit ruhiger Hand hielt Luise den Brief vor die Kamera. »Es scheint sich um ein handschriftliches Dokument zu handeln«, sagte sie mit monotoner Stimme, »laut Schriftzug signiert von Anton Behnke, ebenfalls handschriftlich. In diesem Schreiben ist zu lesen, dass der Unterzeichnende seine Tochter, Julia Behnke, bittet, ihn zu töten, falls er eines Tages an Demenz leiden sollte.« Sie unterbrach sich und drehte den Brief zu sich um. Ihr Blick glitt suchend über das Papier. Dann drehte sie es wieder zur Kamera. »Oben rechts in der Ecke ist ein Datum zu sehen, ebenfalls handschriftlich«, fuhr sie fort, »auf den ersten Blick scheint der Brief rund fünf Jahre alt zu sein.« Sorgsam legte Luise das Dokument zurück auf den Tisch und schob es zur Seite.

Julia Behnkes Augen blieben an dem Schreiben hängen, sie wirkte geistesabwesend. Dann richtete sie ihren Blick auf Luise. »Das hat mein Vater am fünften Todestag meiner Oma geschrieben. Der Mutter meines Vaters«, ein Zittern durchlief ihren Körper, als ob sie fröstelte. »An dem Tag standen mein Vater und ich an ihrem Grab. Dort haben wir uns jedes Jahr getroffen, um 18 Uhr an ihrem Todestag.« Ein flüchtiges Lächeln erhellte ihr Gesicht und verschwand so schnell, wie es gekommen war. »Mein Vater hat immer Eierlikör mitgebracht, die Lieblingsmarke meiner Oma. Dann haben wir auf sie angestoßen.«

»War Ihr Bruder auch dabei, bei diesen Treffen?«, fragte Luise in das entstehende Schweigen.

»Nein«, erwiderte Julia Behnke und schnaubte. »Markus konnte nichts damit anfangen. Er fand uns sentimental.«

Mit trauriger Miene schüttelte sie den Kopf, bevor sie fortfuhr. »Die letzten Jahre meiner Oma waren furchtbar«, sagte sie leise. »Sie lag im Pflegeheim, war bettlägerig, konnte nicht mehr selber essen, ihre Körperausscheidungen nicht mehr kontrollieren, sich nicht mehr selber waschen. Musste regelmäßig umgebettet werden, damit sie sich nicht wund lag. Das war's. Das war ihr Leben. Fünf Jahre lang.«

Eine Träne rollte über ihre Wange, hing zitternd an ihrem Kinn, löste sich dann und hinterließ einen dunklen Fleck auf ihrer Bluse. »Es war furchtbar«, wiederholte sie leise. »Jedes Mal, wenn ich bei ihr war, habe ich für sie gehofft, dass sie bald sterben kann. Aber sie war stark. Ihr Herz war stark, und so musste sie fünf Jahre warten, bis sie endlich sterben durfte.« Eine weitere Träne löste sich und rollte über ihre Wange. Wütend rieb sie sich über das Gesicht und schniefte vernehmlich. »Das zeigen sie nicht, diese verdammten Filme, die von Alzheimerkranken handeln. Da zeigen sie nur die ersten Jahre der Krankheit, wenn es noch etwas zu lachen gibt, wenn die Menschen ansprechbar sind. Aber die Filme enden, wenn es hässlich wird. Wenn die Erkrankten niemanden mehr erkennen, wenn sie nicht mehr reden können, nicht mehr laufen, nicht mehr lachen. Wenn sie nur noch teilnahmslos im Bett liegen. Tag für

Tag für Tag.« Ihre Stimme war zu einem wütenden Zischen herabgesunken. Sie wischte sich die Augen und ließ sich nach hinten fallen.

Luise blickte sie stumm an.

»Jetzt besser nicht unterbrechen«, sagte Cem. »Sie will alles loswerden, sie wird alles erzählen.«

»Sie ist Profi«, sagte Maggie leise, »sie weiß, was sie tut, glaub mir.«

Eine Minute verging, eine weitere Minute. Niemand sprach.

»Mein Vater fand das genauso furchtbar wie ich«, setzte Julia Behnke fort. Ihre Stimme klang nun gefasst. »Er hat sie regelmäßig besucht und es hat ihm Angst gemacht, dass er eines Tages so enden könnte, in einem Bett im Pflegeheim. Über Jahre.«

Sie rieb ihre Hände, als wäre ihr kalt, legte sie vor sich auf den Tisch und sprach dann weiter, ruhig, mit gesenktem Kopf. »Er hat es versucht. Mehrfach. Einmal wollte er Medikamente nehmen, ein anderes Mal wollte er mit seinem Wagen gegen einen Brückenpfeiler fahren.« Sie schwieg. »Hat er zumindest erzählt«, ergänzte sie leise.

Wieder schüttelte sie den Kopf. »Er war früher so stark, so entschlossen. Er war ganz verzweifelt, als er merkte, wie schwer es ihm fiel. Schließlich hat er sich eine Waffe besorgt.«

»Ausgerechnet der Waffenschmuggler«, sagte Maggie zu sich.

»Man sollte meinen, er hätte über seine kriminellen Geschäfte Zugang zu Waffen gehabt«, fuhr Julia Behnke nun fort, als hätte sie Maggie gehört, »aber das war nur schweres Gerät. Nicht für Selbstmord geeignet, und er wollte sich nicht die Blöße geben, bei seinen Geschäftspartnern danach zu fragen.«

»Also hat er Sie gefragt«, warf Luise ein.

Behnke nickte. »Ja, das hat er.« Sie hob den Kopf und sah Luise grimmig an. »Aber ich habe natürlich Nein gesagt, ich wollte damit nichts zu tun haben.« Wieder schwieg sie mit einem bedauernden Lächeln. »Letztlich hat sich mein Vater die Waffe selbst besorgt«, sagte sie mit einem Seufzen. »Ich kann nur vermuten, wie er da rankam. Er war immer so stolz auf seine guten Kontakte zur Polizei.«

»Wissen Sie, wer sein Kontaktmann bei der Polizei war?«, fragte Luise beiläufig, ohne aufzusehen.

Ein Lächeln huschte über ihr Gesicht, als wollte sie sagen: netter Versuch.

»Nein«, erklärte sie entschieden, »weiß ich nicht, hat er mir nicht verraten.« Sie zögerte, fuhr sich über die Augen. »Wenn ich gewusst hätte, dass die Waffe aus der Asservatenkammer stammt, hätte ich sie niemals benutzt. Er hat es mir nicht erzählt.« Sie schwieg, ehe sie leiser fortfuhr: »Und ich habe nicht gefragt.«

»Was haben Sie gedacht?«, fragte Luise.

»Dass er sie vielleicht vom Schwarzmarkt hat.« Sie hob die Hände, zum ersten Mal wirkte sie verzweifelt. »Außerdem hatte er immer zwielichtige Kontakte. Wer will, kann sich eine Waffe besorgen, aber wer kommt schon auf die bescheuerte Idee, sich ausgerechnet bei der Polizei zu bedienen.« Sie schüttelte den Kopf.

»Wann haben Sie von der Waffe erfahren?«, fragte Luise.

»Als ich abends bei ihm war, ungefähr eine Woche vor seinem Tod, da hat er mir davon erzählt. Er wollte sich damit selbst erschießen. Es war nie geplant, dass ich das mache.«

»Das Hotelzimmer«, sagte Maggie verblüfft.

Wie ein Echo drang Behnkes Stimme aus dem Lautsprecher: »Deshalb das Hotelzimmer. Er wollte sich dort erschießen. Nicht im Büro, nicht zu Hause, das wollte er Fromme und Margitta nicht zumuten.« Sie schwieg.

»Was ist passiert?«, fragte Luise.

»Er hat auch das nicht geschafft. Es wäre natürlich das Beste gewesen, wenn er selbst abgedrückt hätte. Schmauchspuren an seinen Händen, an seiner Kleidung. Wie es sein muss bei Suizid.«

Verzweifelt presste sie die Lippen zusammen, kämpfte mit den Tränen. Dann holte sie sich ein Tuch aus dem Spender, wischte sich über die Augen und ballte die Faust um das Tuch. »Er hat es einfach nicht fertiggebracht.« Sie lächelte und senkte den Blick. »Es war die Krankheit, da waren wir beide uns einig. Die Krankheit hat seinen Willen geschwächt, nur deshalb hat er es nicht geschafft.« Ihre Stimme erstarb.

»Was ist passiert?«, wiederholte Luise leise.

Behnke hob den Kopf, ihre Augen hatten sich verdunkelt. »Er saß schon in seinem Büro, als er mich an dem Abend anrief. Er hat mich gebeten, ihm zu helfen. So, wie ich es ihm damals versprochen habe.«

»Sie hätten Ihr Versprechen nicht einhalten müssen«, sagte Luise leise.

Mit einem müden Lächeln nickte sie. »Nein, hätte ich nicht. Aber ich konnte ihn so gut verstehen. Wir wussten beide, was auf ihn zukommen würde. Wie viele Jahre noch vor ihm lagen, mit dieser Krankheit.« Wieder kämpfte sie mit den Tränen. »Ich konnte ihn so gut verstehen«, sagte sie leise. »Schließlich könnte ich mich eines Tages in der derselben Situation wiederfinden.«

Luise schwieg.

Mit einem tiefen Atemzug straffte Behnke ihre Schultern und richtete sich auf. »Also bin ich zu ihm hingefahren. Er hat mir gesagt, wie ich das Gebäude betreten muss, damit die Kameras mich nicht erfassen. Wir saßen beide oben an seinem Schreibtisch. Ich sollte ihn erschießen.« Ihre Stimme versagte. Dann senkte sie den Kopf, räusperte sich und fuhr mit fester Stimme fort: »Uns war klar, dass es keinen Sinn macht, einen Suizid vorzutäuschen. Das geht immer schief. Immer.« Sie lächelte schwach. »Also haben wir einen Tatort inszeniert, der einen Suizid von vornherein ausschließt. Deshalb habe ich den Drohbrief geschrieben, ausgedruckt und auf den Schreibtisch gelegt.«

Mit steinerner Miene griff sie nach der Flasche Wasser, schenkte sich ein und trank in großen, gierigen Schlucken.

»Dann habe ich ihn an den Stuhl gebunden und ihn schließlich …«, ihre Stimme erstarb. Wieder senkte sie den Kopf, schwieg. Nach einer Weile fuhr sie fort: »Ich habe ihn erschossen. Auf seinen eigenen Wunsch. Sie haben den Brief gesehen. Unterhalb seiner Unterschrift von damals finden Sie das neue Datum und eine weitere Unterschrift.« Sie sank in sich zusammen, ihr Kopf hing nach unten.

»Als Ihr Vater das zweite Mal unterschrieb, war er schon dement«, sagte Luise leise.

»Wem sagen Sie das«, antwortete Behnke dumpf, ohne den Kopf zu heben.

Ruhig griff Luise nach dem Brief und zog ihn zu sich heran, dann sagte sie emotionslos in die Kamera: »Am Ende des Briefes findet sich ein zweites Datum und eine zweite Unterschrift. Die Unterschrift ähnelt der ersten Unterschrift und könnte von Anton Behnke stammen, das Datum ist sein Todestag.«

»Es schien uns die beste und schnellste Lösung zu sein«, sagte Behnke, hob den Kopf und verzog das Gesicht. »Wie blöd kann man sein«, ergänzte sie mit brüchiger Stimme. »Ich habe mich von einem Alzheimerkranken überreden lassen, ihn zu töten. Seit diesem Abend sage ich mir jeden Tag, dass ich es hätte besser wissen müssen. Dass es ein Fehler war. Dass ich dafür büßen werde.«

»Sie standen unter Stress«, sagte Petra Schröder.

Luise blickte sie missbilligend an. Betroffen senkte Schröder den Blick.

Dann wandte sich Luise an Behnke. »Wo ist die Waffe?«, fragte sie behutsam.

Ein überraschendes Lächeln schlich sich auf Behnkes Gesicht. »Wenigstens eine Sache habe ich richtig gemacht. Die hätten Sie nicht so schnell gefunden.«

Fragend zog Luise die Augenbrauen hoch.

»In der Nordsee«, erwiderte Behnke. »Ich war auf einem Ausflugsschiff weit draußen. Sehr weit draußen.«

Luise nickte.

Entschlossen hob Behnke den Kopf und richtete sich auf. »Tötung auf Verlangen«, sagte sie mit klarer Stimme. »Mehr ist nicht drin. Und ich kann mit mildernden Umständen rechnen.«

»Er war dement«, erwiderte Schröder mit nachdenklicher Miene. »Unklar, ob er die Reichweite seines Wunsches noch verstand.«

Luise schob ihre Unterlagen zu einem akkuraten Rechteck zusammen. »Das wird vor Gericht entschieden«, sagte sie sanft mit tadelndem Blick zu Schröder. »Nicht hier. Nicht von uns.«

23.

Die SOKO MOB beendete den Tag mit einem kleinen Umtrunk. In den Gesprächen klang bei allen an, dass sie es vorab irgendwie geahnt haben wollten, dass Julia Behnke die Mörderin war.

»Das war doch klar«, prahlte Kubicek und nahm einen kräftigen Schluck aus einem Glas mit dem Aufdruck *Mamis Liebling*, »ich habe sie schon ganz früh im Verdacht gehabt.«

»Wohl kaum«, knirschte Petra Schröder und schenkte sich von dem Cider nach, den Rehling spendiert hatte. Zwei Flaschen hatte er angeschleppt, die er vor Kurzem geschenkt bekommen hatte, privat, wie er betonte, die er aber nicht mochte.

Selbst Luise wirkte aufgekratzt, wie Maggie fand. Sie schien es verwunden zu haben, dass die Jugendfreundin ihrer Frau nun doch die Täterin war.

Nur einmal bekam die Stimmung einen Dämpfer, als Engler auftauchte.

Luise verkniff sich jede Erwiderung, als Engler ihre Hand packte und wie einen Pumpenarm mechanisch auf- und ab bewegte. »Gute Arbeit«, brachte Engler hervor und das säuerliche Lächeln auf seinem Gesicht zeigte, dass ihm ein anderes Ergebnis lieber gewesen wäre.

»Macht sich gut in der Aufklärungsstatistik«, sagte Luise anstelle eines Dankeschöns.

Anscheinend hatte sie ihren Chef richtig eingeschätzt. Englers Miene hellte sich auf und er nickte mit einem übertriebenen Lächeln. »Da haben Sie recht«, brachte er hervor und verabschiedete sich mit einem fast freundlichen Blick in die Runde.

Maggie war froh, als sie endlich gehen konnte. Rasch schnappte sie sich ihre Tasche und wandte sich an Cem, um sich von ihm zu verabschieden. Da sie nach Heidelberg fahren und er noch eine Nacht in Köln verbringen wollte, würden sie unterschiedliche Züge nehmen.

»Wir sehen uns übermorgen beim BKA in Wiesbaden«, sagte Cem. »Oder nicht?«

»Eigentlich nicht«, entgegnete Maggie. »Du arbeitest in Karls Abteilung, der operativen Fallanalyse, und ich bei der forensischen Linguistik. Das liegt weit auseinander.«

»Stimmt«, erwiderte Cem und aus seiner Stimme klang Bedauern.

»Ob du beim nächsten Fall für das Pilotprojekt dabei bist, hängt davon ab, wie es Karl bis dahin geht«, sagte Maggie.

Erschrocken fuhr er zusammen. »Hast du was von ihm gehört?«

»Irmi hat mir gestern Abend eine SMS geschickt. Es geht ihm wohl besser«, antwortete sie. »Aber offenbar noch nicht gut genug, dass sie ihm sein Handy überlässt.«

Cems Lachen war ansteckend.

»Wir könnten nächste Woche mal zusammen mittagessen«, schlug Maggie spontan vor.

»Das klingt gut«, sagte er und nickte ihr zum Abschied zu.

Zu Fuß machte sich Maggie auf den Weg ins Hotel. Sie musste an Karl denken und fragte sich, wann sie ihn wohl besuchen konnte. Ob sie mit ihm zusammen ebenfalls auf die Idee mit der bilingualen Schreiberin gekommen wäre? Der entscheidende Hinweis auf die internationale Gesamtschule, der sie überhaupt erst auf die Spur gebracht hatte, stammte letztlich von Cem. Weil er Luise nachspioniert hatte. Gegen ihren Willen. Karl hätte sich nicht darauf eingelassen, Recherche und Ausspionieren waren nicht Teil seines Jobs, wie er gern sagte. Doch Cem hatte sich besser geschlagen als erwartet. Sie freute sich schon auf den Moment, wenn sie Werner von diesem Fall berichten konnte. Eins zu null für das Pilotprojekt.

Im Hotel angekommen ließ sich Maggie eine Pizza bringen und machte es sich vor dem Fernseher bequem. Der erste wirklich entspannte Abend hier in Hamburg.

Als ihr Handy klingelte, dachte sie an Walt. Sie hatte ihm noch vom Präsidium aus Bescheid gegeben, dass sie am nächsten Tag wieder in Heidelberg sein würde.

Doch zu ihrer Überraschung war Luises Name auf dem Display

zu sehen. Sie richtete sich auf, schob die halb gegessene Pizza zur Seite und stellte den Fernseher leiser.

Dann nahm sie das Gespräch an.

»Ja?«, fragte sie.

»Hi, Mag«, klang Luises Stimme aus dem Lautsprecher ihres Smartphones.

Maggie schluckte. So hatte sie seit Jahren niemand mehr genannt. »Bitte nicht«, flüsterte sie, »bitte nicht dieser Name.«

Einen Moment war Stille, dann wieder Luises Stimme, leiser jetzt, vorsichtiger. »Ja«, sagte sie hastig, »klar, tut mir leid.«

Wieder Stille.

Maggie räusperte sich. »Was kann ich für dich tun?«, fragte sie in betont munterem Plauderton.

»Ich möchte gern mit dir sprechen«, antwortete Luise. »Nur kurz. Ich will dir was zeigen.«

Suchend glitt Maggies Blick durch das Hotelzimmer und blieb an der halb offenen Reisetasche hängen, aus der ihre Unterwäsche quoll. An diesem Morgen hatte sie es eilig gehabt.

»Gern«, erwiderte Maggie ruhig. »Kennst du ein Restaurant in der Nähe, wo wir in Ruhe reden können?«

Luise schwieg, sie schien zu überlegen. »Nikkis Diner, gleich bei dir um die Ecke. In einer halben Stunde?«

Maggie blickte auf die Uhr, 20.27 Uhr. »In Ordnung«, sagte sie dann, »bin um 21 Uhr dort.«

Sie nahm sich Zeit, ging ins Bad, spritzte sich Wasser ins Gesicht, zog ein frisches Shirt an.

Punkt 21 Uhr betrat sie das Diner, das wie erwartet ganz im amerikanischen Stil eingerichtet war, mit fixierten Tischen, davor rot bezogene Sitzbänke. Luise wartete bereits auf sie und winkte sie in eine Nische, weit entfernt von anderen Gästen.

»Hallo«, begrüßte Maggie ihre Ex und hörte selbst, wie steif und distanziert sie klang.

Luise antwortete mit einem Nicken. Kurz darauf trat ein Kellner zu ihnen, bei dem sich Maggie eine Cola Zero bestellte. Solange Luise in ihrer Nähe war, brauchte sie einen klaren Kopf.

»Was kann ich für dich tun?«, wiederholte Maggie und bemühte sich um ein ausdrucksloses Gesicht.

Luise nahm das Smartphone, das neben ihrer halb gefüllten Kaffeetasse auf dem Tisch lag. Wortlos tippte sie mehrfach auf das Display, bis sie gefunden hatte, was sie suchte. Luise legte das Handy vor sich auf die weiße Tischdecke und schob es ihr herüber.

Mit einem Stirnrunzeln senkte Maggie den Blick. Ihr Herz geriet ins Stolpern, als sie auf dem Foto den Jungen erkannte, den sie am vorigen Tag vor Luises Wohnhaus gesehen hatte. Leo!

Sie musste schlucken, schließlich griff sie nach Luises Smartphone, um das Foto noch besser sehen zu können.

»Es geht ihm gut«, begann Luise mit leiser Stimme. »Er ist gesund, besucht das Gymnasium und ist ein mittelmäßiger Schüler. Er könnte besser sein, wenn er sich mehr Mühe geben würde.« Sie lachte leise und aus ihrer Stimme klang so viel Liebe, dass Maggies Herz sich zusammenzog.

Doch sie ließ sich nichts anmerken, starrte auf das Foto, konnte nicht genug bekommen von dem Anblick des Dreizehnjährigen, der offen in die Kamera lachte, mit freundlichen Augen, einer geraden Nase und braun verstrubbeltem Haar. So ähnlich, er sah seinem Vater so verdammt ähnlich.

Wieder lachte Luise und aus ihrer Stimme klang so viel Zutrauen in Leo, in sein Leben, in ihr gemeinsames Leben.

Maggie spürte, wie sich ihre Kehle verengte, ihre Augen wurden feucht. »Ich möchte ihn gern sehen«, sagte sie leise. Räusperte sich, drängte die Tränen zurück und wiederholte ihre Worte, diesmal mit fester Stimme. »Ich möchte ihn gern sehen«, sagte sie, stockte, beendete dann ihren Satz, »… ihn gern kennenlernen.« Sie hob den Kopf.

Fordernd streckte Luise ihre Hand über den Tisch, mit der Handfläche nach oben.

Ihren Gesichtsausdruck konnte Maggie nicht interpretieren, sie fürchtete sich vor der Antwort. Ihr Blick kehrte zurück zum Display, wo Leo zu sehen war, ihr Sohn, den sie vor dreizehn Jahren verloren hatte, genau wie sie Luise verloren hatte.

Noch immer hielt Luise ihr die offene Hand entgegen.

Wieder blickte Maggie auf das Foto ihres lachenden Sohnes. Schließlich gab sie nach und legte das Smartphone in die Handfläche ihrer Ex.

Luise dankte mit einem Nicken. Maggie glaubte Verständnis in ihren Augen zu erkennen, doch sie wirkte vor allem entschlossen.

Mehrmals tippte Luise auf das Display, dann legte sie ihr Handy auf den Tisch und schob es mit Nachdruck hinüber zu Maggie.

»Das ist Leos Familie«, sagte sie mit sanfter Stimme.

Es war wie ein Faustschlag in die Magengrube.

Maggie schnappte nach Luft, sie hielt den Kopf unten, sodass sie das Display nicht sehen konnte. Aus den Augenwinkeln bemerkte sie Luises Hand, die das Smartphone weiterschob, bis es unmittelbar vor Maggie lag, um sich dann zurückzuziehen.

Wieder krümmte ihr Magen sich schmerzhaft zusammen. Maggie wollte das Foto nicht sehen und konnte doch nicht widerstehen. Ihr Blick wanderte zum Display. Sie nahm das Smartphone nicht in die Hand. Nicht zu nah.

Auf dem Foto waren vier lachende Gesichter zu sehen. Die gleichen Gesichter wie neulich vor dem Mehrfamilienhaus. Leo, ein jüngeres Mädchen, Luise und ihre Frau Katharina.

Verzweifelt sog sie den Atem ein, versuchte den Schmerz wegzuatmen, hörte ihre Atemzüge, wollte das Geräusch dämpfen, schaffte es aber nicht. Geräuschvoll atmete sie ein und aus.

Schließlich hob Maggie den Kopf, begegnete Luises Blick. Sah das Mitgefühl in ihren Augen, konnte es nicht ertragen. Wieder senkte sie den Kopf, musste auf das Display sehen, und wenn es noch so wehtat.

Was wollte Luise von ihr? Maggie versuchte durchzuatmen, kämpfte gegen den Schmerz. Sammelte sich, lehnte sich zurück, spürte die hart gepolsterte Sitzbank in ihrem Rücken. Blickte dann Luise geradeheraus an. »Was willst du?«, fragte sie und ihre Stimme klang hart in ihren Ohren. Luise wollte ihr Leo vorenthalten, das spürte sie.

Ihre Ex presste die Lippen zusammen, doch sie wich Maggies

Blick nicht aus. »Das ist Leos Familie«, wiederholte sie, ihre Stimme klang beherrscht und liebevoll zugleich. »Seit seiner Geburt …«, Luise stockte, schluckte und korrigierte sich. »Seit zwölf Jahren kennt er Katharina als seine Mutter. Er weiß nicht …«, wieder stockte sie, suchte nach Worten, »… dass es eine Zeit davor gab.« Sie ließ Maggie nicht aus den Augen. »Für ihn sind wir seine Mütter«, fuhr sie eindringlich fort, »die seit seiner Geburt mit ihm zusammenleben, und Meike ist seine Schwester. Wir haben ihm immer vermittelt, dass wir seine Familie sind. Auf die er sich fest verlassen kann.«

»Keine leibliche Familie«, entgegnete Maggie rasch und kaum war es ausgesprochen, hätte sie sich am liebsten auf die Zunge gebissen.

»So ist es«, erwiderte Luise und ein Lächeln umspielte ihren Mund, als hätte sie erwartet, dass Maggie so etwas sagen würde. »Leo weiß natürlich inzwischen, dass er keine zwei leiblichen Mütter haben kann. Das war noch nie wichtig für ihn. Er hat erlebt, wie Katharina schwanger wurde und Meike zur Welt kam. Er ist ein wundervoller älterer Bruder und ein wundervoller Sohn für uns beide, für Katharina und mich.«

Maggie kämpfte um ihre Beherrschung, drängte die Tränen zurück, das Selbstmitleid. Es kostete sie unendlich viel Kraft, doch sie riss sich zusammen und hob fragend die Augenbrauen.

Scheinbar gelassen nickte Luise, aber Maggie kannte sie zu gut, um ihr das abzunehmen.

»Wenn du Leo kennenlernst«, wieder stockte Luise, suchte nach Worten. »Wenn Leo dich kennenlernt«, korrigierte sie sich schließlich, »dann zerstörst du seine heile Welt. Reißt ihn aus dieser Idylle. Willst du das wirklich? Willst du deinem Sohn seine Familie nehmen, das, woran er sein Leben lang geglaubt hat? Willst du ihm das wirklich antun?«

Wütend stieß Maggie den Atem aus, sie konnte es nicht fassen. »Ihr habt ihn angelogen, sein Leben lang? Und nun willst du mir die Schuld geben für das, was geschieht, wenn er die Wahrheit erfährt?«

Wieder nickte Luise. »Ja, du hast recht. Wir hätten ihm von

Anfang an sagen sollen, dass keine von uns seine biologische Mutter ist. Aber es schien nicht wichtig zu sein. Es schien nie wichtig zu sein. Es gab immer nur Leo, Katharina und mich, und dann gab es Leo, Meike, Katharina und mich. Er weiß doch, dass wir nicht beide seine biologischen Mütter sein können. Aber er hat nie gefragt!« Luise schwieg, sie schien zu spüren, wie schwach ihr Argument war.

»Jetzt ist er selber schuld daran, dass ihr es ihm nie gesagt habt?«, fragte Maggie ungläubig. »Ein Kind?« Sie schluckte, sprach es dann aus, leiser nun: »Mein Kind?« Maggie ließ sich zurückfallen, rang nach Fassung.

Neugierige Blicke streiften sie von den Nebentischen.

Luise wirkte zum ersten Mal zerknirscht. »Du hast recht«, wiederholte sie leise. »Wir hätten es ihm von Anfang an sagen müssen. Dann wäre es nie zum Problem geworden.«

Sie leerte ihren Kaffee in einem Zug und stellte die Tasse mit einem lauten Klirren zurück. »Aber mittlerweile ist es zu spät. Er ist dreizehn, er kommt gerade in die Pubertät.« Sie suchte Maggies Blick und fuhr dann mit eindringlicher Stimme fort: »Das ist die schwierigste Phase auf dem Weg ins erwachsene Leben. Er ist so verletzlich.«

Unwillkürlich spürte Maggie, dass ihre Ex alles tun würde, um Leo zu schützen.

Ein verzweifelter Atemzug war zu hören, als wäre auch Luise die Brust eng geworden. Sie griff nach dem Smartphone und steckte es ein. »Er ist so verdammt verletzlich«, wiederholte sie bittend, suchte wieder Maggies Blick. »Gib ihm noch etwas Zeit. Gib uns noch etwas Zeit. Der Kontakt zu dir wird ihn aufwühlen, vielleicht sogar die Beziehung zu Katharina und Meike beschädigen. Gib ihm ein bisschen Zeit, warte ab, bis er älter und stärker ist und solchen Erschütterungen besser gewachsen.«

Hastig griff Luise nach ihrer Tasche und stellte sie auf ihren Schoß wie einen Schutzschild.

»Ich habe das Recht, meinen Sohn zu sehen«, erwiderte Maggie. Sie hörte den trotzigen Ton in ihrer Stimme.

»Es geht nicht um Recht«, entgegnete Luise leise. »Es geht um

Leo. Um seine Gesundheit, seine seelische Gesundheit. Gib ihm die Zeit.« Luises Augen verschatteten sich. »Bitte.«

Schließlich erhob sie sich, öffnete den Mund, als wollte sie noch etwas sagen, doch dann schlossen sich ihre Lippen.

Maggie musterte sie wortlos, dann sagte sie leise: »Ich werde darüber nachdenken.«

Müde rieb sich Luise die Augen, ihr Blick glitt ruhelos durch den Raum und kehrte dann wieder zu Maggie zurück. »In Ordnung«, erwiderte sie schließlich, murmelte einen Abschiedsgruß und verließ mit raschen Schritten das Restaurant.

Maggie winkte den Kellner herbei, wollte die Rechnung begleichen, doch Luise hatte ihren Kaffee bereits bezahlt. Typisch, dachte Maggie, schob einige Münzen für die Cola über den Tisch, packte ihre Tasche und schritt gedankenverloren zwischen den Sitzbänken hindurch zur Tür.

Die kalte Nachtluft tat gut. Dankbar atmete sie tief ein und vergrub beide Hände in ihren Jackentaschen.

Der Weg zurück ins Hotel war kurz. Mit jedem Schritt wurde Maggies Herz schwerer. Sie wusste, dass Luise Recht hatte, sie konnte Leo nicht aus der Sicherheit dieser kleinen heilen Welt herausreißen. Nicht jetzt. Aber es tat so verdammt weh.

EINE BITTE

Liebe Leserin und lieber Leser,

wenn Ihnen mein Buch gefallen hat, dann freue ich mich sehr über eine positive Bewertung auf Amazon oder in anderen Internetshops für Bücher. Ganz herzlichen Dank!

Wenn Sie auf dem Laufenden bleiben möchten, abonnieren Sie doch meinen Newsletter. Darin informiere ich über meine neuesten Bücher und berichte über neue Projekte:

www.anette-huesmann.de/newsletter

Alles Gute wünsche ich Ihnen und weiterhin viel Freude beim Lesen.

Herzlichst Ihre
Anette Huesmann

Weitere Werke

Krimis
Das Vermächtnis der Hildegard von Bingen – Die Glut des Bösen.
ISBN: 978-3-7519-6816-4.

Blau-weiß-tot – Mannheim-Krimi. ISBN: 978-3-7528-6632-2.

Jugendroman
Homo Animalis – Die Flucht. ISBN: 978-3-8391-6960-5.

Kinderbücher
Das Heidelberger Schlossgespenst – Die Geschichte des Heidelberger Schlosses in Bildern. ISBN: 978-3-7534-0176-8.

Burginternat Rosenstein – Lena und die Bande der Ritterinnen.
ISBN: 978-3-7578-0817-4.

Lizzy die Waldfee. ISBN: 978-1-4811-2021-0.

Sachbuch
Buchgenres kompakt – Handbuch der Genres von Actionthriller bis Zeitgeschehen. ISBN: 978-3-7481-4511-0.

Mehr zu meinen Büchern finden Sie auf www.anette-huesmann.de.